KB037516

신정일의
한국의 암자
답사기

신정일의
한국의 암자
답사기

우리 땅 우리 강산

천 사람이고 만 사람이고 모두 부처를 찾는 사람뿐이니
진짜 참도인은 한 명도 찾을 수가 없구나·

신정일 글

푸른영토

깊은 산속 암자에서 만난 인연들

세상을 잠시 벗어나 가고 싶은 곳, 가서 천 가지, 만 가지로 흩어지는 마음 내려놓고 쉬고 싶은 곳이 저마다 있을 것이다. 내게는 그런 곳이 암자다.

그때마다 여정을 잡았고 암자를 찾았다. 그때 그 자리에 함께 있었던 사람들은 도대체 어디로 갔는가? 사람의 인연이란 시절 인연이라는 것을 새삼 깨닫는다.

다산 선생이나 추사 선생과 교우가 깊었던 초의선사가 머물렀던 암자. 건물이 너무 많이 들어서 낯설기만 하다. 그 사이 대웅전도 들어섰고 요사채를 비롯한 몇 채의 기와집 가운데 한 채의 초가집, 일지암을 바라보자 떠오르는 글 한 편이 있다.

편지를 보냈지만 한 번도 답은 받지 못하니 아마도 산중에는 반드시 바쁜 일이 없을 줄 상상되는데 혹시나 세체(世諦)와는 어울리고 싶지 않아서, 나처럼 간절한 처지인데도 먼저 금강(金剛)을 내려주는 건가.

다만 생각하면 늙어 머리가 하얀 연령에 갑자기 이와 같이 하니 우스운 일인가. 달갑게 둘로 갈라진 사람이 되겠다는 건가.

이것이 과연 선(禪)에 맞는 일이란 말인가.

나는 사(초의선사)를 보고 싶지도 않고 또한 사의 편지도 보고 싶지 않으나 다만 차(茶)의 인연만은 끊어버리지도 못하고 쉽사리 부수어 버리지도 못하여 또 채를 재촉하니, 편지도 보낼 필요 없고 다만 두 해의 쌓인 빚을 한꺼번에 챙겨 보내되 다시 지체하거나 빗나감이 없도록 하는 게 좋을게요…….

모두 뒤로 미루고 불 식

적소인 제주도에서 외롭기 때문에 편지를 보내도 답장은 없고, 더더구나 차마저 한 해를 건너 뛰어 보내니, 얼마나 서글프겠는가.

답장도 필요 없으니 밀린 빚(차?)이나 빨리 보내라는 추사 김정희의 편지를 보면 앙탈을 부리는 열대여섯 살 소년을 보는 것 같기도 하고, 고독과 쓸쓸함으로 절어 있는 위대하지만 가냘프기만 한 한 인간의 진면목을 보는 것 같아 가슴이 아프기 이를 데가 없었는데 세월이 강물처럼 흘러 초의선사도 추사도 그림자조차 보이지 않는다.

"차를 마시는 방 위태롭기가 나뭇잎 같고, 작은 초가집에는 싸리문도 없다"던 옛날의 일지암을 떠올리며 눈을 들어 방을 보니 작은방 안에서 두 스님이 담소 중이다.

일지암의 마루에 배낭을 내려놓고 가만히 앉았다. 어디서 오셨느냐고 묻는다. 그런데 한 스님이 어디서 많이 본 스님이다.

그러나 생각이 더 이상 앞으로 나가지 못한다. 그런데 누군가 "신정일 선생님" 하고 내 이름을 부르자, 앞에 앉아 계시던 스님이 "신정일 선생님이라고요?" 하시더니 몸을 내미시며 "저 선생님 실상사에서 몇 년 전에 만났지 않습니까?"라고 반가워한다.

그 말을 듣는 순간 실상사와 함께 만났던 순간이 홀연히 떠올랐다.

실상사에 계시다가 서울로 가셨고, 지금은 잠시 일지암에 계신다는 법인 스님이었다. 아하! 그렇구나. 세월은 만남과 함께 망각들을 예비해두고 있다가 어느 사이 그 뒤편으로 물러나고 말아, 몇 달, 혹은 몇 년을 지나지 않아 얼굴도 이름도 잊어버리게 만드는구나.

잊음, 혹은 망각.

아우렐리우스는 〈명상록〉에서 그 망각을 두고 다음과 같이 말했다.

모든 것은 깊은 과거로 사라지고 곧 망각으로 덮인다. 영광의 광채에 사는 사람들에게도 마찬가지다. 더 이상 숨을 쉴 수 없게 될 때 모든 사람들은 고대 그리스의 시인 호메로스의 말대로 '시야에서 사라지고 소문이 되어 버린다.'

과연 불멸의 명성이란 무엇인가? 부질없고 공허하다. 그렇다면 인간이 열망해야 할 것은 무엇인가? 그것은 단 하나뿐이다. 바른 생각과 이기적이지 않은 행동, 거짓을 말하지 않는 혀, 모든 지나가는 일들을 운명적이고 예측 가능하며 하나의 동일한 원천과 기원으로부터 나온 것으로 기쁘게 받아들이는 마음이다.

잊음이란 무엇일까?

옛사람은 "잊어버릴 줄 모르는 이 마음이 슬픔이오"라고 말했고, 니체는 "망각하는 법을 배우라"라고 우리에게 충고하고 있다.

사람의 인연이란 것이 참으로 신기한 것이라서 만나서 사는 동안은 그렇게 절실하다가도 잠시만 못 만나면 서서히 잊혀져서 기억의 잔해만 남아 마음 속을 떠돌다가 흩어져 버리기도 하고 또 어느 날 문득, 다시 만나기도 한다는 것을 새해 첫날 대흥사의 일지암을 오르고 내리며 깨달았다.

"나는 고독하게 수 천리 흰 구름의 길을 가노라"라고 말하며 먼 길을 떠났던 붓다의 말과 함께 부휴자浮休子 성현成俔의 말이 주마등처럼 떠올랐다.

산다는 것은 떠돈다는 것이고, 쉰다는 것은 죽는다는 것이다.

내용

기도발이 잘받는 추월산의 암자
보리암, 전남 담양군 용면 추월산

다섯 보살이 머문다는 오대산의 암자
중대 사자암, 강원도 평창군 진부면 오대산

신라 풍수지리의 명당터
수도암, 경북 김천시 증산면 수도산

주왕이 흘린 피는 수진달래 되어 피어나고
주왕암, 경북 청송군 주왕산면 주왕산

비슬산 깊은 곳에 전통 수도도량으로 남은 곳

도성암, 대구시 달성군 유가읍 비슬산

『삼국유사三國遺事』가 쓰인 인각사 옆 산속 암자

거조암, 경북 영천시 청통면 팔공산

신정일의
한국의 암자
답사기

의상의 자취가 깃든 오래도록 마음에 남는 암자

영산암, 경북 안동시 서후면 천등산

열자는 말한다.

산책을 하되 완전하게 하라. 완전한 산책자는 어디를 가는지도 모르고 걸으며, 그가 보고 있는 것이 무엇인지도 모르면서 바라본다……. 나는 네게 어떠한 산책도 금하지 않지만, 완전한 산책을 할 것을 충고한다.

열자는 산책에서 관찰하는 기쁨을 찾지 않고 명상하는 기쁨을 찾았다. 대다수의 사람들은 바라보는 것에서 기쁨을 찾지만 그는 정신적인 것에서 기쁨을 찾았다. 바쁘게 혹은 이 악물고 정복하기 위해서 오르는 산만이 아니고 아침이나 늦은 저녁에 바람결을 따라 나서는 듯한 산책처럼 산을 오른다면 그 역시 또 다른 아름다운 산행이 아니겠는가. 자신의 마음속으로부터 기쁨을 끌어내는 완전한 산책처 같은 암자기행을 위해 예비된 산이 안동의 천등

안동 봉정사 들목 명옥대

산이라면 과찬일까?

17세기 초에 안동의 지리지 『영가지永嘉誌』를 편찬한 권기는 안동의 지세를 다음과 같이 설명하였다.

> 산은 태백으로부터 내려왔고, 물은 황지로부터 흘러온 것을 알 수 있으며……. 산천의 빼어남과 인물의 걸특함과 토산의 풍부함과 풍속의 아름다움과 기이한 발자취가 이곳에 있다.

멀리로 태백, 소백의 백두대간이 지리산으로 흐르고 낙동강의 물줄기가 어슴푸레하게 보이는 천등산은 안동의 서쪽에 있다. 그 산에는 봉정사, 개목사와 같은 고색창연한 옛 절과 함께 한 번 본 뒤에는 오래도록 마음에 남는 암자인 영산암이 있다. 천등산(575m)은 그렇게 높지 않지만 소나무와 잡목들이 울창하고 산세가 온화하며 수려하다.

주차장을 지나 산길로 접어들면 숲길은 아늑하고 계곡 물소리가 제법 요란한 좌측에 정자가 한 채 있다. 퇴계 이황이 봉정사에 묵으면서 공부하다가 자주 나가 쉬었다는 정자의 옛 이름은 낙수대였다. 밋밋한 그 이름을 퇴계는 정자에서 듣는 물소리가 '옥을 굴리는 듯 아름답다'고 하여 명옥대로 바꾸었다. 바위 사이를 흐르는 시냇물소리가 멎기도 전에 '천등산 봉정사'라고 쓰인 일주문에 들어서고, 나무숲이 우거진 길을 계속 올라가면 봉정사가 나타난다. 빼어난 문화재들이 보석처럼 숨어 있는 천등산 기슭에 있는 봉정사는 의상이 세운 절로써 창건설화는 이렇다.

부석사를 창건한 의상 스님이 부석사에서 종이로 봉황을 만들어 도력으로 날려 보냈는데 종이로 만든 봉황새가 앉은 이곳에 절을 짓고 봉정사라고 이름지었다고 하고, 또 다른 일설에는 의상이 화엄기도를 드리기 위해서 이 산에 오르니 선녀가 나타나 횃불을 밝혀 걸었고, 청마가 앞길을 인도하여 지금의 대웅전 자리에 앉았기 때문에 산 이름을 천등산이라 하고 청마가 앉은 것을 기념하기 위해서 절 이름을 봉정사라고 지었다 한다.

창건 이후의 확실한 역사는 전하지 않으나 참선도량으로 이름을 떨쳤을 때에는 부속암자가 9개나 있었다고 전해지는데 한국전쟁 때 사찰에 있던 경전과 사리 등이 모두 불태워져 역사를 제대로 알 수가 없다.

이 절이 사람들에게 널리 알려진 것은 그리 오래전 일이 아니다. 엘리자베스 영국 여왕이 한국을 방문했을 때 하회마을과 이곳 봉정사를 찾았고 그때부터 이 절은 입장료를 받게 되고 사람들의 발길이 끊이지 않고 이어지고 있다.

나라 안에 가장 오래된 건물

봉정사에는 고려 때 지은 극락전[국보 제15호]과 더불어 조선 초기 건물인 대웅전과 조선 후기 건축물인 고금당과 화엄강당이 있어서 우리나라 목조건축의 계보를 고스란히 간직하고 있어 건축박물관 같은 특성을 지니고 있다.

일주문一柱門[1]을 지나 나무숲 길을 걸어가면 돌계단에 이른다. 한 발 두 발 숨이 가쁘게 올라가면 봉정사의 강당인 덕회루 밑으로 지나게 된다. 마치 부석사의 안양루를 지나 무량수전 석등 앞으로 올라가듯이 그 문을 들어서면 석축이 나타나고 대웅전을 중앙에 두고 요사채와 화엄강당이 눈 안에 들어온다. 그 좌측으로 같은 위치, 같은 높이에 극락전이 고금당과 함께 있다. 봉정사 극락전은 정면 3칸, 측면 4칸의 단정한 맞배지붕[2]으로 나라 안에 현존하는 건물 중 가장 오래된 목조건물로 알려져 있는데 그러한 사실이 알려지게 된 것은 1972년 9월 봉정사 극락전을 해제 보수하는 과정에서였다.

중도리에 홈을 파고 기문장처記文藏處[3]라고 표시한 곳을 열어보자 극락전의 상량문上樑文[4]이 들어 있었고 그 상량문의 내용은 이러했다.

> 안동부 서쪽 30리쯤 천등산 산기슭에 절이 있어 봉정사라 일컬으니 절이 앉은 자세가 마치 봉황이 머물고 있는 듯하여 이와 같은 이름으로 부르게 됐다. 이 절은 옛날 능인대덕이 신라 때 창건하고……. 이후 원감, 안충 등 여러 스님들에 의해 여섯 차례나 중수되었으나 지붕이 새고 초석이 허물어져

---

1) 사찰에 들어서는 산문(山門) 가운데 첫 번째 문.
2) 건물의 모서리에 추녀가 없고 용마루까지 측면 벽이 삼각형으로 된 지붕.
3) 기록이 들어있는 곳.
4) 새로 짓거나 고친(重修 또는 重建) 집의 내력.

국보 제15호 | 안동 봉정사 극락전 安東 鳳停寺 極樂殿

1363년(공민왕 12년)에 용수사의 대선사 축담이 와서 중수했는데 다시 지붕
이 허술해져서 수리하였다.

이 상량문이 밝혀짐으로써 그때까지 가장 오래된 건물이라고 알려졌던 무량
수전(1376년에 중건)보다 봉정사의 극락전이 13년이나 앞선 1363년에 중수
했다는 것이 밝혀졌다. 이보다 중요한 것은 13년이라는 연대의 차이보다 봉
정사 극락전은 대체로 고구려식이라는 평가를 받는 다는 데 있다.

그러나 극락전은 1972년의 해체와 복원공사 때에 금, 은, 구리의 옛날식 삼색
단청이 지워져 버렸고, 그 중요한 일부분이었던 귀중한 벽화가 뜯겨 포장된
채로 내버려져 옛 맛을 상실하고 말았다. 이 건물은 배흘림기둥[5]에 기둥 위

---

5) 목조건축의 기둥을 위아래로 갈수록 직경을 점차 줄여 만든 흘림기둥의 하나.

안동 봉정사 극락전 정면 공포

에만 포작包作[6]이 있고 주심포柱心包[7] 맞배지붕이며 법당으로서 소박하고 간결하게 필요한 구조만 있고 장식이 거의 없는 고려 중기의 단아한 건물이며, 바닥에는 검은 전 돌을 깔았다.

이런 방식은 고려시대의 일반적인 양상이었는데 중요한 것은 보수할 때에 대웅전·화엄강당과 고금당이 새집같이 지어져서 몇 백 년을 세월 속에 묵어온 온갖 풍상이 돌이킬 수 없게 되어 찾는 이들의 마음을 섭섭하게 한다.

6) 공포(拱包)를 구성하는 기본적인 부재들을 사용하여 직각 혹은 45도나 60도의 방향으로 서로 교차시켜서 짜 맞추어 만든 것.
7) 목조건축양식인 공포의 일종. 공포가 기둥머리 바로 위에 받쳐진 형식.

보물 제449호 | 안동 봉정사 고금당 安東 鳳停寺 古金堂

지금은 요사채로 쓰이는 고금당

극락전 앞에는 아담하면서 새까만 석탑이 있으며 극락전 우측에 고금당[보물 제449호]이 있다. 고금당은 이름 그대로 옛 금당이었고 금당은 삼국시대에는 절의 가장 중요한 건물이었다. 그러나 현재는 봉정사 스님들이 거처하는 요사채로 쓰이고 있다. 고금당 앞쪽에 화엄강당이 서 있다. 한때는 강당으로 쓰였을 이곳 역시 스님들의 요사채로 쓰이고 있는데 정면 3칸, 측면 2칸에 주심포 맞배지붕이다.

화엄강당 좌측엔 대웅전[국보 제311호]이 자리 잡고 있다. 1625년과 1809년에 대대적인 손질을 거친 대웅전은 앞이 열려 있는 일반적인 건물들과는 다르게 건물 앞쪽에 조선시대 양반집 사랑채에서 볼 수 있는 것처럼 툇마루가 설치

국보 제311호 | 안동 봉정사 대웅전 安東 鳳停寺 大雄殿

되어 있다. 처음 볼 때는 어색해 보이지만 볼수록 정감이 간다.

1882년(고종 19년)에 새로 입힌 대웅전의 단청은 고려시대 단청의 요소를 지
니고 있어 회화사적으로도 매우 귀중한 것으로 평가를 받고 있고 특히 본존
불을 모신 수미단須彌壇[8] 천장부에 그려진 문양은 발가락이 5개로 조선시대
초기에 사대주의의 영향을 받기 전의 그림으로 주목받고 있는 그림이다. 그
이유는 조선 이후 황제를 상징하는 용은 발가락이 5개, 임금은 4개, 왕세자는
3개로 확정되었기 때문이다.

---

8) 사찰의 법당 등에 설치하는 수미산 형상의 단.

달마가 동쪽으로 간 까닭은

대웅전에서 전면에 보이는 누각은 덕휘루의 누마루다. 법고와 목어 사이로 봉정사의 오랜 역사를 적은 편액들이 걸려 있다. 이제 스님들이 머무는 무량해회라는 요사채를 돌아 영산암[경상북도 민속문화재 제126호]으로 향한다. 원래는 천등산에서 흐르는 골짜기 그대로가 길이던 것이 영화 「달마가 동쪽으로 간 까닭은」이 촬영되고서 찾는 사람들이 늘어나자 골짜기를 메우고 계단을 만들었다.

영산암은 봉정사 서쪽에 있는 지조암과 함께 봉정사의 동쪽에 있는 부속암 자로 응진전과 영화실 그리고 송암당과 삼성각, 우화루, 관심당 등으로 이루어져 있다. 지금 남아 있는 건물들이 구체적으로 언제 지어졌는지는 알 수 없으나 「봉정사영산암향로전창건기」와 「봉정사영산전중수기」 등의 사료로 보아 19세기 말로 추정된다.

봉정사 대웅전 앞에 있다가 옮겨진 영산암의 문루에는 초서로 '우화루雨花樓'라고 쓰인 현판이 걸려 있다. 우화루의 아래의 작은 문을 지나 영산암의 마당에 들어서면 큰 바위 곁에 잘 드리워진 소나무가 한 그루 있고 목백일홍나무와 여러 가지의 나무들이 암자의 부속건물들을 병풍처럼 둘러치고 있어 요사채, 삼성각, 응진전 등 다섯 채의 건물들이 묘한 조화를 이루며 서 있다. 응진전은 정면 3칸, 측면 2칸의 5량가로 지었으며, 맞배집이면서도 충량을 대량에 걸러 놓아 팔작지붕9)의 가구수법을 보인다. 송암당은 정면 4칸, 측면 2칸 반으로 마루 1칸, 방 3칸 그리고 방의 전면에 툇마루로 구성된다. 관심당은 우화루와 연결된 정면 6칸, 측면 2칸으로 이루어진 건물로 송암당과 함께 요사채로 쓰이는 건물이다.

이 건물들은 전체적으로 'ㅁ'자를 이루어 폐쇄적인 형태로 보이지만, 우화루의 벽체를 없앤 뒤 송암당을 누마루10)로 처리하여 개방적인 요소를 많이 채택하였다.

지난날 봉정사의 스님들의 공부방이었을 것으로 짐작되는 영산암에는 상주하는 스님이 없다. 하얀 고무신 두 켤레가 놓인 요사채 마루에 기대 앉아 세상에 찌든 마음을 풀어놓는다.

---

9) 지붕 위에 까치박공이 달린 삼각형의 벽이 있는 지붕. 한식(韓式) 가옥의 지붕 구조의 하나로, 합각(合閣)지붕·팔작집이라고도 한다.
10) 세 면이 개방되어 외부의 수려한 풍광을 즐기는 마루.

부처를 붙들고 도를 깨닫기 위해서 몸부림치는 사람들에게 조주라는 사람은 다음과 같이 일갈했다.

> 천 사람이고 만 사람이고 모두 부처를 찾는 사람뿐이니 진짜 참 도인은 한 명도 찾을 수가 없구나.

미세한 바람이 불어와 뺨을 어루만지고 지나간다. 풀어진 마음은 솜털처럼 가벼워지고 그 가벼움으로 산길에 접어든다.

소나무와 잡목이 우거진 숲길은 눅눅하다. 간간이 붉고 하얀 버섯들이 피어 있고 골짜기에서 졸졸졸 흐르는 개울물 소리……. 길은 이리저리로 뻗는다. 계곡을 벗어나자 멀리 산들이 보인다. 소나무 숲이 제법 울창한 곳을 지나자 누군가의 무덤이다. 바람 한 점 없다. 아무것도 흔들리는 것은 없다. 새파랗게 새순이 돋아난 솔잎도 싸리나무도 연푸른 억새잎도 한없이 바람을 기다리며 흔들리지 않는다. 오직 흔들리는 것은 마음뿐이다.

얼마만큼 올라가야 정상에 오르고 어디로 내려가야 개목사에 닿을 것인가. 기다릴 줄 모르는 마음을 다독거리며 한참을 올라서 575m 천등산의 삼각점 앞에 선다. 나뭇가지 사이로 학가산이 구름을 머금은 채 모습을 드러내고, 디디고 선 이 천등산으로 밀려오는 구름 건너로 안동의 산들이 구름 속으로 숨는다.

내려가는 길에 의상 스님이 도를 닦았던 큰 바위와 그나마 남아 있는 개목산성을 찾고자 했으나 구름 속에 어느 것도 찾지 못하고 20여분쯤 내려오니 개목사다. 넓게 펼쳐진 인삼밭 너머로 부끄러운 듯 살며시 몸을 드러내는 개목사는 신라시대에 의상이 창건하였으며 창건에 얽힌 설화가 재미있다.

의상이 출가하여 천등산의 정상 근처의 큰 바위 밑에서 수도를 하였는데 하늘에서 큰 등불을 비춰주어 99일 만에 도를 깨치게 되었다. 의상은 지금의 터에 99칸의 절을 창건하고 "하늘의 등으로 불을 밝혔다"는 뜻으로 천등사라고 이름을 지었다고 한다.

고려 말에는 정몽주가 이 절에서 공부를 하였고 조선 초기에는 안동부사로 와 있던 맹사성이 중수하였다. 그 무렵 안동지역엔 유난히도 장님이 많아 맹사성은 이 절 이름을 개목사라고 지으면 장님이 더 이상 안 생길 것이라고 하여 이름을 바꾸었는데 그 뒤부터 안동지역에 장님이 생기지 않았다고 한다.

포은 정몽주가 공부한 절

의상이 지을 때 99칸이었다는 전설과는 다르게 현존하는 당우는 법당인 원통전과 요사채 그리고 문을 겸한 종루가 있을 뿐이다. 허물어져가는 농촌의 빈집이나 여염집 같은 문루를 지나자 한갓지게 서 있는 원통전[보물 제242호]이 보인다. 마당에 피어난 온갖 꽃들에 눈을 빼앗기고 있는데 어디서 왔느냐는 소리가 들린다. 고개를 돌리자 허물어질 듯싶은 요사채에서 노스님이 나오시고 그 옆방에선 나이 드신 보살님이 나물을 다듬고 있다. 나라 안에 수많은 절집들을 두루 찾아다녔어도 이 절의 요사채처럼 퇴락한 곳이 또 어디에 있을까 생각해 봐도 떠오르지 않는다.

소박하지만 마음에 끌리는 공포구성이 특이한 조선 초기의 건물인 원통전은 정면 3칸에 측면 2칸의 건물로 조선 초기에 지어진 주심포 맞배지붕이다. 건물 전면에 툇칸을 놓고 마루를 깐 점이 독특한데, 옆에서 보면 지붕 앞쪽

보물 제242호 | 안동 개목사 원통전 安東 開目寺 圓通殿

의 처마가 다소 무거워 보인다. 앞뒤의 높이가 비대칭이기 때문에 주두부터 시작되는 일반적인 주심포와 달리 헛점차에서부터 보아지甫兒只[11]가 튀어나와 퇴보[12]와 중도리[13]를 받도록 하였다.

다시 봉정사 영산암에 다시 들러 내 집처럼 편안하게 앉는다. 덕휘루를 지나 봉정사에 작별을 고한다.

---

11) 기둥과 보가 서로 연결되는 부분을 보강해주는 건축 부재.
12) 퇴칸에 건 보, 퇴량(退樑).
13) 기둥과 기둥 위에 건너 얹어 그 위에 서까래를 놓는 나무.

백제 무왕의 전설이 깃든 미륵신앙

사자암, 전북 익산시 금마면 미륵산

마한의 왕궁터라고도 하고 백제의 네 번째 도읍지로 조성되었을 것이라고도 전해오는 왕궁평에 접어든다. 초여름부터 늦여름까지 이곳에는 석 달 열흘 동안 화사한 꽃을 피우는 배롱나무가 꽃숲을 이루었는데 지금은 꽃은 사라지고 까치밥으로 남겨진 못생긴 모과가 하나씩 매달려 있고, 그 몇 개는 떨어져 나뒹굴고 있다. 떨어진 모과를 주워 향긋한 냄새를 맡으며 탑 앞에 선다.

왕궁평에 대하여 조선조 말에 간행된 「금마지金馬志」에 의하면 다음과 같이 기록하였다.

왕궁평은 용화산에서 남으로 내려온 산자락이 끝나는 곳에 있으며, 마한 때의 조궁터라는 성터가 남아 있다. 이 성은 돌을 사용하지 않은 토성으로 그곳 사람들이 밭을 갈다보면 기와 조각이 깔려 있고, 더러 굴뚝들이 나온다.

국보 제289호 | 익산 왕궁리 오층석탑 益山王宮里五層石塔

종종 옥패와 동전, 쇠못 등을 습득했다.

『동국여지승람』에서는 다음과 전하고 있다.

왕궁정은 군의 남쪽 5리에 있다. 세상에 전하기를 옛날 궁궐터라고 한다.

왕궁평에는 늠름하고 아름다운 5층석탑[국보 제289]이 보물이었다가 뒤늦게야 국보로 지정되었다. 미륵사탑이나 정림사지 석탑과 같이 백제탑이라는 설도 있고 탑신부의 돌 짜임의 기법과 3단으로 된 지붕돌층급받침 때문에 통일신라 탑이라는 설도 있으며, 백제 양식을 계승하고 신라 양식을 흡수하여 고려 초기에 건립된 탑이라는 설도 있다.

국보 제123호 | 익산 왕궁리 오층석탑 사리장엄구 益山 王宮里 五層石塔 舍利莊嚴具

또 하나는 후백제의 창업주인 견훤과 관계가 있는데, "견훤의 도읍인 완산의 지세가 앉아 있는 개의 형상이므로 개의 꼬리에 해당하는 이곳에 탑을 세워 누름으로써 견훤의 기세를 꺾어 고려 태조 왕건이 이기게 되었다. 그런데 이 탑이 완성되던 날 완산의 하늘이 사흘 동안 어두웠다"라는 설은 「금마지」의 기록과도 맞아떨어진다. 왕건은 실제 후삼국을 통일한 후에 도선국사의 의견에 따라 비보사찰을 여러 곳에 세웠다.

왕궁에는 5층석탑만 남고

1965년 이 왕궁탑을 해체 복원하는 과정 중 1층 지붕돌과 기단부에서 사리

탑과 사리병 및 금으로 된 금강경판[국보 제123호]이 나왔다. 국보로 지정된 이 유물들은 현재 전주 국립박물관에 진열되어 있다. 이 탑에는 또 하나의 분명치 않은 전설이 전해온다.

옛날에 이 지방에 한 노인이 아들과 딸을 데리고 살았다. 하루는 관상을 보는 사람이 와서 아들과 딸 둘 중에 하나만 데리고 살아야지 그렇지 않으면 좋지 않다고 말하였다. 딸보다는 아들을 데리고 살고 싶었던 노인은 먼저 탑을 쌓은 사람과 살겠다고 하면서 딸에게는 쌓기 힘든 미륵탑을 쌓게 하고, 아들에게 왕궁탑을 쌓게 하였다. 그러나 아들이 게으름을 피우는 바람에 딸이 먼저 미륵탑을 세우고 말아 그 노인은 할 수 없이 딸을 데리고 살았다고 한다.

왕궁탑을 지나 금마 쪽으로 조금 가다 보면 들판 한가운데 옥룡천을 사이에 두고 두 개의 석불이 마주보고 있다. 보물로 지정된 동고도리 석불[보물 제46호]은 높이가 4·24m에 이르고 불상의 머리 위에는 높은 관을 얹었는데, 동고도리라는 뜻은 금마가 예전에 도읍지였기 때문에 고도의 동쪽에 있다 하여 동고도리라고 부른다.

일설에 의하면 이 지역의 토호들이 자기들의 세력을 과시하기 위하여 세웠을 것이라고도 하고, 한편에서는 금마를 지키는 수호신으로 세웠다고도 한다. 이 두 개의 불상은 평소에는 만나지 못하다가 섣달 해일 자시에 옥룡천이 얼어붙으면 서로 만나 안고 회포를 풀다가 새벽닭이 울면 제자리로 돌아간다고 하며, 석불 옆에 세워진 석불 중건기에는 이렇게 기록되어 있다.

　금마는 익산의 구읍자리로 동·서·북의 삼면이 다 산으로 가로막혀 있는데,

보물 제46호 익산 고도리 석조여래입상 읍내 古都里 石造如來立像

유독 남쪽만은 물이 다 흘러나가 허허하게 생겼기에 읍 수문의 허(虛)를 막기 위해 세워진 것이라 한다. 또 일설에는 금마의 주산인 금마산의 형상이 마치 말의 모양과 같다고 하여 말에는 마부가 있어야 하므로 마부로서 인석(人石)을 세웠다고 한다.

칠월칠석날의 견우직녀의 전설을 닮은 불상들을 뒤로하고 금마 지나 미륵산 자락에 접어든다. 익산과 전주 인근의 사람들이 즐겨 찾는 미륵산(430m)은 높이가 그리 높지 않음에도 불구하고 소나무 숲이 울창하고, 산길에 바위 길을 따라 오르는 길이 있어 산을 오르는 즐거움을 더해주는 산이다. 산을 오르는 기분만으로도 흥겨워서 노랫소리가 저절로 나온다.

잠시 쉬었다가 다시 오르자 길은 두 갈래 길로 나뉜다. 미륵사로 곧바로 오르는 길과 사자암으로 가는 길. 여정은 사자암이 먼저다.

미륵산 남쪽에는 사자암이

사자암은 전북 익산시 금마면 신용리 미륵산의 남쪽 중턱에 있는 사찰로서 금산사의 말사이다. 창건연대는 확실하지 않지만 백제의 무왕이 왕위에 오르기 전부터 있었던 사찰이다.

『삼국유사三國遺事』「무왕조」의 "무왕은 선화비와 함께 용화산 '사자사師子寺'의 지명법사를 찾아가던 중……"이라는 기록에 의하여 사자암이 지명법사가 거주하던 사찰이었을 것으로 추정하고 있다.

1993년 발굴조사에서 '사자사師子寺'라고 쓰여진 기와가 발견되어 『삼국유

익산 미륵산 사자암

사『三國遺事』의 기록에 나오는 사자사임이 확인되었다. 경내의 넓이는 약 1,650 ㎡(500평)이다. 정면 4칸, 측면 2칸, 팔작지붕의 법당과 산신각이 있다.

이 절에는 법력이 높았던 지명법사가 있어서 서동이 찾아와서 가르침을 받았고, 뒷날 서동은 선화공주를 얻은 뒤 그가 가지고 있던 보물을 신라 궁중으로 보내기 위해 지명법사에게 신라로 수송할 계획을 물었다고 한다. 이때 법사는 신통력으로 보낼 수 있으니 금을 가져오라고 하였다. 공주가 편지를 써서 금과 함께 사자사 앞에 가져다 놓으니 법사는 신통력으로 하룻밤사이에 신라 궁중으로 보내주었다. 진평왕은 신비로운 조화를 이상히 여겨 사위인 서동을 더욱 존경하였고, 늘 편지를 보내어 안부를 물었기 때문에 서동이 왕위에 오를 수 있었다고 한다.

사자사에 대해 『신증동국여지승람新增東國輿地勝覽』에는 다음과 같이 기록되어 있다.

용화산 위에 있다. 두 바위가 벽처럼 솟아 있다, 내려다보면 땅이 보이지 않는다. 돌길이 갈퀴처럼 걸려 있는데, 길을 따라 올라가면 바로 지명법사가 거주하는 곳이다.

오랜 세월의 흐름 속에 지명법사는 보이지 않지만 암벽에는 '사자동천獅子洞天'이라는 글씨가 새겨져 옛날의 그 정경이 마음속에 떠오른다.

이 사자암에는 지은 지 얼마 되지 않은 대웅전과 새로 황토로 지은 요사채 그리고 작은 3층석탑이 세월 속에 마모된 채로 서 있고, 윤흥길의 작품 「에미」에서 어머니가 불공을 드리러 갔던 절로서 한과 슬픔이 오롯이 배어 있는 절이다. 한편 이 절 가까운 곳에 있었다던 오금사에 대한 글이 『신증동국여지승람新增東國輿地勝覽』에는 다음과 같이 실려 있다.

보덕성(報德城) 남쪽에 있다. 세상에 전하기를 서동(薯童)이 어머니를 지성으로 섬겼는데, 감자를 캐던 땅에서 갑자기 오금(五金)을 얻었다. 뒤에 그는 임금이 되어 그 땅에 절을 짓고 오금사라 하였다.

그때 이미 금마의 미륵산에는 사자사라는 절이 있었다고 하나 오늘의 미륵산하에 있는 미륵가람은 실로 이 법왕 때부터 지어져 있었다고 볼 수 있다.

무왕의 탄생에 대해서는 『삼국유사三國遺事』 「무왕조」에 금마 오금산에서 탄생하였다고 적어놓고 있으며 전설적인 이야기가 전해진다.

그의 어머니는 과부가 되어 서울 남쪽에 살고 있었는데 용과 관계하여 장璋을 낳았다 한다. 아이 때 이름은 서동薯童이라 하였고 그의 아명 서동은 마를 캐어 팔아 생업을 삼았다 해서 붙여진 이름이라고 한다.

서동은 어려서부터 영명하고 도량이 넓어 성장하면서 아름다운 미모를 지닌 신라 선화공주를 마음속에 사모하게 되었다. 선화는 신라 진평왕의 딸이었다. 그 무렵의 서동은 마를 캐어 파는 미천한 신분이었으나 서동은 이를 괘념치 않고 신라 서울로 달려가곤 했다.

서동은 선화를 아내로 맞이하기 위해 꾀를 써서 "신라의 공주 선화가 마동에 반하여 밤에는 몰래 궁중을 빠져나와 마동과 은밀히 만나네……" 하는 풍문(서동요)을 퍼뜨려 이 소문이 진평왕의 귀에 들어가게 된다. 이에 선화공주는 왕의 큰 꾸지람을 받고 궁중에서 쫓겨나게 되었고 이내 서동의 아내가 되기에 이르렀다는 것이다. 그가 바로 백제 제30대왕 무왕이다.

길은 다시 미륵산으로 이어지고 조금 오르자 만나는 바위가 미륵산에서 가장 전망 좋은 곳으로 알려진 전망대 바위다. 가깝게 혹은 멀리 서방산, 종남산 너머 운장산이 펼쳐지고 건지, 완산, 황방산 자락의 전주가 한눈에 들어서며 모악산(794m)이 조망된다. 멀리는 마한의 땅이었고, 백제와 견훤의 후백제로 이어지다가 고려를 지나서는 조선왕조를 건국한 태조 이성계의 관향으로 자리했던 지역이었다.

다시 길을 재촉하여 10여분쯤 오르자 미륵산 정상이다. 호남평야가 산 아래에 펼쳐지고 날이 맑은 편인데도 서해바다는 보이지 않고 웅포, 용안 쪽으로 금강의 물줄기가 희미하게 보인다. 그리고 천호산 너머 대둔산이 포착되다가 다시 눈을 돌리자 구름 위에 보이는 연봉들. 충남의 계룡산이다.

익산 미륵사지 모형도

백제가 멸망하는 과정에서 죽은 계백은 황산벌판의 구석진 곳에 한 개의 무덤으로만 남아 있고 "가련토다. 완산애기 애비 잃고 눈물짓네"라는 참요讖謠[14]만 남기고 역사 속으로 사라져 간 견훤은 연무읍 금곡리에 전주 땅을 바라보며 잠들어 있다.

하산 길에 접어들었다. 하산 길은 사자암에서 갈라진 길을 택한다. 우리 국토 중 가장 넓은 호남평야가 텅 빈 채로 나타나고 그 가운데 점점이 박힌 사람 사는 마을들을 바라보며 내려가는 길에 노랫소리가 끊이지 않는다. 길은 평탄하게 이어지고, 바윗길을 내려서면 냉정약수터에 이른다.

---

14) 앞일에 대하여 그 좋고 궂음을 미리 예언하는 뜻으로 지어 부르는 노래.

「금마지金馬志」에 의하면 이 물에 목욕을 하면 부스럼이 잘 낫고 미륵산의 정기를 받았기 때문에 정력수로 이름이 높다고 한다. 이 물을 떠 담기 위해 사람들이 줄을 이어 서 있다.

길을 따라 내려서면 겨울도 푸르른 대숲길이고 그 길을 벗어나면 나타나는 넓은 절터가 미륵사터다.

일연이 쓴 『삼국유사三國遺事』에는 다음과 같은 이야기가 기록되어 있다.

> 하루는 무강왕(武康王)이 인심을 얻어 마한국을 세우고 하루는 선화부인(善花夫人)과 더불어 사자사(獅子寺)로 가고자 용화산 아래 밑 큰 못가에 이르렀는데, 미륵불 셋이 못 속으로부터 나타났다. 왕이 수레를 멈추고 치성을 드리자 부인이 왕에게 "여기다가 꼭 큰절을 짓도록 하소서. 저의 진정 소원이외다"라고 말했다. 왕이 이를 승낙하고 지명법사를 찾아가서 못을 메울 일을 물었더니 법사가 귀신의 힘으로 하룻밤 사이에 산을 무너뜨려 못을 메워 평지를 만들었다. 그리하여 미륵불상 셋을 모실 전각과 탑과 행랑채를 각각 세 곳에 짓고 미륵사라는 현판을 붙였다. 신라 진평왕이 백 명의 장인(匠人)들을 보내 도와주었으니 지금도 그 절이 남아 있는데 석탑(石塔)의 높이가 매우 높아 동방의 석탑 중에 가장 큰 것이다.

동서로 172m 남북으로 148m에 이르는 미륵사터는 넓이가 2만5천 평에 이르는 우리나라에서 가장 큰 절터로, 9층석탑인 서 석탑[국보 제11호]과 1993년에 복원된 동 석탑 그리고 당간지주[보물 제236호][15]가 있는데 다른 절과는 달

---

15) 당(幢 : 불화를 그린 旗)을 걸었던 장대, 즉 당간을 지탱하기 위하여 당간의 좌·우에 세우는 기둥.

리 2기가 있고 서탑은 몇 년째 보수 중이다.

백제 최대의 가람인 미륵사의 창건에 대한 『삼국유사三國遺事』의 기록에 따르면 미륵사 인근 오금산(현재 익산 토성, 쌍릉이 자리하고 있는 곳)에서 마를 캐며 홀어머니와 살던 마동이 신라 선화공주와 혼인하는 서동설화와 미륵사 창건설화로 되어 있으며 또 다른 미륵사의 창건설화는 무왕과 선화공주의 신앙만이 아니라 정치적인 목적이 있었을 것이라는 견해도 있다. 즉 백제의 국력을 확장하기 위하여 마한세력의 중심이었던 이곳 금마에 미륵사를 세웠을 것이라고 한다.

무왕은 바로 이 지역을 새로운 도읍지로 하여 백제 중흥의 원대한 포부를 펼치려고 하였을 것이다. 어떻든 백제 최대의 가람인 미륵사를 세우는 데에는 당시 백제의 건축, 공예 등 각종 문화 수준이 최고도로 발휘되었을 것으로 짐작할 수 있고

국보 제11호 | 익산 미륵사지 석탑 益山 彌勒寺址 石塔

보물 제236호 | 익산 미륵사지 당간지주 益山 彌勒寺址 幢竿支柱

백제의 전 국력을 집중하여 창건하였기 때문에 백제 멸망의 한 원인으로 작용했다는 평가를 받기도 하지만 미륵사가 어느 때 폐찰이 되었는지는 분명하지 않다.

조선 정조 때 무장지역의 선비였던 강후전이 쓴 「와유록臥遊錄」에 의하면 "미륵사에 오니 농부들이 탑 위에 올라가 낮잠을 자고 있었으며 탑이 100여 년 전에 부서졌더라" 하는 내용이 있는 것을 보면 우리나라 대다수의 절들이 임진, 정유재란 때에 불타버린 것과는 달리 다른 원인에 의해서 폐사가 된 것임을 짐작할 수 있다.

그 후 미륵사의 발굴이 시작되기 전까지 이 절터에는 논밭과 민가가 들어서 있었고 절의 석축들 대부분이 민가의 담장이나 주춧돌로 사용되고 있었다. 발굴 결과, 가운데 목탑을 두고 동서로 두 개의 탑이 있었고 각 탑의 북쪽으로 금당이 하나씩 있었으며 각기 회랑으로 둘러져 있었는데 이는 탑, 금당, 강당, 승방이 일직선상에 하나씩 배치되는 일반적인 백제계 탑과는 매우 다르게 되었음을 알 수 있다.

우리나라 탑은 4세기 후반부터 6세기까지 주로 목탑이 건립되었다. 그러던 도중에 이 익산지역의 질 좋은 화강암을 가지고 미륵사탑을 만들게 되는데, 이 탑을 만들면서 목조건축의 양식을 충실히 모방하였기 때문에 우리나라 석탑 발생의 시원으로 평가받고 있다. 이 미륵사탑은 신라시대에 경주 감은사탑으로 이어지고 다시 석가탑을 통하여 완벽하게 완성된다. 이 탑은 일제 무렵에 허물어져가고 있던 것을 시멘트로 떠받쳤기 때문에 흉물스럽게 남아 있지만 그나마 그렇게라도 살리고 보수하지 않았더라면 국보 11호로 지정되지도 못하였을 것이라는 말이 의미하는 바는 크다고 할 수 있다.

그 후 남아 있는 서 석탑과 남아 있는 상륜부의 노반을 토대로 컴퓨터로 정밀하게 계산하여 복원한 동 석탑이 세워졌는데 천삼백여 년 동안을 비바람과 세월의 무게로 얹어진 그 무게와 옛사람들의 지극한 불심이 만들어낸 서석탑의 그 아름다움을 계산에 따라 기계로 잘라 만들어낸 동 석탑과 비교한다는 것 자체가 무리일 것이다.

보수중인 서 석탑보다 9층으로 만들어진 동 석탑 사이사이에 끼어 넣은 옛시절의 이끼 얹어진 석물들을 바라보면서 그 옛날로 돌아가보고 싶었다.

석불사에는 연동리 석불좌상이

미륵사터를 지나 함열 쪽으로 조금 가면 삼거리를 지나 석불사에 들어선다. 보물로 지정된 연동리 석불좌상[보물 제45호]이 있기 때문에 몇 년 전에 지어진 석불사 대웅전 앞에는 얼마 전에 새로 지은 듯한 범종각이 있고 그 옆에는 여러 가지 석물들이 즐비하다.

대웅전 문을 열고 들어가 석불좌상을 바라다본다. 오랜 세월동안 이 일대의 사람들의 수많은 염원을 들어주고 신앙의 대상이 되었을 석불좌상은 얼굴 따로 몸체 따로 그렇게 앉아 있다.

이 절의 주지인 휴암 스님의 말에 의하면 임진왜란 때 이곳으로 왜군들이 진격해오는데, 갑자기 안개가 가득해졌다고 한다. 장수가 이 근처에 도사가 숨어 있는지 모르니까 찾아보라고 했다고 한다. 그런데 사람은 보이지 않고 이 석불좌상이 보이더란다. 아무래도 이 석불이 도술을 부리는지 모

보물 제45호 | 익산 연동리 석조여래좌상 益山 蓮洞里 石造如來坐像

르겠다며 왜장은 이 부처의 목을 치게 했다. 그 뒤부터 이 석불좌상은 목이
없어진 채로 나뒹굴게 되었고, 그래서 목 없는 이 석불에 저 머리를 얹어 놓
게 된 것이란다.

그 후 이상한 것은 나라가 어려울 때마다 이 석불좌상은 땀을 비 오듯이 흘린

단다. 임진왜란이 있기 전에도 그러했고 IMF 당시에도 땀을 수없이 흘렸다는데……. 땀을 흘렸다느니, 안 흘렸다느니 하는 것은 중요한 일이 아닐 것이다. 중요한 것은 석불좌상을 믿고 의지했던 수많은 사람들의 발길이 아직도 끊이지 않고 이어지는 그 마음일 것이다.

석불좌상의 두툼한 어깨와 태산이 무너져도 흔들림이 없을 것 같은 묵직한 몸체 뒤편에 광배光背16)가 있다. 우측 아랫부분이 부러져 보수를 하였지만 거의 완전히 남아 있는 광배에는 백제형식의 전형적인 스물네 잎의 연꽃무늬가 조각되어 있으며, 그 안에는 열두 개의 4각형이 조각되어 있고, 그 중앙에는 화심이 있고, 그 바깥 둘레에는 정교한 불꽃무늬 안에 7구의 화불이 조각되어 있다.

오랜 수난의 세월 끝에 대웅전 안에 모셔진 석불을 뒤로하고 귀로에 오른다. 벌써 해는 뉘엿뉘엿 미륵산 뒤쪽으로 숨고 바람은 제법 차다.

---

16) 회화나 조각에서 인물의 성스러움을 드러내기 위하여 머리나 등의 뒤에 광명을 표현한 원광.

벼랑끝에 자리한 원효와 의상의 전설을 담은 산사

정취암, 경남 산청군 신등면 정수산

퇴계 이황이 '인仁' 즉 어짐을 받드는 학문을 했다면, 남명 조식은 '의義' 곧 의로움을 받드는 학문을 했다. 그는 이곳 지리산 자락의 산천재에 머물며 정여립사건으로 희생당한 수우당 최영경, 내암 정인홍, 김우옹, 김효원 등 수많은 제자들을 길러냈다.

"배운 것을 실천하지 않으면 안 배움만 못하고 오히려 죄악이 된다"라고 말했던 남명 조식을 모신 덕천서원과 산천재를 거쳐 경호강을 건너 원지를 지나면 신등면 소재지인 단계에 이른다.

'새롭게 평등하다'는 뜻을 지닌 신등면의 법물마을은 조선의 마지막 유학자 중재 김황 선생이 살다간 곳이다. 남명 조식의 은둔적인 삶에 영향을 받아 평생 동안 유학을 법도로 삼아 살다가 1977년 정월에 죽은 그의 장례식에는 나라의 유생들이 수없이 몰려들어서 그의 가는 길을 지켜보았다.

산청 율곡사 전경

멀리 합천 쪽으로 황매산(1,108m)이 보이고 마을길을 벗어나면 길 오른쪽에 칠정리나무라고 불리는 귀목나무로 된 당산나무가 있고, 그 옆에 누석단[17]이 있다. 이곳에서부터 길은 구부러지고 급경사 길을 한 없이 오르면 율곡사에 닿는다. 유달리 추운 날씨와 이른 아침이어선지 절은 조용하기 이를 데 없는데, 대웅전에선 은은히 독경소리 들린다. 누구의 간절한 염원일까? 끝없이 염불소리는 이어지고 산행을 준비한 채 탑 앞에 선다.

율곡사는 경상남도 신청군 신등면 율현리에 자리 잡은 절로서 대한불교조계종 제12교구 본사인 합천 해인사의 말사이다. 신라 진덕여왕(651년) 때에 원

---

17) 돌무더기와 당나무 형태의 서낭당.

효가 창건하였고, 930년 신라가 망하기 직전에 감악 스님이 중창하였다. 그
후 사기에 기록된 바로는 고려 공민왕 22년에 정순과 조선 인조 19년에 벽각
성필 스님이 중건하였고, 숙종 40년에 중건한 뒤 광우 원년에 구봉 혜은이 중
수하였다. 대웅전의 공포에 "경희 19년 경신 유월 십사일에 일을 시작하여,
팔월 오일에 끝났다"라고 기록되어 있다.

남아 있는 절 건물들로는 보물로 지정된 대웅전[보물 제374호]과 규모가 작은 칠
성각과 관심당 그리고 어염집과 비슷한 요사채가 있을 뿐이다. 바라볼수록
아름다운 이 절 대웅전에는 대목에 관련된 전설 하나가 전해 내려온다.

이 법당을 중창할 때 어떤 목공이 찾아와 절을 짓는 일을 자청하였다고 한다.
그런데 석 달 동안을 두고 이 목공은 다른 일은 전혀 하지 않고 목침만 만들

고 있었다. 이를 답답하게 여긴 스님이 목공을 시험하기 위해 목침 하나를 몰래 숨겼다. 목침을 다 만들었다고 생각한 목공이 수를 세어 보니 목침 하나가 모자란 것이 아닌가. 갑자기 안색이 새파랗게 변한 목공은 "내 정성이 부족하여 목침 하나가 모자라니 이와 같은 귀중한 법당을 건립할 수 없다"라고 말한 후 연장을 챙겨서 절을 떠나려고 했다. 이에 당황한 스님은 숨겨 놓았던 목침을 내놓고는 사죄를 하였다.

목공은 그제야 마음을 돌리고 목침을 조립하기 시작하였다. 그때 못 하나 쓰지 않으면서 목침만으로 목침을 짜 올리는 그 빼어난 솜씨가 신기에 가까웠다고 전해진다. 그래서 이 법당은 못을 전혀 쓰지 않고 조립한 절이므로 목침절 또는 몽침절이라고 불리기도 했다. 또한 대웅전 밑의 땅에서는 여름철엔 차디찬 영천靈泉이 샘솟고 있으며 겨울철에는 따뜻한 물이 나온다고 한다.

쇠못을 쓰지 않고 지은 대웅전

율곡사 대웅전은 조선 중기에 지어진 건축물로써 정면 3칸에 측면 2칸의 단층 팔작집인데 규모는 크지 않고, 흔히 볼 수 있는 다포집 계통의 집이지만 산골짜기의 산세와 어우러져 묘한 아름다움을 드러내고 있다.

대웅전 앞에 서서 대웅전의 문들을 바라다본다. 내소사나 불갑사의 문살보다 예술미는 떨어지지만 율곡사의 문살 또한 아름답기 그지없다. 율곡사 대웅전의 문틀은 정면의 세 칸 중 가운데로 사분합문四分閤門[18]이고, 좌우에는 삼

---

18) 문짝이 넷으로 되어 열리고 닫히는 문.

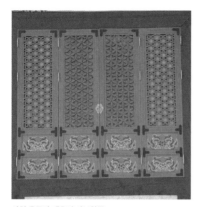

산청 율곡사 대웅전 사분합문

산청 율곡사 대웅전 공포와 추녀

분합문三分閤門을 달았다.

특히 사분합문에는 손품을 적잖이 들인 예쁜 꽃 창살을 달았고, 삼분합문에는 빗살과 띠살문帶箭門[19] 위에 팔각의 붙박이창을 두었으며 궁판널을 두 겹이나 두는 등 다양하게 만들었다. 기둥 위에는 평방平防[20]을 얹고 사면을 돌아가면서 내외 삼출목三出目[21]에 공포[22]를 바쳤으나 첨차檐遮[23]에는 쇠서[24]가 달리지 않았다.

이와 같은 수법은 조선 초기의 다포식 건축에서 주로 볼 수 있다. 그러나 공포의 상단 부분에서 외목도리[25]를 고정시키고 있는 조각물의 형태를 보아 이 대웅전의 건립연대는 조선 중기로 내려온다는 것을 미루어 짐작할 수 있다.

---

19) 가는 살을 세로로 촘촘히 대고 가로살을 상중하에 몇 개씩 건너댄 문.
20) 다포 건물에서 주간포를 받기 위해 창방 위에 수평으로 창방과 같은 방향으로 얹히는 부재.
21) 기둥의 중심선에서 세 줄로 내민 출목.
22) 처마 끝의 하중을 받치기 위해 기둥머리 같은 데 짜 맞추어 댄 나무 부재.
23) 공포를 구성하는 기본 부재로 살미와 반턱맞춤에 의해 직교하여 결구되는 도리 방향의 부재.
24) 한식 목구조 공포에서 보 방향으로 첨차에 직교하여 거는, 끝을 소의 혀 모양으로 장식하여 오려낸 부재.
25) 서까래 바로 밑에 가로로 길게 놓인 부재.

독경소리는 계속 이어지고, 아무래도 산행을 마친 뒤에야 대웅전을 들어갈 수 있을 것 같아서 산행에 나선다.

대웅전 뒤편에 대숲이 울창하고 그 뒤에 검푸른 소나무가 우뚝우뚝 솟아 있고 등산로는 많은 사람들의 발자취를 간직한 듯 반질반질하다. 떨어진 나뭇잎 사각거리는 소리를 들으며 산을 오르며 중간에 작은 개울을 건넌다. 얼음 틈새로 졸졸졸 물이 흐르는 것을 보면 날은 추워도 샘솟는 물을 막을 수 없으며, 흐르는 것 또한 멈추게 할 수는 없을 것이다. 산은 오를수록 드러나는 세상의 확 트임으로 다시금 오를 수 있는 힘을 얻는다.

새신바위를 눈앞에 두고 능선 길에 접어들면 산길은 바위와 나무로 제법 아기자기하고, 눈 쌓인 천왕봉과 바위가 보석처럼 빛나는 황매산 그리고 여기저기로 내리뻗은 조선의 산들이 가슴속으로 마구 들어온다. 새신암 위에 앉으니 눈은 매우 충만하고, 정신 역시 너무도 맑아진다.

새신바위에 글씨는 보이지 않고

새신바위와 율곡사에는 다음과 같은 전설이 전해 내려온다.

대웅전을 지은 이름난 목공이 법당을 단청할 때 이레 동안은 절대로 안을 들여다보지 말라고 부탁하였다. 목공이 안으로 들어간 뒤에 아무런 인기척이 없었다. 궁금증을 참다못한 스님이 이레째 되는 날 그 안을 엿보았다. 그때 대웅전 안에서 새 한 마리가 붓을 물고 날아다니며, 벽화를 그리고 있는 게 아닌가. 스님이 놀라서 문을 닫자 인기척을 느낀 새는 일을 끝내지도 않고서 날아가 버리고 말았다. 그 새가 자취를 감춘 곳이 바로 이 바위였으므로 새신바위라고 부르게 되었다고 하며, 그 새가 들어간 곳에 바위 문이 있고, 그 바위 문에 새겨진 글씨를 해독하면 그 문이 열리고 그때 사용했던 붓과 물감이 있을 것이라고 전해지지만 새겨진 글씨를 확인해 본 사람은 아무도 없다고 한다. 못다 그린 벽화는 후세에 완성된 것이라고 한다.

새신바위는 흡사 거대한 다이아몬드를 꽂아 놓은 것 같은 형상으로 신비스런 아름다움이 있다. 바위 끝으로 가까이 가서 보면 수십 길의 절벽이 펼쳐지고, 현기증에 아찔해서 그 자리에 주저앉고 만다. 이 바위에서 신라의 고승 원효대사가 율곡사 창건에 앞서 지금의 절터를 잡았다고 한다. 이렇듯 이 산은 산의 높이나 품새에 비해서 사연이 많다.

탕건바우는 중바우 동쪽에 있는 바위로써 탕건처럼 생겼고, 생이바우는 생이소 위쪽에 있는 바위로써 생이처럼 생겼고, 문턱바우는 문소골에 있는 바위로써 문턱처럼 생겼다. 도둑바우는 탕건바우 북쪽에 있는 바우인데 도둑이 숨어 살았다고 하고, 들어앉은 바우는 큰바우 위에 작은바우가 얹혀 있어서 그 이름이 붙었다고 한다. 그러나 이름이 바위만 있는가, 고개 이름은 또 얼마나 많은가.

이름조차 율현인 이곳에는 율현 남쪽에서 큰 들로 넘어가는 고개가 밤나무가 많았기 때문에 밤남골이고, 율현리에서 산청읍 내수리로 넘어가는 큰 고개가 밤실재이다. 율현 서쪽에 있는 고개는 지형이 질마처럼 생겼으므로 질마재, 율현에서 운룡으로 넘어가는 고개 이름은 운룡고개이고, 범의굴이라는 해미네 무덤골, 호랑이 탁거리, 호부래미굴 등 이름조차 이상야릇한 이 율현의 정수산 새신바위에서 조선의 모든 지형의 특성을 따서 만들어진 이름들이 얼마나 감칠맛이 나고 은유적인가를 깨닫는다.

길은 산의 정상으로 뻗어 있고 능선 길에는 진달래나무와 싸리나무가 잡목 숲에 뒤섞여 있다. 진달래 피는 봄날에는 이 산은 어화 꽃동산이 될 듯 싶은 데, 누가 와서 이 꽃들을 정겨움 가득 찬 눈길로 바라봐줄까.

진달래 능선을 지나 잠시 오르면 정수산 정상이다. 가까운 듯 먼 듯 천왕봉이 눈 덮인 위용을 자랑하고 있고, 그 위에 지는 반달이 선명하게 걸쳐 있다. 어쩌면 천왕봉(1915m)도 이 산의 정수산이나 높이가 비슷하게 보이는 것처럼 사람들의 삶 역시 비슷할 것이다.

이 산 아래엔 맑은 물이 흐르는 정수암이 있고, 그곳에 있는 암자터에서 남명 조식의 제자이며 동서분당의 원인제공자였던 김효원에게 이조정랑을 넘겨주었던 덕계 오건이 공부를 하였다고 한다. 오건도 이 산에서 눈 쌓인 천왕봉을 바라보며 그의 스승 남명의 "선을 따르는 것은 오르는 것처럼 하고 악을 따르는 것은 무너지는 것처럼" 하라는 훈계를 마음속 깊이 새겨두었을 것이다.

진달래꽃이 아름다운 산

합천 함양과 진주 쪽의 산들을 하염없이 바라보고 하산 길은 좌측으로 뻗은 능선 길을 택한다. 가파른 산길에는 진달래와 잡목들이 우거지고 바람은 사람을 날려보낼 듯 세차게 분다. 윙윙 불어대는 바람 끝에 바람 멎은 절집에 들어서 대웅전 문을 열고 들어가 습관처럼 세 번 절을 올리고 가만히 앉았다. 이 절 대웅전의 대들보는 앞 뒤 공포에 통보로 걸렸고, 그로부터 좌의 측

산청 율곡사 대웅전 내부 천장

산청 율곡사 대웅전 불단 및 닫집

면의 중앙기둥에 걸쳐 있는 충량(衝梁)[26]을 배치하였으며, 대들보 위에 걸친 축량의 뒤끝을 용두형으로 조각하였다.

천장은 우물천장[27] 형식이고 불단 위에는 J자 형의 처마를 이룬 닫집[28]을 달았다. 단청은 금단청으로 문위를 빈틈없이 만들어 장엄하기 이를 데 없다.

닫집 아래에 세 분의 부처님이 정겹게 앉아 있다. 대웅전 안에 빼곡하게 들어 차있는 연등의 숲을 바라보며 기원을 했다.

대웅전을 나와 율곡사를 내려오며 조선시대의 대학자 이이李珥 선생을 떠올린다. 정여립이 이이를 스승으로 모셨다가 그가 죽은 뒤 그의 곁을 떠나고 난 뒤 스승을 배반했다는 빗발치는 상소로 시작된 기축옥사의 피비린내나는 역사 속 중심인물이었던 이이의 호가 율곡이 아니었던가.

---

26) 집채의 좌우 쪽에서 상량과 동렬로 짜이는 단량(短樑).
27) 우물 정자 모양으로 만든 천장의 한 종류.
28) 불단이나 어좌 위에 목조건물의 처마구조물처럼 만든 조형물.

산청 정취암에 바라본 풍경

율곡, 밤실 또는 밤골이라고 부르는 이곳 지명과 같은 파주의 밤실마을에
서 이이는 태어났고 그는 호를 율곡이라 지었다. 이이뿐만 아니라 안동에서
태어난 이황은 '물러나는 시내'라는 뜻의 퇴계退溪라 지었고, 서경덕은 그가
터를 잡은 화담花潭 즉 '꽃피는 연못'이라는 이름을 따서 화담이라고 지었다.
연암燕岩 박지원은 그가 한때 살았던 황해도 금천현의 연암골짜기에서 그의
호를 따왔고, 현대에는 김대중 전대통령이 고향 이름인 후광後光리에서 호를
따온 것처럼 옛 사람들은 자기 자신의 호를 자신의 고향이나 자연의 이름을
가지고 그들의 호를 지었다.

율현마을을 지나면 우측으로 보이는 산이 대성산이고, 길은 정취암이 있는
둔철산에 이른다. 정취암으로 오르는 길은 구불구불하기가 구절양장九折羊

산청 정취암

腸과 같다. 돌고 돌아가다가 만나는 암자는 오래 된 소나무 숲에 쌓여 있다.

조선시대만 해도 단성군의 영역이었던 신등면 모례리에 있는 둔철산은 높이가 812m로 둔철이라는 이름은 옛날 이곳에서 철이 많이 났기 때문에 붙여진 이름이다.

정취암은 둔철산 남쪽에 있는 절이다. 휘돌고 휘돌아간 깎아지른 벼랑에 걸려 있는 이 절은 의상대사가 창건했다. 어쩌면 이렇게 암자가 고적하고 예쁠까 싶을 만큼 아름다운 절이다. 정취암 뒤에는 거대한 암벽이 버티고 서 있다. 늙은 소나무와 활엽수들이 울창한 이 절에는 원효와 의상에 얽힌 일화가 남아 있다.

율곡사에 기거하던 원효대사가 보리죽을 먹고 있었다. 그 무렵 정취암에 있던 의상대사가 천공天供[29]을 즐기고 있었다. 어느 날 원효대사가 정취암으로 의상을 찾아갔다. 즐거운 한때를 보내다가 마침 공양시간이 되었다. 원효는 의상에게 "자네는 천공을 받아먹고 있으니 어디 오늘은 나도 함께 먹어보세" 하고 기다렸는데 어찌된 영문인지 아무리 기다려도 천녀는 내려오지가 않았다.

원효는 기다리다가 일어나 돌아가고 말았는데 그때에야 천녀가 공양을 가지고 오는 게 아닌가. 이를 못마땅하게 여긴 의상이 천녀에게 "오늘은 어찌 이다지도 늦게 왔는가" 하고 물으니 천녀가 "하늘에서 내려오다가 이 절을 보니 원효대사를 옹위하는 팔부신장이 길을 가로막아 내려올 수가 없었습니다" 하고 대답하는 것이 아닌가. 이에 비로소 크게 깨달은 의상은 "내가 아직 원효에 미치지 못하는구나" 하고 한탄하고서 그 후로는 천공을 사양하였다고 한다.

또 하나 전해오는 전설은 문익점의 후손에 얽힌 이야기다.

문익점의 동생 문익하益夏의 둘째 아들 가학可學이 암자에서 공부를 하는데, 정월 보름날이 되니 암자에 있던 중들이 모두 달아나므로 그 까닭을 묻자 해마다 요괴가 나타나서 젊고 잘생긴 상좌 중을 잡아가므로 이를 피하는 것이라 했다. 그는 남자로서 요괴 하나를 이기지 못하고 달아날 수 없다 하여 좋은 술과 안주를 준비시켜 놓고 혼자서 지키고 있었다. 그런데 새벽녘이 되자 과연 어여쁘게 생긴 단장한 아름다운 여인이 들어와 요염한 몸짓으로 아양

---

29) 하늘에서 내려주는 공양.

을 떨었다. 그는 술을 마시고 노는 척 하면서 틈을 엿보아 준비해 둔 밧줄로
그 여인을 묶고 죽이려 하였다. 여인은 울면서 나는 본래 늙은 여우인데, 만
일에 나를 살려주면 마음대로 둔갑할 수 있는 비결책을 주겠다고 하여 그를
따라가니 높은 바위틈에서 비결책을 꺼내어 주었다.

그가 약속대로 그 여인을 풀어주고 그 책을 읽는데, 그 여인이 나타나 마지
막 장을 빼앗아 달아나 버렸다. 그렇기 때문에 그 책에 쓰인 대로 마음껏 바
위, 돌, 나무, 짐승으로 둔갑을 할 수는 있는데, 밧줄의 끝 토막을 감출 수가
없었다고 한다. 그 뒤 군자금을 모으려고 둔갑술로 궁중으로 몰래 들어가서
여러 번 나라의 돈을 내오다가 마침내 잡혀 죽은 뒤, 단성고을에 살던 문씨들
도 모두 동래부東萊府로 귀양을 보냈다고 한다.

번거로운 마음을 씻어내는 해탈의 바다

금강암, 전남 순천시 낙안면 금전산

오공재를 넘어서자 옅은 운무 사이로 낙안벌판이 나타난다. 아직 수확을 끝내지 못한 보리밭들이 진노란 빛으로 점점이 박혀 있고, 60년대 풍경으로 초가집과 기와집들이 조화를 이룬 낙안읍성이 산자락 아래 풍경화처럼 펼쳐져 있다.

'금전산 등산로'라고 쓰인 표시판 아래 금강암 1,200m, 정상 1,500m라고 적혀 있다. 낙안읍성을 답사하거나 벌교, 소록도로 가는 길에 수없이 지나다녔던 산이지만 막상 산에 접어들자 골짜기라선지 나무숲들이 무성하다. 그중 계속 눈에 띄는 것이 명감나무라고 불리는 청미래 덩굴이다.

잎들과 열매가 반짝반짝 빛이 나는 명감들이 산세山勢 탓인지 주렁주렁 열려 있다. 어린 시절 연푸른 빛깔의 명감을 따다가 실에 꿰어 목에 걸면 염주가 되었고 가을에 빨갛게 익은 명감을 따서 먹으면 달착지근한 그 맛이 그렇게 감미로울 수가 없었다. 지금은 그냥 바라보고 무심히 지나칠 뿐인데 그것은 살아가야 할 날이 많고 겪어야 할 일이 많은데도 삶에 지쳐서 혹은 다 알아버린 듯 모든 것에 감흥을 잃어버린 때문일 것이다.

숲길을 벗어나자 금전산과 낙안읍성이 제 모습을 드러내며 전망 좋은 산길이 계속되고 한참을 오르자 커다란 바위 봉우리가 눈앞에 나타난다. 높이가 10여 미터쯤 될까. 이름이 형제바위인 이 봉우리는 원래 두 개가 사이좋게 서 있었다고 한다. 그러나 80년대 초반 어느 날 밤 아래쪽의 동생바위가 허물어져 버리고 성님바위만 남았다고 한다.

의상대에서 바라보는 빼어난 낙안 벌판

길은 우뚝 선 원효대 아래를 지나 숲길로 이어진다. 들어서자마자 찔레꽃과 때죽나무 꽃들이 뿜어내는 아련한 향기에 취한 채 잠깐 오르자 금강암의 일주문 역할을 하는 바위굴이 나타난다. 들어갈 때는 금강문이고 나갈 때는 해탈문이라는 바위굴을 나서자 아래쪽에 맑고 시원한 샘이 흐르고 있다. 구능수라는 이 샘에 얽힌 이야기가 있다.

옛날에 이 암자에 구도를 꿈꾸는 한 처사가 있었다. 그때 석실 입구에 있는 구멍에서 하루 세 번씩 한 사람 먹을 만큼의 쌀이 나와서 연명하고 있었다. 그러던 어느 날 손님이 찾아와 쌀이 더 나오도록 부지깽이로 그 구멍을 들쑤시자 쌀은 나오지 않고 쌀뜨물만 나왔다는 것이다. 또한 석실 안쪽 한 면에 석유구가 있는데, 그 물이 신령스러워 공을 들이지 않거나 상스런 행위를 하고 물을 받으면 조금 전 흐르던 물이 말라버린다는 것이다.

순천 금전산 바위 봉우리

순천 금전산 금강암 바위굴

순천 금전산 금강암

물 한 잔을 마신 후 산성 길과 흡사한 길을 올라서면 금강암이다. 마치 여염
집 같은 금강암은 백제 위덕왕 때에 창건되었다.

「승주향리지昇州鄕里誌」에 의하면 "위덕왕 30년(583년)에 금둔사가 창건되었고
그 후 의상대사가 금강암, 문주암 등 30여 개의 암자를 가진 큰 절로 중건했
다"고 기록되어 있으나 현재의 금강암은 조계종 송광사에 딸린 자그마한 암
자일 뿐이다.

나무그늘 밑에서 잠시 쉬고 의상대라고 이름붙여진 바위 위에 올라선다. 의
상대의 동쪽 맞은편에는 원효대가 있는데 이곳에서는 서대, 동대라고 부르
고 있고 또 이곳에는 입석대와 참선하는 스님 형상의 참선대, 두꺼비바위, 개

순천 금전산 금강암

바위 등의 기암괴석들이 우뚝우뚝 솟아 있다. 고려시대의 문신인 김극기가
그의 시에서 금강암을 다음과 같이 노래했다.

　절은 높고 높은데 서 있으니 어느 해에 경치 골라 지었던가. 기이한 지경 끝
　까지 가고 깨끗이 앉았으니 번거로운 마음 씻어지네. 좋은 차(茶)는 눈[雪]을
　따라서 삽삽(颯颯)하게 사람을 스치네

의상대사가 수도했다는 이곳 의상대에서 바라보는 경관은 무어라 형언할 수
없이 아름답지만 무엇보다 빼어난 것은 눈 아래 펼쳐진 낙안 벌판일 것이다.
고려 때부터 즐거울 낙樂 편안할 안安자를 써서 낙안군이라 불렸던 낙안은 현
재 순천시 낙안면인데 「낙안읍성지樂安邑城誌」에 기록된 바대로 낙토민안樂土民

安이 이곳에서 유래되었다는 말이 맞을 만큼 주변 산들에 에워싸인 오래도록 살만한 곳으로 평온함이 느껴지는 벌판이다.

금전비구에서 유래된 금전산

낙안의 진산으로 성의 북쪽에 위치한 금전산의 옛 이름은 쇠산[鐵山]이었다가 백여 년 전에야 금전산으로 바뀌게 되었으며 한자의 뜻풀이로 보면 금金으로 된 돈 산이다. 그러나 금강암 스님의 말에 의하면 금전산은 불가에서 유래한 이름으로 "부처의 뛰어난 제자들인 오백비구(혹은 오백나한) 중 금전비구에서 산 이름을 따왔다"고 한다.

또한 풍수지리를 공부하는 사람들은 금전산의 산세를 이렇게 해석하기도 한다. 금전산 북쪽의 옥녀봉 동쪽 줄기에 오봉산과 제석산이 있고, 서쪽에는 백마산이 있는데, 전체적으로 놓고 볼 때 이것은 옥녀산발형玉女散髮形이다. 풀어 말하자면 옥녀가 장군에게 투구와 떡을 드리려고 화장을 하기 위해 거울 앞에서 머리를 풀어헤친 형상인 것이다. 그러한 말을 뒷받침하듯 평촌리 마을 앞에 있는 평촌 못은 옥녀의 거울에 해당하는 조건을 완벽하게 갖춘 못이기 때문에 옛부터 낙안에는 미인들이 타 지역보다 유난히 많이 났다고 한다.

전망 좋은 방보다 훨씬 운치 있는 의상대에서 쉬다 정상을 향해 다시 오른다. 여기저기 신도들이 쌓아놓은 돌탑들을 지나 한참을 오르자 한 번도 사용하지 않은 채로 제 모습을 잃어가는 헬기장이 나타나고 조금 더 올라가자 여러 가지의 잡목 숲에 가려진 정상에 다다른다.

우리의 옛 선조들은 오늘날 성행하고 있는 것처럼 단순히 정상에 오르기만을 위한 산행을 하지 않았다고 한다. 그들은 산의 정상에 오르면 가쁜 숨을 고른 다음에 상투를 틀고 긴 머리를 풀어헤치고 1년 내내 망건으로 죄고만 있어야 하는 머리를 풀고 바람 부는 방향에 서서 그 머리를 바람에 맘껏 날렸다. 바람으로 빗질을 하는 이 풍습을 즐풍櫛風이라고 했는데, 이 즐풍은 방향을 가려서 하였고, 동풍은 좋지만 서풍이나 북풍에서는 하지 않는 법이라서 그날 풍향을 살펴서 동남풍이 불어야 이 즐풍을 위한 등산을 하였다고 한다. 즐풍 즉 바람으로 머리 빗질을 한 다음 거풍擧風 단계로 접어드는데, 바지를 벗어 하체를 노출시킨 다음 햇볕이 내리쬐는 정상에 하늘을 보고 눕는 것이 거풍이다.

이러한 즐풍과 거풍습속은 인간사회에서 억세게 은폐하고 얽매어 놓았던 생리적 부분을 탈 사회화하여 해방시키는 뜻도 있지만 그 목적은 실리를 취한 것으로써 자연 속에 산재되어 있는, 정을 받는 동작이며 의식이었던 것이라고 할 수 있다.

태양과 가장 가까운 산중에서 하체를 노출시켜 태양과 맞대면시켰던 거풍습속은 양(해) 대 양(성기)의 직접적인 접속으로 양기를 공급받을 것으로 믿었던 유감주술類感呪術[30]에서 비롯된 것이다. 지금도 남도에서는 거풍재, 거풍암 등이 지명으로 남아 있고 쓰고 있는 속담에 "벼랑 밭 반 뙈기도 못가는 놈 거풍하러 간다"라는 말을 보면 거풍습속이나 즐풍습속이 보편화되어 있었음을 알 수 있다.

---

30) 어떤 사물이나 현상에 대한 모방을 통해서 유사한 결과를 끌어낸다는 주술.

보물 제945호 | 순천 금둔사지 삼층석탑 順天 金芚寺址
三層石塔

통일신라 때 선풍을 떨쳤던 금둔사

『신증동국여지승람新增東國輿地勝覽』에 "금전산에 금둔사가 있다"는 기록과 "송광사의 제16국사인 오봉국사가 1395년(태조 4년)에 남북의 명산을 두루 살핀 뒤 금둔사에서 하룻밤을 유숙하고 송광사로 떠났다"라는 송광사 사적에 남아 있는 기록이 있을 뿐 어느 때 누가 창건했고, 어느 때 폐사가 되었는지 정확한 내용은 찾을 길이 없다.

구전으로 전해오는 이야기에 의하면 통일신라 말기 철감선사가 이곳에 머물며 선풍을 크게 떨쳤다는 이야기와 정유재란 때 폐사가 되었다는 이야기가 남아 전해지고, 최근의 중창불사 중 선방 밑에서 지정至正 원년(1341)이라는 고려시대의 명문이 출토된 것으로 보아 그 이전에 절이 지어졌을 것으로 추측할 뿐이다.

금둔사는 태고종 소속으로 1985년에 선원으로 재건되었다. 골짜기를 건너 돌담을 따라 올라가면 3층석탑[보물 제945호] 한 기와 비석 형태의 특이한 석불입상[보물 제946호] 하나가 서 있다. 3층석탑은 이중기단 위에 3층의 탑신부를 올린 통일신라시대의 탑이다. 높이 4m의 3층석탑은 하층단에 우주隅柱[31]와

---

31) 건물(建物)의 모퉁이에 세운 기둥. 귀기둥

탱주를 모각했고, 상층기단 각 면에는 팔부신중八部神衆[32]을 2구씩 뚜렷하게 조각하였다. 각층 몸돌에는 우주를 모각하였고 다른 층과 비교할 때 훨씬 높은 몸돌에는 문비와 구름을 탄 공양신이 조각되어 있으며 상륜부는 남아 있지 않다. 금둔사지 3층석탑은 무너져 나뒹굴던 것을 1979년에 복원하였고 보물로 지정되어 있다.

보물 제946호 | 순천 금둔사지 석조불비상 順天 金芚寺址 石造佛碑像

3층석탑 뒤편에 비석 형태의 석불입상은 얼굴이 둥글고 온화하며 코와 입술선이 아름답고 신체는 환조丸彫[33]에 가깝게 볼록하며 옷 주름은 형식적이지만 입고 있는 법의는 신체가 보일 듯 얇다.

불상의 높이는 2m이고 9세기 불상으로 추정되며 석불입상의 뒷면에는 코끼리상이 정교하게 조각되어 있다. 코끼리는 석가의 잉태와 탄생에 관련된 동물로 우리나라 불교조각에서는 찾아볼 수가 없다. 이 불상 또한 3층석탑과 같은 시기에 복원하여 놓았다.

---

32) 불법을 지키는 8종의 신. 천·용·야차·아수라·건달바·긴나라·가루라·마후라가 있다.
33) 한 덩어리의 재료에서 물체의 모양을 전부 입체적으로 조각해내는 것.

도인들이 숲처럼 모여들었던 곡성의 도량처

길상암, 전남 곡성군 곡성읍 동악산

섬진강을 가로지르는 금곡교를 지나 곡성읍내에 도착하자마자 눈 안에 가득 차는 암반 계류. 이곳 사람들이 흔히 '도림사 골짝[전라남도 기념물 제101호]'이라고 부르는 물가로 내려간다.

도림사 아랫자락의 청류동淸流洞 계곡을 '삼남 제일의 암반 계류'라고 부르며 사람들이 몰려드는 이유를 계곡의 암반을 바라본 사람들은 느낄 것이다. 마치 두타산의 무릉반석을 보는 것처럼 폭이 20m에서 30m쯤 되고 길이만도 200여m에 이르는 반석에는 수많은 글씨들이 새겨져 있다. 맑은 물줄기가 천년 세월을 두고 쉴 새 없이 타고 흐르면서 그 바윗면을 반질반질하게 만들어 놓았으며, 그 물 위를 떨어진 나뭇잎들이 가는 세월처럼 지나가고 있었다. 암반 계류의 절경마다 일곡一曲, 이곡二曲에서 구곡까지 새겨 놓았고, 청류동, 단심대丹心臺, 낙락대樂樂臺 등의 지명뿐만 아니라 낙산완초 음풍농월樂山玩草 吟風弄月 또는 청류수석 동악풍경淸流水石 動樂風景 등 수많은 글씨들과 함께 사람들

전라남도 기념물 제101호 | 곡성도림사계곡 谷城道林寺溪谷

의 이름들이 새겨져 있다.

봄이면 벚꽃이 흐드러지게 피어나는 벚꽃 터널을 이루는 곳이다. 한참을 오르자 길 위쪽에 도림사 부도^{浮屠}[34]밭이 보인다. 화려함이 극치를 이루던 나말여초 때 만들어진 화순 쌍봉사 철감선사 부도나 지리산 연곡사의 동부도, 북부도 그리고 여주 고달사지의 부도들과는 거리가 먼 소박하기 짝이 없는 다섯 기의 부도를 바라보며 사람들의 운명이나 종교의 운명 역시 시대의 변천사에 따라 얼마든지 다를 수 있음을 소박한 아름다움이 주는 감동 또한 남다르다는 걸 깨닫게 된다.

---

34) 승려의 사리나 유골을 안치한 묘탑.

전라남도 문화재자료 제22호 | 도림사 道林寺

요사채 툇마루에 앉아서

부도 밭에서 200m쯤 오르자 도림사[전라남도 문화재자료 제22호]에 이른다. 전라남
도 곡성군 곡성읍 동악산 남쪽 기슭에 자리 잡은 도림사는 대한불교조계종
제19교구인 화엄사의 말사로써 660년 태종무열왕 7년에 원효대사가 창건
하였다고 한다. 또 다른 창건설화로는 582년경 신덕왕후가 절을 창건하고
절 이름을 신덕사라고 지었는데, 660년경에 원효가 사불산 화엄사로부터 이
곳으로 와 이 절을 개창하고 도림사로 고쳐 부르게 되었다고 하며 또 다른
일설에는 이 절에 도인과 고승들이 숲같이 모여들어 도림사라고 불렀다고
도 한다.

도림사는 그 뒤 876년(헌강왕 2년)에 도선국사가 중건하고 지환 스님이 중창

보물 제1934호 | 곡성 도림사 아미타여래설법도 谷城 道林寺 阿彌陀如來說法圖

하였으며, 조선시대 말기에 중창하여 오늘에 이르고 있다. 남아 있는 절 건물은 중심 건물인 보광전을 비롯해 나한전, 명부전, 약사전, 응진전, 무량수각, 칠성각, 요사채 등이 있다.

이 절 보광전에는 1730년(영조 6년)에 그린 아미타여래설법도[보물 제1934호]가 남아 있다. 삼베 바탕에 채색된 아미타여래설법도는 세로가 3m에 가로 2.78m이고 큰 화면 가운데의 아미타불 주위로 여덟 보살 및 두 사람의 비구승 제석천과 범천사천왕 그리고 팔부신중 둘이 둘러싸고 있는 구도이다.

키형광배箕形光背를 지닌 아미타불의 머리 가운데는 타원형을 반으로 자른 듯한 중앙계주髻珠[35]가 장식되어 있고, 육계에 장엄한 둥근 경상계주에서 피어오르는 광명이 양 옆으로 길게 와운문渦雲紋을 형성하고 있는 아미타불은 네모진 얼굴에 차분한 표정이다. 그 아래편에 있는 관음보살은 왼손을 내려 보병을 잡고 오른손은 엄지와 중지를 맞댄 자비의 손 모양을 하고 있으며 대세지보살은 경책을 얹은 연꽃을 들고 있다.

이 밖의 보살은 화려한 옷 무늬의 천의를 입고 연꽃을 든 자세이나 비구형의 지장보살은 석장錫杖[36]과 보주寶珠[37]를 들고 있다. 이들을 보호하는 사천왕은 보관을 쓰고 있고, 이 가운데 검을 든 지국천왕은 털 달린 투구를 쓰고 있다. 가늘지만 유려한 필선으로 그린 이 그림은 밝은 홍색과 양록색이 주조색으로써 화기에 의하면 화원畵員 채인과 네 사람이 공동으로 제작하였다.

보광전에 들어가 참배를 하려 했지만 문이 잠긴 보광전에서는 스님의 독경소리가 끊임없이 이어져 응진전으로 들어선다. 응진전은 원효대사와 관련된 설화가 남아 있다.

16아라한들의 거처 길상암

원효대사는 성출봉 아래에 길상암吉祥暗이라는 암자를 짓고서 원효골에서 도

---

35) 부처의 상투 가운데 있는 보배 구슬.
36) 승려가 짚는 지팡이.
37) 번뇌·고통을 없애 주는 신통한 영물(靈物)

곡성 동악산 형제봉(성출봉) 길상암터

를 베풀고 있었다. 하루는 꿈에 성출봉에서 16아라한阿羅漢[38]이 그를 굽어보고 있었다. 깨어난 원효가 곧바로 성출봉에 올라가 보니 1척 남짓한 아라한 석상들이 솟아나 있었다고 한다. 원효는 열일곱 번에 걸쳐 성출봉을 오르내리며 아라한 석상들을 길상암에 안치하였다. 그러자 육시六時 때만 되면 하늘에서 음악이 들려 온 산에 고루 퍼졌다고 한다. 그러한 연유로 도림사 응진전에 있는 아라한들이 그때의 것이라고 전해지지만 확실하지는 않다. 그리고 이전에는 서산대사와 사명대사가 머물렀다는 이야기가 전해오지만 기록으로 남아 있는 것들은 없다.

---

38) 소승의 수행자들, 성문승 가운데 최고의 이상상. 아라한의 준말로 나한(羅漢)이라고도 한다.

흐르는 청류동계곡의 물소리를 들으며 100여 미터 올랐을까. 암반에 그 2단 폭포가 형성된 청류 팔곡이 나오고 20여 분 오르면서 길은 갈라진다.

길은 계속 오르막 길이다. 푸른 하늘에 흰 구름이 흘러가고 산 속을 오르면서 겨울은 깊어간다. 제법 가파른 길을 올라가자 건너편으로 형제봉이 보이고 크지도 작지도 않은 소나무들마다 희고 흰 눈꽃이 피어있다. 그제야 바람은 살랑살랑 불어서 흘린 땀들을 씻어준다. 조금 더 오르자 길은 능선 길에 접어들고 팻말 하나가 나타난다. 아래로 내려가면 월봉리에 이르고 위쪽으로는 동악산과 신선바위다.

다시 150m쯤 올랐을까. 신선바위와 동악산으로 가는 갈림길이 나오고 신선바위 쪽으로 발길을 옮긴다. 등산로를 개설한 지 오래지 않은 듯 길섶에 나무들이 잘려져 있고 산자락을 휘잡아 돌아가자 신선바위에 이른다.

넓이가 30여 평쯤 되는 이 신선바위에 하늘에서 신선이 내려와 놀면서 바둑을 두었다고 하는데 이 바위에서 옛 시절에는 기우제를 지냈다고 한다. 이 산의 기우제는 정성껏 제물을 차려놓고 올리는 기우제가 아니고 특이하게도 신을 성나게 하기 위해 바위에 똥이나 오줌을 누고 술을 마시며 아낙네들이 뛰고 구르면 신이 더럽고 무엄하다며 화를 내면서 뇌성 번개를 내려쳐서 큰비를 내려주었다는 전설이 남아 있다.

멀리 압록 구례로 흘러가는 섬진강의 끝자락이 보이고 남해바다 쪽으로 흐르는 구름을 보며 신선바위에 몸을 누인다. 신선바위에서 정상까지는 그리 멀지 않다. 정상이 보이는 아래 봉우리에 서면 남원 광한루 앞을 흐르는 요천과 섬진강이 몸을 섞는 풍경이 바로 눈 아래에 보인다. 동악산 정상에 서면 멀리 지리산의 전경이 한눈에 들어오고 옥과의 설산, 광주의 무등산이 지척이다.

『신증동국여지승람新增東國輿地勝覽』에 의하면 곡성은 본래 백제 때 욕내군欲乃郡이었고, 신라시대에 곡성이 되었고, 고려 초에는 승평군에 속하였다가 뒤에 나주에 속하였다. 명종 2년에 감무를 두었고 조선시대에 현이 되었다. 또한 지금의 옥과면은 백제 때 과지현이 되었었고, 옥과군이 되었다가 1914년 행정구역이 곡성과 통폐합되며 옥과면이 되었다. 그리고 이 군 석곡면에는 나주의 '샛골나이'와 같이 삼베를 모시와 같이 가늘게 짜는 '돌실나이'가 유명하다. 석곡의 토박이말인 '돌실'과 '나는 것'의 옛 표현인 나이가 합쳐서 돌실나이인 이곳 삼베는 옛날에 궁중의 진상품이었기 때문에 다른 곳의 삼베보다 비싸게 팔려 나갔다.

한편 고려 때에 남해안 일대는 왜구들이 자주 침입하였다. 이곳 곡성도 예외가 아니어서 우왕 5년(1379) 3월, 왜구가 남원과 곡성에 쳐들어와 판관을 죽이고 사흘 동안 머물다가 순천에 쳐들어갔다고 한다. 그래서 고려 말 창왕 때에는 왜구의 침입을 피하기 위해 죽곡면 당동리에 있던 읍치邑治를 동악산 아래로 옮겨왔다고 한다.

1894년 동학농민혁명 당시에는 곡성 사람이었던 김석하, 조재영, 강일수, 김현기, 기봉진, 구성선 등이 농민군을 이끌고 황토현과 황룡강 싸움에 참여하였고, 5월 중순 곡성에서는 농민군 수천 명이 옥과현의 관아를 점령하여 현감을 묶고 관곡을 챙겨 정읍으로 가기도 하였다. 전주 화약 이후 김개남이 태인과 순창, 곡성을 거쳐 남원 성에 입성했고, 그해 9월 곡성에서는 김개남의 조카가 군수물자가 제대로 준비되었는지 확인하고서 술자리를 벌이던 중 담뱃대를 화약가마니에 꽂는 실수 끝에 화약가마니가 폭파되었다. 그 사고로 김개남의 조카를 비롯한 접주급 7, 8명과 농민군 7, 80여 명이 목숨을 잃었다. 그러한 사실을 아는지 모르는지 곡성의 하늘은 푸르기만 하다.

곡성의 진산 동악산

조계산, 백운산이 한눈에 들어오는 이 동악산은 곡성의 진산으로 배 넘어재를 가운데 두고 북봉과 남봉(형제봉)으로 형성되어 있다. 도림사 창건 당시 풍악의 음률이 온 산을 진동하였다고 하여 동악산이라고도 하며, 예부터 많은 시인 묵객들이 모여들어 즐거이 노닐면서 풍악을 울리고 시를 지어 그 소리들이 산을 울린다고 하여 동악산이라고도 부른다. 또 다른 전설로는 곡성고을에서 장원급제자가 나오면 이 산에서 노래가 울려 동악산이라 했다고 한다.

가파른 능선 길에서 골짜기로 길은 이어지고 옛시절 한때 집터였음직한 곳에 도착해서 잠시 쉰다. 언제쯤 쌓여졌을까? 허물어져가는 돌담이 남아 있고 그곳에서부터 길은 평탄하다. 아무도 없는 길섶의 겨울 나무숲속에 앉아 바람소리를 듣는다. 바람은 아직 떨어지지 않고 남아 있는 몇 잎의 나뭇잎을 떨군 채 지나가고 있다. 물소리, 바람소리 뒤섞여 흐르는 골짜기를 내려서 도림사에 닿자 도림사 절 마당은 언제 그렇게 어지러웠냐는 듯이 말끔하게 정돈되어 있고 길은 가곡리로 이어진다.

가곡리 마을 초입에 두 손을 모으고 사람들에게 인사하는 모습의 돌장승이 서 있다. 왼쪽이 여자, 오른쪽이 남자 형상으로서 남도 특유의 길게 늘어진 귀에 커다란 주먹코, 왕방울 눈을 하고 있다. 아랫배에다 얹은 두 손의 손가

가곡리 돌장승

락이 세밀하게 묘사되어 있으며 여
자는 둥그런 삼산 모양의 모자를 쓰
고 있고, 남자의 턱에는 세 갈래 수
염이 앙증맞게 그려져 있다.

장승을 지나 마을 안쪽으로 깊숙이
들어가면 오랜 그리움처럼 아름다
운 탑 하나를 만나게 된다. 전체 높
이가 6.4m에 2층 기단에 5층 탑신
부를 올린 모습의 가곡리 5층석탑

[보물 제1322호]은 하늘로 치켜 올라간

보물 제1322호 | 곡성 가곡리 오층석탑 谷城 柯谷里 五層石塔

처마에 풍탁을 달았던 흔적이 있고, 기단부와 몸돌 그리고 지붕돌 양식이 특이하다.

조각 수법이 정연하고 투박한 멋을 풍기는 이 탑은 고려 때 만들어 세운 것으로 추정되며 이 일대에서는 손꼽을 만한 작품이다. 석탑 앞 좌우에는 호석護石[39]이 있지만 원래부터 이 석탑과 더불어 있었던 것이 아니고 가곡리마을 사람들이 1960년대에 근처의 묘지에서 옮겨온 것이라고 한다.

어느 때 누가 세웠고 어느 때 망해 버렸는지 알 길이 없고 단지 '관음사터'라고만 전해지고 있는 절터에는 바라볼수록 정감이 가는 5층석탑만 남아 있고 신순은이라는 사람의 사당과 사적비가 그 한 켠에 자리 잡고 있다. 다 따지 못한 감들이 듬성듬성 매달려 있는 감나무에 내 짠한 아쉬움만 묻어두고 어두워오는 그 길을 돌아 나올 때 탑의 그림자가 가슴에 서늘한 풍경소리를 들려주고 있었다.

---

39) 능묘의 봉분이 도괴(倒壞)되는 것을 방지하고자 설치한 석물.

그림 같은 남해를 바라보는 미륵

도솔암, 경남 통영시 미륵산

경상남도 통영시 봉평동 미륵산 자락에 있는 용화사[경상남도 문화재자료 제10호]는 대한불교조계종 제13교구 본사인 쌍계사의 말사이다. 미륵산은 예로부터 미래의 부처인 미륵불의 상주처로 믿어져 왔던 곳이다. 이 절은 광해군 9년에 성화선사가 통제사 윤천의 주선으로 군 막사의 성격을 띤 사찰을 창건하고 정수사라고 하였다. 5년이 지난 후 폭풍으로 정수사가 파괴되어 1622년에 미륵산 제3봉인 삼장골에 중창하고 천택사라고 하였다가 1628년(인조 6년) 다시 화재로 절이 불타버리고 말았다.

이처럼 바람과 물과 불의 삼재三災를 당하자 성화는 미륵산 제1봉에서 7주야를 기도를 올렸다. 그때 신인神人이 나타나 지금의 자리에 절을 지어 미륵불을 모시도록 계시하였다. 벽 담당 행선이 화주가 되어 천택사의 남은 건물을 이전하여 용화사라고 이름지었는데 지금의 보광전 기둥은 그때 옮겨온 것이라고 한다.

경상남도 문화재자료 제10호 | 통영 용화사 統營 龍華寺

경상남도 유형문화재 제438호 | 통영 용화사 석조관음
보살좌상 統營 龍華寺
石造觀音菩薩坐像

미륵산에는 미륵불이 살고

내세울 만한 문화재는 별로 없지만
용화전, 명부전, 석진당, 적묵당, 해
월루 등의 건물들이 있고 석조관음
보살좌상[경상남도 유형문화재 제438호]과
80여 년 전 함양 영은사에서 옮겨
온 고려 중기의 작품인 목조지장시
왕상[경상남도 유형문화재 제364호]이 있다.
적묵당 주봉 쪽으로 올라가면 육모
정 형태의 종루鍾樓가 있으며 그 뒤편에 효봉 스님의 5층사리탑이 있다. 종루

경상남도 유형문화재 제364호 | 통영 용화사 목조지장시왕상 統營 龍華寺 木造地藏十王像

의 글씨는 범어사 종루의 현판을 모각한 것으로 하성파의 글씨이다.

용화사의 정전인 보광전[경상남도 유형문화재 제249호]에 들어가 배례한 후 명부전을
거쳐 미륵도량의 중심전각인 용화전 앞에 서면 통영시가 한눈에 들어온다.
그 너머로 보이는 벽발산은 석가세존의 의발衣鉢을 장차 미륵불이 세상에 내
려올 때 그에게 전해주라는 유언을 받은 가섭존자가 그 산에 머물면서 미륵
불이 출연하기를 기다리고 있다고 한다.

용화사에서 관음전에 이르는 길섶에는 축 늘어진 소나무들과 잡목 숲이 어
우러져 한가로운 산책로를 연출하고 있지만 그 중간쯤 한 부분이 지난 태풍
때에 난 산사태로 인하여 길도 무너지고 오래 묵은 나무들도 뿌리가 뽑힌 채
쓰러져 있다. 그곳에서 멀지 않은 곳에 형태가 온전치 못하나 오래된 듯한

경상남도 유형문화재 제249호 | 통영 용화사 보광전 統營 龍華寺 普光殿

통영 미륵산 관음암

경상남도 문화재자료 제62호 | 통영 도솔암 統營 兜率庵

지암대사의 부도가 있다. 조금 오르면 관음암이다.

광해군 8년에 청안선사가 창건하였다는 관음암의 입구에는 마치 석성의 문루와 같은 누문을 세웠고 '당래선원當來禪院'이라는 현판이 걸려 있다. 문을 들어서자 가정집 분위기를 풍기는 관음전 건물이 시야에 들어온다.

절 주위를 대나무 숲이 에워싸고 그 아래 자락에 상사화 꽃이 무리지어 피어 있다. 동관전, 산신각, 요사채가 들어선 경내에 잔디와 꽃나무들이 곱게 가꾸어져 한가로운 정원에 들어선 듯한 느낌을 지울 길이 없다.

길은 도솔암 쪽으로 이어진다. 300미터쯤 올라갔을까, 천지봉 아래에 도솔암[경상남도 문화재자료 제62호]이 자리 잡고 있다. 미륵산 내에서 가장 오래된 고찰로 알려져 있는 도솔암은 고려 태조 21년(943년) 도솔 스님이 창건하였다고 전해지는데 창건에 얽힌 설화가 매우 유명하다.

17세에 출가하여 25세까지 지리산 칠불암에서 수도하였던 도솔 스님은 이곳 미륵산으로 옮겨와서 암굴에 머물며 수도에 전념하였다. 그러던 중 호랑이와 가까이 지내게 되었고, 그 호랑이가 한 처녀를 업어다 바쳤다. 처녀는 전라도 보성에 사는 배 이방의 딸이었는데 혼례 날을 받아 놓고 목욕을 하다가 호랑이에게 붙들려 온 것이었다. 도솔 스님이 그 처녀를 고향으로 데려다주자 배 이방은 그 은혜를 갚기 위하여 엽전 300이라는 거금을 희사하였고 그 돈으로 도솔암을 짓게 되었다고 한다.

영주 희방사의 창건설화와 비슷한데, 지금도 도솔암 위쪽에는 도솔이 수도하였던 천연동굴이 있고 창건 이후 초음과 자암 등의 이름 높은 스님들이 수도하면서 후학들을 지도하여 한때는 '남방제일선원'이라고 불리기도 하였다. 그러나 중창 및 중수의 역사는 전해지지 않고 현존하는 건물은 대웅전과 칠성전 종각, 요사채 등이 있다.

천주天主인 미륵보살이 상주하고 있는 도솔천의 내원궁이라고 할 수 있는 대웅전에는 석가모니불과 후불탱後佛幀이 모셔져 있고 다른 곳에는 별로 찾아볼 수가 없는 칠원성군을 불화로 만든 칠불탱七佛幀이 좌우로 걸려 있다. 후불탱화와 칠불탱은 정조 22년에 그려졌다고 하는데 화기畵記에 "미륵산 용화사 도솔암에 봉안한다"라고 기록되어 있기 때문에 그 이전부터 미륵산 용화사 도솔암이 있었음을 알 수 있다.

이 절이 들어앉은 지형이 금계포란형金鷄抱卵形[40]으로 알려져 있다. 그러한 연

---

40) 풍수지리학적으로 금닭이 알을 품은 명당.

유 탓인지 이 절 입구에는 뱀이 드나드는 것을 막기 위하여 돼지상이 하나 세워져 있다. 절 동편에 큰 바위가 있고 그 바위에 의지해 쌓여진 담장에 올라선다. 통영 시내와 거제 해협이 그림처럼 눈 아래에 깔려 있다.

가야총림의 피난처였던 도솔암

이 도솔암에 한국전쟁 때 가야총림의 대중들이 피난을 오게 된다. 그때 해인사 방장인 효봉대선사와 금오대선사 등 불교계의 거물들이 이곳에서 피난살이를 하던 중 구산대선사가 고성 이 부자집 사랑채가 헐리는 것을 사서 '동국선원'이라는 현판이 걸린 선방을 지었고 1954년에는 미륵산 남쪽 영운리 일대의 적산 산림을 불하받아 미래사를 창건하게 된다. 금강산에서 피난을 왔던 효봉 스님의 스승인 석두 스님이 이곳에서 입적하고, 이곳에서 효봉 스님의 큰 제자들인 법정 스님, 일초 스님이 머리를 깎아 큰 문파를 형성하게 된다.

효봉대선사는 일본 와세다대학 법과를 졸업하고 평양의 법원에서 10여 년간 판사로 재직했다. 피고에게 사형을 선고하고 자책을 느낀 효봉은 어느 날 갑자기 엿판을 메고 팔도를 방랑하기 시작해서 3년간을 떠돌았다. 1925년 금강산 신계사에서 출가하여 불굴의 의지로써 절구통수좌라는 별명을 들으면서 장좌불와 용맹정진하여 깨달음을 얻고 오도송을 읊었다.

바다 밑 제비 집 사슴이 알을 품고
타는 불 속 거미집에 거미가 차를 달이네.

이 신비한 소식을 뉘가 전하랴.

흰 구름은 서쪽으로 달은 동쪽으로

길은 이제부터 정상으로 이어진다. 잘 닦여진 산책로 같은 길을 따라 한참을 올라서자 나무 푯말이 나타난다.

길은 능선 길로 접어들고 눈앞에 상사화 한줄기가 뽑힌 채 나타난다. 어느 누가 캐서 가지고 가려다가 놓고 간 것일까? 왜 이렇게 온 몸을 드러내고 시들어가고 있는가? 안쓰러움으로 상사화를 포기 채 배낭에 담고 오르다가 그늘이 좋은 숲길에서 잠시 몸을 쉰다.

솔바람 소리를 들으며 지나가는 바람소리에 귀를 기울인다. 오르막길에 접어들면서 산자락 아래 고만고만한 논들이 황금 들녘으로 나타나고 그 아래에 바다가 있고 바다 건너 섬들이 연달아 나타난다. 바위 숲길을 헤쳐나가자 드디어 미륵봉 해발 461m라는 표지석이 세워져 있고, 그 옆에 세워져 있는 국기봉에 태극기가 찢어진 채로 바람에 흔들거리고 있다.

산 아래 어느 쪽을 봐도 바다는 짙푸르고 점점이 섬들은 박혀 있다. 통영의 한산도에서 전라남도 여수에까지 이르는 뱃길이 한려수도이고 그 뱃길이 이 나라에서 남국의 정취를 즐길 수 있는 가장 아름다운 뱃길이다. 뿐만 아니라 통영 일대는 중앙기상대의 통계에 의하면 한 해 365일에서 250일쯤이 맑기 때문에 가장 날씨가 좋은 지방이라고 한다.

그래서 조선 후기 삼도수군 통제영의 통제사로 와 있던 벼슬아치가 정승으로 벼슬이 올라 이곳을 떠나게 된 것을 섭섭히 여겨 "강구안 파래야, 대구, 복장어 쌈아, 날씨 맑고 물 좋은 너를 두고 정승길이 웬 말이냐?"라고 탄식하였고, 일제시대에는 이곳의 풍부한 수산물과 좋은 날씨를 쫓아 많은 일본 사람들이 몰려와 살았다고 한다.

또한 바라보이는 한산도 일대에서 선조 25년(1592) 7월에 조선 수군이 싸울 힘을 잃고 퇴각하는 것으로 착각하고 추격한 왜군을 이순신이 거느린 조선 함대가 학이 날개를 편 모양의 진을 치고 왜군 70여척 가운데 59척을 격파하였고, 그 뒤 이순신이 설치했던 통제영을 줄여 통영이 된 이곳을 이 고장 사람들은 토영 또는 퇴영이라고 하는데, 평양 사람들이 피양 또는 폐양으로 부르는 것과 같은 현상이다.

그러나 통제영 시대부터 이 나라에서 으뜸으로 꼽히던 통영갓은 그 쓰임새가 줄어들었고, 통영자개 즉 나전칠기도 기능보유자가 옻칠을 구하기 쉬운 원주로 옮겨가는 바람에 그 의미가 퇴색하고 말았다. 그뿐인가. 1930년대까지만 해도 이 노래를 모르면 한산도 사람이 아니라고 할 정도로 널리 불렸던 〈한산가〉라는 노래마저도 사라져가고 있다.

미륵산 상상봉에 일지맥이 떨어져서 / 아주 차츰 내려오다. 한산도가 생길 적에 / …동서남북 다 들러서 위수강을 돌아드니 / 해 돋을 손 동좌리라 /

서쪽으로 멀리 남해의 금산이 그림처럼 보이고 비진도, 매물도, 학림도, 오곡도, 연대도 등의 섬들이 꿈길에서처럼 달려들고 뒤질세라 저도, 연화도, 욕지도, 추도, 사량도, 곤지도 등의 섬들이 가슴에 파고들고 길은 다시 미래사로 이어진다.

사람들 사이에 섬이 있다

미륵산은 봉우리가 세 개가 솟아 있기 때문에 삼회설법을 뜻하므로 섬 이름을 미륵산으로 부르게 되었다는 설이 가장 합당할 듯 싶다. 또한 이 산에는 조선시대 봉수대에 있었고 이 아랫마을에는 봉수대 마을이 있다.

내려가는 길은 그다지 가파르지 않다. 나무숲이 울창한 산길에 가끔씩 팻말이 있지만 그다지 정확하지 않다. 길은 무덤이 있는 곳에서 어긋난다. 다시 세 갈래의 길에서 다른 길로 접어들고 미심쩍어서 물을 받는 사람에게 물어봤더니 아니란다.

미래사! 그래 우리에게 확실한 것은 아무것도 없지 않은가. 우리가 헤쳐 나가면서 만나게 되는 그 순간 순간이 우리들의 피할 수 없는 현실이며, 그 또한 어쩌면 운명적으로 만나게 될 그 무엇이 아닐까? 마음먹으며 한참을 내려가자. 미래사가 눈앞에 나타났다.

근현대의 선지식이었던 석두, 구산, 효봉 스님의 자취가 서린 미래사에는 그 세 사람의 진영이 모셔져 있고, 음지토굴, 양지토굴로 불리는 효봉 스님과 구산 스님의 토굴에는 그곳에서 정진하겠다는 수행자들이 줄을 잇는다고 한다. 경내를 들어서자 미래사의 건물들이 질서정연하게 여러 채 지어져 있다.

모두가 인연에 의해서 존재하고

대웅전 뒤쪽의 미륵산을 바라보며 걸터앉자 '침묵의 공간'이란 나무 푯말이 방문 앞에 놓여 있다. 요사채에선 몇 분의 스님들이 때 이른 점심공양을 하고

통영 미래사

통영 미래사 십자각

있고, 절 아래쪽에 마치 완주 송광사의 범종각을 닮은 십자각 건물이 새로 지어져 있다. 그때 한 스님이 다가와 잠시 대화를 나눌 수 있겠느냐 물었다. 그러시라고 고개를 끄덕이자. 말문을 여는데 그 말이 끝을 모른다.

"사람들은 넓은 세계의 진리를 보지 못하지요. 나만의 부처가 아니고…… 변하지 않는 것이 진리이고…… 개개인이 혼자 존재할 수 없고 모두가 인연에 의해서 존재하며 나무소리, 풀벌레소리, 바람소리 등 그 어떤 것일지라도 부처님의 장광설이라고 볼 수 있지요……."

그럴 것이다. 이 섬 이름이 미륵도인 것은 이 미륵의 섬에 미륵이 오실 것이고 그래서 이 절 이름 역시 미륵 부처님이 오실 절이라는 미래사가 아니었던가.

마애불의 우아하고 아름다운 불심이 깃든 곳

골굴암, 경북 경주시 양북면 함월산

신라 천년의 고도 경주에 접어들어 환하게 빛나는 새벽달을 본다. 약간은 덜 차오른 달이 서녘으로 향하고 어슴푸레 보이는 신라의 무덤들. 신라 천년의 숨결이 살아 숨 쉬는 경주의 밤은 달빛이 내려 깔려야 더더욱 어울리고 거기에 불국사의 종소리라도 들린다면 더할 나위가 없겠지만 일연이 지은 『삼국유사三國遺事』에 "절은 하늘의 별처럼 많고 탑은 기러기 떼처럼 솟아 있다"던 남산마저도 지금은 적막에 쌓여 있다.

무겁게 잠든 불국사를 지나 구부러진 토함산을 오르자 경주가 드러나는 경주. 더욱 눈부신 달빛, 문득 이백李白의 시 한 구절 떠오르는 청정한 새벽이라선지 싸늘한 아침 공기는 마음을 정화시킨다.

　　달빛 아래 드러누워 술을 깨고 나니
　　꽃 그림자 어지러이 옷깃에 떨어졌네.

사적 제31호 | 경주 감은사지 慶州 感恩寺址

장항리를 지나 감은사[사적 제31호]터에 닿았다. 새벽 감은사에 별빛 달빛이 양탑을 비추고 있다. 천여 년 전 이 감은사에는 수많은 스님들이 기거하였을 것이고 이때쯤이면 새벽예불을 드리는 스님들의 낭랑한 독경소리 흘러나왔을 것이다. 그리고 수많은 사람들이 저 장엄한 석탑을 돌며 간절한 기도를 올렸을 것이다. 그러나 지금은 탑 두 개와 금당터에 남겨진 절의 흔적들 그리고 태극문양의 석재물 몇 점만이 있을 뿐이다. 사위어가는 달빛을 따라 탑 주위를 돌며 감은사의 역사 속으로 들어갔다.

살아생전에 문무왕은 죽어서도 동해의 용이 되어 왜구로부터 나라를 지키겠다고 하여 직접 대왕암[사적 제158호]의 위치를 잡았다. 문무왕은 대왕암이 바라보이는 용당산 자락의 용담 위쪽에 절을 세워 불력으로 나라를 지키고자

사적 제158호 | 경주 문무대왕릉 慶州 文武大王陵

하였으나 절을 다 짓기 전에 세상을 떠나고 말았다. 신문왕이 문무왕의 뜻을 이어받아 그 이듬해(682년)에 절을 완성한 후 절 이름을 감은사라고 하였다. 그것은 불력을 통한 호국護國이라는 문무왕의 뜻을 이어받았다는 뜻도 되지만 또 한편에서는 아버지의 명복을 비는 효심의 발로였을 것으로 추정된다. 금당 끝에 일정한 높이와 공간을 형성한 것을 보면 용이 된 문무왕이 감은사 금당에 들어오게 했다는『삼국유사三國遺事』의 기록과 부합되고 있다.

높이가 13.4m이며 동서 쌍 탑으로 조성되어 있는 신라 최대의 석탑인 감은사지 3층석탑[국보 제112호]은 그 이전의 평지가람에서 산지가람으로 그리고 대부분의 신라 옛 절에서 보이는 하나의 탑 중심의 가람 배치에서 쌍 탑인 금당으로 바뀌는 과정에서의 최초의 것이라고 할 수 있다. 또한 탑의 완성도

를 결정하는 두 가지 요소 즉 안정감과 상승감에서 성공하였다는 평가를 받고 있는 이 탑은 1960년 서탑을 해체 수리하던 중 3층 몸돌의 사리공에서 청동사리함[보물 제366호]이 발견되었고 몇 년 전에는 동 탑을 수리하던 중 여러 가지 유물들이 발견되었다.

달빛은 교교하고 길은 대종천을 따라 감포바다로 이어진다. 토함산의 물줄기와 함월산의 물줄기가 만나서 동해로 접어드는 대종천은 문무왕의 숨결이 살아 있기도 하지만 또 하나 숨겨진 역사가 살아 숨 쉬고 있다. 고려 고종 25년, 몽고군이 침략해 왔을 때 황룡사 9층탑을 비롯해 수많은 문화재들이 불에 타고 말았다. 당시 황룡사에는 경주 국립박물관에 소장되어 있는 에밀레종보다 네 배가 더 큰 종이 있었다. 그 종은 몽고군이 대종천을 통해서 가져가려다 폭풍우를 만나 종이 가라앉고 말았다. 그래서 그 하천을 큰 종이 지나간 하천이라고 해서 대종천이라고 이름붙였고 그 뒤로도 풍랑이 심하게 일면 그 종이 우는 소리가 들려 해녀들을 비롯해 여러 사람들이 탐색에 나섰지만 지금껏 찾지 못하고 있다고 한다. 그러나 또 다른 이야기는 대종천에서 들려오는 종소리는 황룡사의 종소리가 아니라 감은사의 종을 임진왜란 때 왜군들이 대종천에 빠뜨렸다고 한다.

감포 앞바다에 도착한 새벽. 아직 해가 떠오를 시간은 멀고 바다는 달빛을 받아 희뿌염하다. 파도는 부는 바람소리에 덩달아 철썩거리고 문무대왕 수중 무덤이라고 일컬어지는 대왕암이 섬처럼 보인다. 어찌 보면 문무왕은 오늘날의 심각한 묘지 난을 예상했었는지도 모른다.
문무왕은 다음과 같은 유언을 남겼다.

이때까지 우리 강토는 삼국으로 나누어져 싸움이 그칠 날이 없었다. 이제 삼국이 하나로 통합되어 한 나라가 되었으니 민생(民生)은 안정되고 백성들은 평화롭게 살게 되었다. 그러나 동해로 침입하여 재물을 노략질하는 왜구가 걱정이다. 내가 죽은 뒤에 용이 되어 불법을 받들고 나라의 평화를 지킬 테니 나의 유해를 동해에 장사 지내라. 화려한 능묘는 공연한 재물의 낭비며, 인력을 수고롭게 할 뿐 죽은 혼(魂)은 구할 수 없는 것이다. 내가 숨을 거둔 열흘 뒤에는 불로 태워 장사할 것이요, 초상 치르는 절차는 힘써 검소와 절약을 좇아라.

『삼국사기(三國史記)』 문무왕 21년조

죽어서도 나라를 지키겠다는 그 마음도 마음이지만 삼천리금수강산이라고 일컬어지는 조국산천에 자기의 시신을 묻지 않고, 바다 한가운데 위치한 바위섬에 화장한 납골을 뿌리도록 했던 문무왕의 선견지명을 우리는 높이 평가해야 할 것이지만 여러 가지 이견들은 있다.

조선 정조 때 경주 부윤을 지낸 홍양호의 문집『이계집耳谿集』에는 그가 1796년 문무왕릉 비의 파편을 습득하게 된 경위와 문무왕의 화장사실 및 문무왕에 대한 이야기가 기록되어 있다. 그 내용은 "나무를 쌓아 장사 지내다 뼈를 부숴 바다에 뿌리다"라는 대목이 있는 것으로 보아 문무왕이 세계 유일의 수중릉이라는 이야기는 후세의 사람들이 지어낸 이야기라는 말도 있다.

세계 유일의 수중릉

사람들이 잠시 잠든 사이에도 바람은 쉴 새 없이 불고 있었고 어느새 해가 뜨는 시간이었다. 그러나 아침 바다에서 구름 한 점 없이 화려하게 떠오르는 일출을 만난다는 것은 쉽지 않을 모양이다. 구름 사이로 햇살이 신비롭게 내리쬐는 것만도 다행이라 생각하며 갈매기 날아오르는 해변을 뒤에 둔 채 이견대[사적 제159호, 경주 이견대 慶州 利見臺]로 향한다.

이견대는 문무왕이 용으로 변한 모습을 보였다는 곳이며 또한 그의 아들 신문왕이 천금과도 바꿀 수 없는 값진 만파식적萬波息笛[41]을 얻었다는 곳이다.

---

41) 세상의 파란을 없애고 평안하게 하는 피리라는 뜻.

사적 제159호 | 경주 이견대 慶州 利見臺

현재의 건물은 1970년 발굴조사 때 드러난 초석을 근거로 다시 지은 것이고, 그 조금 아래 자락에 우현 고유섭 선생을 기념하여 세운 「나의 잊히지 못하는 바다」라는 기념비가 세워져 있다. 그리고 그 아래 대종천과 바다가 합류하는 지점에는 수백 마리의 갈매기들이 떼를 지어 놀고 있었다.

양북면 소재지에서 이른 아침 산행에 접어든다. 이 지역 사람들이 절산 또는 절뒤 산이라고도 부르는 골굴사는 행정구역상 경주시 양북면 안동리에 위치해 있고, 골굴암의 높은 암벽에는 자연 굴을 이용하여 조성한 열두 개의 석굴이 있으며, 가장 윗부분에 아름다운 골굴암 마애여래좌상[보물 제581호] 이 새겨져 있다.

함월산 골굴사라고 쓰여진 일주문을 지나며 가을나무 숲의 단풍은 아름답

보물 제581호 | 경주 굴굴암 마애여래좌상 慶州 骨窟庵 磨崖如來坐像

경주 골굴암 일주문

다. 십여 분 걸었을까, 이 지역의 아낙네들이 좌판을 벌린 간이 주차장에서 올려다보는 산 저 편 거대한 암벽에 새겨진 마애불상과 석굴들이 한눈에 들어온다.

조선시대의 화가 겸재 정선이 그린「골굴석굴」이라는 그림을 보면 목조전실이 묘사되어 있으나 지금은 보이지 않는다. 다만 숙종 12년(1686)에 정시한이 쓴「산중일기」에 다음과 같이 남아 있을 뿐이다.

5월 16일 정해, …… 15리를 가서 골굴암에 닿았다. 앞에 있는 고개에 올라가 바라다보니 석봉이 기괴하다. 괴석(怪石)처럼 생긴 바위들이 층층이 쌓여 있고, 거기에 굴이 있다. 굴 앞에는 간략하게 목조가옥을 세워놓아 처마와 창이 달려 있다. 벽에는 채색도 했다. 바위 사이의 단청이 된 전각 5, 6채가 걸려 있는 것이 바라다 보이는데, 마치 그림속의 광경 같다……. 밥을 지어 먹은 다음에 수민 스님과 병든 노인인 김운길과 함께 사자굴(獅子窟)에 올라갔는데 암자는 비어 있다. 설법굴(說法窟)을 지나 정청굴(正廳窟)과 승당굴(僧堂窟)에 갔는데, 역시 비어 있다. 달마굴(達摩窟)에 도착했는데, 이곳에 있는 쌍성 스님과 운길의 아들인 선청, 선개 스님은 모두 밖에 나가고 없다.

정시한의 글에 따르면 마을 이름은 범속촌인데 암석 위에 자리 잡고 있어 매우 그윽하다고 하며 사자암을 비롯해 여러 개의 굴들이 있었던 것으로 추정된다. 현재 남아 있는 굴은 법당굴 뿐이며 굴 앞면에 벽을 바르고 기와를 얹은 모습이 집으로 보이지만 안에 들어서면 천장이나 벽 모두가 석굴임을 알 수 있다. 언제쯤 골굴암이 조성되었는지는 확실하지 않지만 『기림사 사적기』에 의하면 함월산의 반대편에 천생 석굴이 있으며 그곳에는 굴이 12곳으로 구분되어 제각각의 이름이 붙어 있다고 기록되어 있는 것으로 보아 기림사에 딸린 하나의 암자였음이 분명하다. 또한 『삼국유사三國遺事』에는 원효대사가 죽은 뒤 그의 아들 설총이 원효의 뼈를 갈아 실물 크기만한 조상을 만들었다는 기록이 있고, 설총이 한때 원효가 살아 있던 동굴 부근에 살았다는 이야기도 전해진다.

길은 가파른 절벽 위로 밧줄이 설치되어 있기도 하고 또는 자연이 만들어 놓은 작은 굴도 있으며 철제난간이 만들어져 그다지 위험하지는 않다. 마애불은 석질이 고르지 않아 무릎 아래가 떨어져나가고 가슴과 광배 사이가 일부 손실되었기 때문에 철 구조물로 바람막이를 해 놓았다. 머리 위에는 육계가 큼직하게 솟아 있고 얼굴은 윤곽이 뚜렷하다. 반쯤 뜬 눈은 길게 조각된 채 멀리 동해 쪽을 응시하고 있으며 코는 크지 않으나 뚜렷하게 각이 져서 타원형의 눈썹으로 이어져 있고 그 사이는 백호를 상징했던 자리가 둥글게 파여 있다. 머리 뒤쪽엔 연꽃이 새겨져 있고 후광에는 가늘게 타오르는 불길이 새겨져 있으며 옷 주름은 평판을 겹쳐놓은 듯 두 팔과 가슴 하반에서 규칙적인 평행선을 그리고 겨드랑이 사이에서는 V자형으로 표현되어 팔과 상체의 굴곡을 나타내고 있다. 이러한 옷 주름 때문에 이 마애불상은 삼국시대의 작품으로 보기도 하며 V자형 옷 주름들이 철원 도피안사와 장흥 보림사의 불상과 비슷한 점이 있기 때문에 통일신라 후기의 작품으로 보기도 한다. 그러나 골굴암의 마애불상을 바라본 어떤 사람은 "이 마애불을 보고 난 후에는 어떤 불상에도 흥미를 느끼지 못했다"고 토로한 것을 보면 이 골굴암의 마애불이 얼마나 우아하고 아름다운 지를 짐작할 수 있다.

단풍이 손짓하는 산행길

오륜탑 아래의 소나무 사이로 선도 수련하는 집터와 골굴암의 전경이 환히 내려다보인다. 몇 그루의 단풍나무들이 빨갛게 물들어 있고 길은 산책로처럼 평탄하다. 도토리나무와 작은 소나무 숲이 우거진 산길에는 한 송이 진달래꽃이 새초롬하게 피어 있다. 이 늦은 가을에 피어난 진달래꽃이 계절을 잊었나, 계절이 꽃 시절을 잊었나 잘은 모르겠지만 봄도 아닌 이 늦은 가을에 한 송이 피어난 저 진달래꽃은 누구를 기다리다 피어났을까.

잠시 쉬고 함월산 자락의 기림사 쪽으로 가고자 했지만 길이 만만하지 않다. 가다가 끊어지고 다시 되돌아가길 여러 차례 길다운 길을 잡아 내려오다가 얻은 수확이 더덕 몇 뿌리 캔 것이 고작이다. 겨우 전망 좋은 봉우리에 올라서야 깨닫는다. 이 골굴암이 함월산 골굴사라고 이름붙여진 것은 부석사가 소백산 부석사나 아니면 바로 뒷산 봉항산 부석사라고 이름붙여진 것이 아니고 그곳에서는 보이지도 않는 태백산 부석사라고 붙여진 것처럼 기실 정확을 기한다면 골굴사는 인근에 있는 백두산 골굴사라고 붙여지는 것이 타당할 것이다.

산행의 마무리를 기림사祇林寺로 정했던 것과는 달리 기림사는 아부천 건너 산 너머에 있을 것이다. 내려오는 능선 길에 산 아래로 아부천이 펼쳐지고 바로 윗마을이 아부내이며 골머리 골 끝자락에 새수방마을이 보인다. 풀 한 포기 없는 누군가의 무덤을 애처로이 여겨 감싸 안기라도 하듯 나뭇잎들이 붉게 타오르고 길은 기림사로 이어진다.

기원전 7세기경 히말라야의 남쪽 기슭에 카필라족이 살고 있었고 그 나라 정반왕에게 40이 넘도록 아들이 없었다. 어느 날 마야 왕비는 흰 코끼리가 옆구리로 들어오는 꿈을 꾼 후 태기가 있게 되고 친정으로 해산하러 가던 길에 룸비니 동산 무우수 아래에서 태자를 낳았다. 정반왕은 아들 이름을 싯다르타라고 지었는데 싯다르타는 '모든 일이 뜻대로 이루어진다'는 뜻이었으며 그가 훗날 출가하여 깨달음을 얻어 붓다가 되자 그를 석가모니라고 불렀다. 석가모니는 '석가족의 성자'란 뜻이었다.

깨달음을 얻은 자 '붓다'는 옛날에 함께 수행했던 다섯 수행자에게 설하기로 결심하였고, 사제四諦[42]를 설한다.

---

42) 불교에서 말하는 영원히 변하지 않는 네 가지 성스러운 진리.

태어남은 괴로움이다. 늙음은 괴로움이다. 불행은 괴로움이다. 병듦은 괴로움이다. 죽음은 괴로움이다. 근심, 슬픔, 불행은 괴로움이다. 사랑하는 사람과 헤어지는 것은 괴로움이다. 구하여도 얻지 못하는 것은 괴로움이다. 집착하는 것이 괴로움이다.

이 괴로움들은 간단히 말하면 오온五蘊[43]이라고 하였다. 붓다는 괴로운 심리상태와 그것의 소멸이 불교의 처음과 끝임을 설법하였고 그것이 사제인 고제苦諦, 집제集諦, 멸제滅諦, 도제道諦이며 제는 곧 진리라고 말한 것이다.

달을 머금었다가 토하다

붓다를 따르는 제자들이 늘어나자 밤비사라 왕은 붓다에게 사원의 시초인 죽림정사를 지어 바쳤고, 코살라국의 한 부호는 많은 재산을 들여 기원정사를 지어 바쳤다. 기원정사는 깨달음을 얻은 붓다가 20년이 넘게 머무른 곳이고 불자들이 자꾸 늘어나게 되자 정사의 수를 늘리면서 기원정사의 숲을 기림祇林이라 하였으니 '달을 머금었다가 토한다'는 뜻을 지닌 함월산 자락의 기림사는 그런 의미에서 지어진 이름이다.

해방 전에만 하더라도 불국사를 말사로 거느렸을 만큼 위세가 당당했던 기림사는 신라에 불교가 전해진 직후인 643년(선덕여왕 12) 천축국의 승려 광유가 500여 명의 제자들을 교화한 뒤 창건한 후 임정사라 부르던 것을 원효

---

43) 불교에서 인간을 구성하는 물질적 요소인 색온과 정신요소인 4온을 합쳐 부르는 말.

보물 제833호 | 경주 기림사 대적광전 慶州 祇林寺 大寂光殿

가 중창하여 머물면서 기림사로 개창하였다.

『삼국유사三國遺事』에는 "신라 31대 신문왕이 동해에서 용으로 환한 선왕으로부터 만파식적이라는 피리를 얻어 가지고 왕궁으로 돌아가는 길에 기림사 서편 냇가에서 잠시 쉬어간다"는 기록이 남아 있어 신문왕 이전에 절이 있었을 것으로 추정된다.

고려 말기에 각유 스님이 이 절의 주지로 있었고, 선조 때 축선이 중건하였으며, 정조 때에는 경주 부윤 김광묵이 사재를 희사하여 이 절을 크게 중수하였다. 그러나 1862년(철종 13)의 대화재로 113칸의 절 건물이 불에 타 버렸지만 경주 부윤 송우화가 다시 지었다.

조선시대에 이 절은 대적광전[보물 제833호]을 중심으로 동쪽에 약사전, 서쪽에 오백나한전과 정광여래사리각인 3층전이 있었으며 남쪽에는 무량수각과 진남루가 있었다.

현재는 대적광전을 중심에 두고 왼쪽에 약사전, 오른쪽에 웅진전, 앞쪽에는 진람루가 있으며 뜰에는 3층석탑과 새로 조성한 석등이 있다. 그리고 명부전, 산성각, 관음전, 삼신각, 주지실 등이 있으며, 산신각 뒤쪽으로 난 길을 따라 올라가면 매월당 김시습을 모신 영당이 있고 그 앞에 매월당의 시 한 편이 쓰여 있다.

잠시 개었다가 다시 비오고(시晴시雨)

잠시 개었다가 다시 비오고 비오다가 다시 개인다 / 하늘 일도 그러한데 하물며 세상인심이랴 / 칭찬을 하다가도 오히려 나를 헐뜯고 / 명예를 피한다더니 오히려 이름을 구한다네 / 꽃이 피고 꽃이 진들 봄이 어이 관계하며 / 구름이 가고 구름이 온들 산이 어이 다투리 / 세상 사람들 잘 기억하시게 / 어디서나 기뻐함은 평생에 득이 된다네

김시습이 이 기림사에 머문 인연을 기리기 위해 후학들이 세운 사당이다. 이 절의 중심건물인 대적광전은 정면 3칸 측면 3칸의 규모이며, 1786년에 지어진 배흘림기둥[44]의 다포식 단층 맞배지붕이다.

또한 이 절에는 16세기 초에 만들어진 불상으로 추정되는 소조비로자나삼불좌상[보물 제958호]과 조선시대의 것으로 짐작되는 건칠보살좌상[보물 제415호]

---

44) 목조건축의 기둥을 위 아래로 갈수록 직경을 점차 줄여 만든 흘림기둥의 하나.

보물 제958호 | 경주 기림사 소조비로자나삼불좌상 慶州 祇林寺 塑造毘盧遮那三佛坐像

보물 제415호 | 경주 기림사 건칠보살반가상 慶州 祇林
寺 乾漆菩薩半跏像

이 있는데 건칠은 옻칠을 입힌 종이
부처로서 이러한 부처는 찾아보기
가 매우 힘든 귀중한 유물이다.
높이가 91cm인 이 부처는 금색으
로 다시 입혀 원래의 맛을 볼 수 없
는 게 흠이다.
개관한 박물관에는 대적광전의 비
로자나불에서 발견된 소조비로자
나불 복장전적[보물 제959호]과 부처님
의 진신사리 등의 많은 유물들이 전
시되어 있으며 이 절에는 예로부터
다섯 가지의 맛을 내는 오정수五井
水라는 물이 유명하였다.

대적광전 앞에 세워진 3층석탑 옆의 장군수는 마시면 힘이 용솟음쳐 장군

보물 제959호 | 경주 기림사 소조비로자나불 복장전적 慶州 祇林寺 塑造毘盧舍那佛 腹藏典籍

을 낸다고 하여 인근에 널리 알려져 있다. 그러나 조선시대에 어떤 사람이 이곳에서 역적모의를 하다 발각된 뒤에 나라에서 샘을 메워버렸다고 한다. 천왕문 안쪽의 오탁수는 물맛이 하도 좋아 까마귀도 쪼았다는 물이고, 천왕문 밖 절 초입의 명안수는 기골이 장대해지고 눈이 맑아지며 후원의 화정수는 마실수록 마음이 편안해지고 북암의 감로수는 하늘에서 내리는 단 이슬과 같다고 한다.

장군의 출현을 두려워해서 메워진 장군수만 빼고는 다른 네 곳의 각기 다른 물들은 지금도 사람들의 사랑을 받고 있다. 또한 이 절에는 천년에 한번 핀다는 '우담바라'라는 한약초가 있었다고 하며 그러한 사실은 한방서에도 기록으로 남아 있다.

가을 햇살에 반짝이는 단풍잎들과 붓다의 숨결이 들릴 듯싶은 기림사를 벗어나 장항리 절터로 향한다. 절 이름이 전해오지 않기 때문에 마을 이름을 따

장항리 절터(탑정사)

서 장항리 절터라고도 하고 탑정사라고도 부르는 이 절터는 골굴암에서 석굴암 쪽으로 3km쯤 가다가 개울 건너 오른쪽 언덕 위에 있다. 몇 년 전의 산사태로 계곡 좌우가 흉물스럽게 드러나 있는 것처럼 절터 역시 언제 무너질지도 모르게 위태위태하게 자리 잡고 있다.

절터에는 5층석탑인 석탑과 파괴된 동탑 그리고 석조불 대좌가 남아 있다. 지금 이 절터에는 불대좌가 건물터의 중앙에 자리 잡은 금당터가 남아 있고 오른쪽으로 두 탑이 나란히 서 있다. 건물의 기단 규모는 동서 15.8m에 남북 12.7m로 정면과 측면이 각각 3칸인 금당이 있었을 것으로 추정된다.

1층 몸돌에 문 모양과 함께 조각된 인왕상이 인상적인 5층석탑은 원래 금당터를 중심으로 두 개가 서 있었을 것이지만 1923년 도굴범이 탑 속에 있는 사리장치를 탈취하기 위해 폭파해서 파괴되고 말았다. 그 잔재가 대종천에 방치되어 있다가 1966년에야 수습되어 지금의 자리에 놓이게 된 것이다. 이 절터에는 좌불이 아니라 입불이 세워졌던 석불대좌가 남아 있는데 입불상은 경주 국립박물관 뜰의 머리가 잘린 석불상들 옆에 산산이 조각났던 것을 시멘트로 조각조각 붙여진 채로 서 있다.

광배에 새겨져 있는 작은 부처인 화불 등의 새긴 수법으로 보아 8세기쯤에 만들어진 여래입상으로 여겨지는 이 불상은 높이가 3~4m에 이르렀을 큰 불상이었을 것이다. 파손되지 않았다면 석굴암의 대불과 견줄 만큼 우수한 작품이었을 것으로 추정되지만 지나간 세월을 되돌릴 수는 없는 것처럼 어쩔 수 없이 마음만 아플 뿐이다.

하늘에 구름은 드높고 가을꽃들이 바람에 흔들린다. 목탁소리, 불경소리 사라진 옛 절터에서 마음은 자꾸 산란해지고 돌아갈 길은 멀고도 멀었는데 문득 김시습의 시 한 구절이 떠올랐다.

산을 좋아하고 물을 좋아함은 사람의 상정인데(樂山樂水 人之常情)

나는 산에 올라서도 울고, 물에 임해서도 우네(我則登山而哭, 臨水而哭)

백제 초의선사의 숨결이 서려있는 암자

청련암, 전북 부안군 진서면 능가산

얼마 전 조선 중기 문장가이자 혁명가였던 교산 허균의 『한정록閑情錄』을 읽으며 늦은 가을날 변산을 넘으리라 생각했었다. 혼자도 좋고 둘이라면 더욱 좋고 그렇게 넘어가리라 생각했는데, 그때 가슴 속 깊이 들어와 떠나지 않는 글이 「학림옥로鶴林玉露」에 나오는 글이었다.

송나라 조사서가

"나에게는 평생 세 가지 소원이 있습니다.

그 첫째는 이 세상 모든 훌륭한 사람을 다 알고 지내는 것이요,

두 번째 소원은 이 세상 모든 양서를 다 읽는 일이요,

세 번째 소원은 이 세상 경치 좋은 산수를 다 구경하는 일입니다."

라고 하였다.

이에 내가 말하였다.

"다야 어찌 볼 수 있겠소. 다만 가는 곳마다 헛되이 지나쳐버리지 않으면 됩니다. 무릇 산에 오르고 물에 가는 것은 도(道)의 기미를 불러일으켜 마음을 활달하게 하니 이익이 적지 않습니다."

그러자 그가 덧붙여 말하기를

"산수를 보는 것 역시 책 읽는 것과 같아서 보는 사람의 취향의 고하를 알 수 있습니다."

라고 하였다.

날은 옅은 운무에 쌓여 그다지 청명하지 않다. 조금 지나면 풀리겠지, 생각하며 성황산의 서림공원으로 향한다.

허난설헌, 황진이와 더불어 조선의 3대 여류시인으로 알려져 있는 이매창은 선조 6년에(1573) 부안현의 아전이었던 이양종의 서녀로 태어났다. 이름은 계유년에 태어났으므로 계생이었고 매창은 호였다. 이매창은 신분이 아전인 서녀로 태어나 기생이 되었지만 얼굴은 예쁜 편이 아니었다. 하지만 그녀는 시와 글, 노래와 거문고 등이 능하여 사람들의 심금을 울렸다. 이매창과 교류를 나누었던 사람 중에는 천민이었으나 훗날 임진왜란 당시 의병을 모집한 공로로 인해 천민에서 벗어났던 유희경이 있었고, 『홍길동전』을 지은 허균이 함열로 유배를 왔을 무렵 이매창을 자주 찾아 아예 눌러 살고자 하였다고도 한다.

이곳에서 홍길동전을 지었는데 그가 이상향으로 삼았던 율도국이 위도를 모델로 했다고 한다. 그는 사십 평생을 사랑과 외로움, 헤어진 임에 대한 그리움 등의 스스로의 삶을 노래한 수백여 편의 시를 남겼다. 그 중에 하나가 서

부안 직소폭포

림공원에 새겨진 시이다.

> 이화우 흩날릴 제 울며 잡고 이별한 님. 추풍낙엽에 저도 날 생각는지 천리
> 에 외로움 꿈만 오락가락 하도다.

이매창이 죽고 60여 년이 지난 후 부안의 아전들이 그의 시들을 모았고 그
가 생존에 자주 찾았던 개암사에서 남아 있는 시들을 모아 책을 펴냈다. 시
인 신석정은 이매창, 유희경, 직소폭포를 가리켜 부안 삼절이라고 불렀다. 이
매창의 시비를 내려와 변산으로 향하는 길을 100여 미터쯤 가면 서문안 당
산에 이른다.

부안삼절 중의 하나인 이매창

원래는 부안읍성의 네 개의 문 중 서문안의 안쪽에 서로 마주보며 세워져 마을의 안녕과 풍요를 기원하였을 서문안 당산은 지금은 한 곳에 모셔져 있다. 할아버지 당산은 3.78m쯤의 돌기둥에 오리가 서쪽을 향해 앉아 있고 할아버지 장승은 상원주장군上元周將軍이라는 글귀가 새겨져 있다. 기다란 나무나 돌기둥에 오리로 표현되는 새가 올라앉은 모습의 솟대는 옛날부터 여러 지역에서 발견되는데 대체로 신과 인간을 연결해주는 매개체로 알려져 왔다. 할머니 당산은 원래 모습이 할아버지 당산과 비슷했지만 가운데쯤이 부서진 채 입석처럼 서 있고 할머니 당산엔 하원당장군下元唐將軍이라는 글이 새겨져 있다. 이 당산은 숙종 15년 마을 사람들의 발원과 읍내 지주들의 시주로 건립되었다고 하며, 이 당산은 부안읍내의 당산 중 가장 격이 높은 어르신이기 때문에 개인의 소망을 비는 일보다는 마을 공동의 축원을 비는 곳으로 알려져 왔다. 그래서 매년 정월 초하룻날 밤에 마을의 우환과 근심을 없애고 풍농과 풍어를 비는 제사를 지냈다고 한다.

하서를 지나 내변산으로 접어든다. 늦가을의 대명사처럼 떠오르는 붉은 감들을 주렁주렁 매단 감나무들이 열 지어 서 있고 더러는 식구들이 모두 모여 감을 따고 있다. 길은 평탄하고 조금 오르자 실상사 터에 닿는다.

실상사는 신문왕 9년(689) 초의선사가 창건한 사찰로써 고려시대에 제작된 불상과 대장경 등 보물급 문화재가 있었으나 6.25때 전부 소실되고 말았다. 3기의 석조부도와 허튼 돌로 막 싼 기단만 남아 있는 절터는 이름 모를 뭇새

부안 실상사 實相寺

들의 울음소리 속에 붉은 단풍잎들이 우수수 떨어지고 있었다. 늦가을 햇살
에 온 몸을 드러낸 저 금당터에 내소사 대웅전이나 개암사 대웅전 같은 날아
갈 듯한 절 집이 세워져 있었을 것이다. 또한 내소사에 소재해 있는 연재루
는 이 실상사에서 1924년에 옮겨 갔다는데, 어디서인 듯 독경소리 들리는 듯
싶고 계단을 내려설 때 뒤에서 떨어지는 나뭇잎소리가 들린다.

이 산 속은 가을이 너무 깊고 깊다. 그때만 해도 보이지 않던 호수가 하나 만
들어지고 그 물결이 찰랑거리는 바로 뒤쪽으로 길이 나 있다. 잔잔한 물결 너
머의 산들은 붉게 타오르고 산행객들이 쉴 새 없이 오고간다.

한참을 올라가자 발아래에 소가 보이고 그 위에서 떨어지는 한줄기 직소폭
포, 물소리 한 편의 시처럼 실려 스치고 지나간다.

폭포 아래로 내려가 가만히 바위 위에 걸터앉는다. 떨어지는 폭포수 소리는

가슴속으로 파고들고 나뭇잎이 한 잎, 두 잎 물 위에 떨어진다. 문득 바람이 우수수 분다. 물살들이 어딘가를 향해 우르르 밀려간다.

바람결에 우수수 나뭇잎이 떨어지고

옥녀봉, 선인봉, 쌍선봉 등의 봉우리들에 휩싸여 흐르고 있는 2km의 봉래구곡 속에서도 단연 빼어난 변산 팔경의 제1경이 실상 용추를 이루고, 용추에서 흐르는 물은 바로 아래 제2, 제3의 폭포를 이루며 흘러 분옥담, 선녀탕 등의 소를 이루며 이를 일컬어 봉래구곡이라고 부른다. 이 물이 흘러 백천내에 접어든다.

직소폭포를 지나면서 길은 평탄하다. 마치 그 옛날 이곳쯤에도 사람들이 화전을 일구고 살았을 법하다. 형형색색 나뭇잎들이 붉게 물들어 있고, 길 아랫자락을 흐르는 물소리는 단아하다. 어쩌다 만나는 사람들이 서로 만났다 헤어지고 부는 바람결에 우수수 나뭇잎들이 떨어진다.

변산은 바깥에 산을 세우고 안을 비운 형국으로, 해안선을 따라 98Km에 이르는 코스를 바깥 변산이라고 하고 수많은 사찰과 암자가 있어 한때는 사찰과 암자만을 상대로 여는 중장이 섰다던 안쪽 지역을 안 변산으로 부르기도 한다. 의상봉(508m), 주류산성(331m), 남옥녀봉(432.7m), 옥락봉, 세봉, 관음봉(424m), 신선대(486m), 망포대(492m), 쌍성봉(459m) 등의 산들이 안변산을 에워싸고 그 안의 백천냇물이 해창에서 황해로 흘러든다.

호남의 5대 명산으로 불리는 변산은 능가산, 영주산, 봉래산 등 여러 가지 이름으로 불려왔다. 『신증동국여지승람新增東國輿地勝覽』에 변산은 이렇게 기록되어 있다.

> 보안현에 있다. 지금 현과의 거리는 서쪽으로 25리인데 능가산으로도 불리고, 영주산으로도 불린다. 즉, 변산(卞山)이라고도 하는데, 말이 돌아다니다가 변으로 되었다고 한다. 변한(卞韓)의 이름을 얻은 것이 이 때문이라 하나 그런지 아닌지 알지 못한다. 봉우리들이 백여 리를 빙 둘러 높고 큰 산이 첩첩이 쌓이고 바위와 골짜기 깊숙하며 궁실과 배의 재목은 모두 여기서 얻어 갔다 전하는 말에는 호랑이와 표범들이 사람을 보면 곧 피하였으므로 밤길이 막히지 않았다 한다.

큰 산이 첩첩이 쌓이고

이중환은 『택리지擇里志』에서 변산을 다음과 같이 말했다.

> 서쪽, 남쪽, 북쪽은 모두 큰 바다이고, 산 안에는 많은 봉우리와 구렁이 있는데 이것이 변산이다. 높은 봉우리와 깎아지른 듯한 산꼭대기, 평평한 땅이나 비스듬한 벼랑을 막론하고 모두 큰 소나무가 하늘에 솟아나서 해를 가리웠다. 곧 변산의 바깥은 소금 굽고 고기잡이에 알맞다. 주민들이 산에 오르면 나무를 하고 산에서 내려오면 고기잡이와 소금 굽는 일을 하며 땔나무와 조개 따위는 값을 주고 사지 않아도 될 만큼 넉넉하다.

봉래구곡, 직소폭포, 선제폭포 같은 빼어난 절경이 있는 산은 변산의 산세가 깊고 울창하여 예로부터 약초나 버섯을 재배하거나 벌도 많이 쳤다. 특히 안 변산의 훤칠하게 자란 소나무는 곧고 단단해서 고려 때부터 궁궐을 지을 재목과 목선의 재료로 많이 쓰였다. 또한 이규보는 변산을 다음과 같이 말하였다.

변산은 나라 재목의 보고이다. 소를 가릴만한 큰 나무와 찌를 듯한 나무줄기가 언제나 다하지 않았던 것이다. 층층의 산봉우리와 겹겹의 산등성이에 올라가고 쓰러지고 굽고 퍼져서, 그 머리와 끝의 둔 곳과, 밑뿌리와 옆구리의 닿는 곳이 몇 리나 되는지 알지 못하겠으나 옆으로 큰 바다를 굽어보고 있다.

그런 연유로 원나라가 일본 원정을 할 때에도 이 변산의 나무들로 전함을 만들었다.

1274년 정월 원나라 조정에서 고려의 조정에 일본을 함락하러 가는데 필요한 전함 8백 채를 3월까지 만들어 내라며 총감독으로 홍다구를 보내왔다. 홍다구는 고려 사람으로서 원나라에 귀화한 홍복원의 아들로서 원나라의 장수가 된 후 원나라가 고려를 칠 때에 선봉 노릇을 여러 차례 했었다. 배를 만들게 된 곳이 부안의 변산과 장흥의 천관산으로 정해졌지만 석 달 동안에 9백 채의 배를 만든다는 것은 어림도 없는 일이었다. 그때의 상황을 『고려사』에는 다음과 같이 기록되어 있다.

기한이 급박하여 몰아붙이기를 바람과 번개와 같이 하니 백성들이 크게 괴로워하였다.

배는 예정보다 석 달을 넘겨 6월에 만들어졌지만 배는 일본 땅에 닿기도 전에 태풍을 만나 모두 부서져버리고 말았다.

지금 변산의 삼림 상황은 심각하게 황폐해져 있다. 충청도 안면도의 소나무 숲과 더불어 목재의 생산지로서 나라 안의 손꼽히던 변산이 마구잡이 벌목으로 인하여 소나무 숲은 없고 잡목만이 무성할 뿐이다. 또한 한국전쟁 당시 남부군이 결집되어 있던 회문산에서 덕유산과 이 변산으로 남부군이 나뉘었었고 영화 「남부군」에서 안성기 부대는 덕유산으로 가고 이곳으로 왔던 최진실 부대가 모조리 쓰러져 갔던 비운의 현장이기도 하다.

길은 두 갈래로 나뉜다. 능가산 가인봉으로 가는 길과 내소사 아랫자락으로 가는 길. 내소사 아랫자락 가는 길로 내려가 내소사 일주문에 들어선다. 아름드리 전나무 숲길이 천왕문까지 600m에 이어진다. 이 나무들이 불과 7,80년 전에 심어졌다고 하면 누가 믿기나 할까? 어린 나무들을 심으며 그 나무들이 목재가 되고 열매를 맺을 걸 누가 떠올리기나 할까? 그러나 내소사의 일주문에 접어들면서 그 생각들은 저절로 바뀐다. "나는 내일 지구의 종말이 와도 한 그루의 사과나무를 심을 것이다"라는 스피노자의 말을 진실로 실감할 수 있다. 훤칠한 대장부처럼 쭉쭉 뻗은 전나무 숲길. 내장산 가을 단풍도 좋지만 전나무 숲길은 얼마나 상쾌한가.

부안 내소사 전나무길

내소사 전나무 숲길을 걸어가면

이런 나무 숲길을 걸을 땐 한 꺼풀 한 꺼풀 입었던 옷들을 벗을 일이다. 삼림
욕이 아니라도 잣내음 같은 솔잎향내 같은 이 냄새에 온몸을 내맡겨 볼 일이
다. 전나무 숲이 끝나기도 전에 들어오는 붉게 붉게 타오르는 단풍나무 뒤편
에 내소사 전경[전라북도 기념물 제78호]은 아름답기 이를 데 없다.

천왕문을 들어서면 거대한 당산나무가 눈 안에 들어온다. 나이가 950년쯤
되었을 것이라는 이 나무는 할아버지당산으로 일주문 바로 앞에 선 할머니
당산나무와 한 짝이라고 한다. 나라 안 수많은 절집 중에서도 정월대보름날
에 금줄이 쳐진 후 정월대보름 당산제가 열리는 절은 아마도 이 내소사뿐일
것이다. 해방 전만 해도 제물을 차리고 독경을 하며 줄다리기를 한 후 그 줄

을 이 당산나무에 걸어놓기도 했다고 한다.

당산나무를 지나면 가인봉, 능가산 봉우리가 병풍처럼 둘러싸인 내소사 경내에 범종각, 봉래루, 삼층탑, 설선당, 대웅보전 등의 건물들과 요사채들이 그림처럼 서 있다.

부안군 진서면 석포리에 위치한 내소사는 백제 무왕 34년(633) 혜구두타가 소래사라는 이름으로 창건하였다. 창건 당시에 '대 소래사'와 '소 소래사'가 있었는데 지금의 내소사는 예전의 '소 소래사'라고 한다. 그 뒤 1633년(인조 11)에 청민선사가 중건하였고 1902년 관해가 중창한 뒤 오늘에 이르렀다. 소래사가 내소사로 언제부터 바뀌었는지는 분명하지 않은데 고려 때 빼어난 시인인 정지상의 시에 〈제변산소래사題邊山蘇來寺〉라는 시가 남아 있는 것으로 보아 정지상이 변산에 왔던 시절만 해도 소래사로 불렸음을 알 수가 있다.

적막한 맑은 길에 솔뿌리가 얼기설기,

하늘이 고대, 두우성(斗牛星)을 숫제 만질듯,

뜬 구름 흐르는 물 길손이 절간에 이르렀고,

단풍잎 푸른 이끼에 중은 문을 닫는구나.

가을바람 산들 산들 지는 해에 불고

산달이 차츰 훤한데 맑은 잔나비 울음 들린다.

기특도 한지고, 긴 눈썹 저 늙은 중은

한 평생 인간의 시끄러움 꿈조차 안 꾸누나.

위의 시로 보아, 중국의 소정방이 석포리에 상륙한 뒤 이 절을 찾아와서 군중

재軍中財를 시주하였기 때문에 내소사로 바뀌었다는 말은 그냥 전해져 오던 전설이 맞을 듯 싶다.

내소사는 선계사, 실상사, 청림사와 더불어 변산의 4대 명찰로 불렸지만 다른 절들은 전란 때에 모두 불타버리고 내소사만 남아 있다.

보물로 지정되어 있는 내소사 고려 동종[보물 제277호]은 1222년(고종 9년) 변산의 청림사에서 만든 종으로 청림사가 폐사되면서 땅 속에 묻혀 있던 것은 1857년(철종 4년) 내소사로 옮겼다. 높이가 1.3m에 직경 67cm인 전형적인 고려 후기 작품으로 뛰어난 아름다움을 자랑하고 있다. 종구가 종신보다 약간 넓고 정상에는 탑산사 종의 용과 비슷한 용뉴龍鈕와 구슬이 붙어 있고 용통甬筒이 있다.

종신의 중간에는 활짝 핀 연꽃이 받치고 있는 구름 위에 삼존상이 네 곳에 주조되어 있으며 본존상은 좌상이고 양쪽의 협시보살상은 입상이고 모두 두광이 있고 머리 위에는 수식이 옆으로 나부끼는 보개가 공중에 떠 있다.

범종각을 지나 봉래루를 지나면 대웅보전[보물 제291호] 앞에 다다른다. 조선 인조 11년(1633)에 건립되었다고 전해지는 내소사 대웅보전은 자연석으로 쌓은 축대 위에 낮은 기단과 다듬지 않은 주춧돌을 놓고 세운 정면 3칸 측면 3칸의 단층 팔작지붕 집이다.

조선 중기 이후에 유행했던 다포계 건물로써 공포의 짜임은 외 3출목과 내 5

보물 제291호 | 부안 내소사 대웅보전 扶安 來蘇寺 大雄寶殿

출목으로 기둥 위에는 물론 주간에
도 공간포를 놓은 다포계 양식이다.
법당 내부의 제공[45] 뒤뿌리에는 모
두 연꽃 봉우리를 새겨 우물반자를
댄 천장에 꽃무늬 단청이다.

내소사 대웅보전 건물은 못을 하나
도 쓰지 않고 나무토막들을 깎아 끼
운 맞춘 건물로도 유명하다. 내소
사를 중창할 당시 대웅보전을 지은

부안 내소사 대웅보전 천장

45) 쇠서형으로 만들어진 살미(산미)

목수는 삼년 동안 나무를 목침덩이만 하게 토막내어 다듬기만 했다고 한다. 나무 깎기를 마친 목수는 그 나무를 헤아리다가 하나가 모자라자 자신의 실력이 법당을 짓기에 부족하다며 법당 짓기를 포기하고자 하였다. 그러자 사미승은 감추었던 나무토막을 내놓았지만 목수는 부정한 나무토막은 쓸 수 없다며 끝내 그 토막을 빼놓고 대웅보전을 완성했다고 한다. 그 연유로 지금도 대웅보전 오른쪽 안 천장은 왼쪽에 비해 나무토막 한 개가 부족하다고 한다. 또 법당 내부를 장식한 단청에도 한 군데 단청이 그려지지 않은 곳이 있는데 그 전설을 미당 서정주는 글 한편으로 남겼다.

내소사 대웅보전 단청
서정주

내소사(來蘇寺) 대웅보전(大雄寶殿) 단청(丹靑)은 사람의 힘으로 새의 힘으로 호랑이의 힘으로 칠하다 칠하다가 아무래도 힘이 모자라 다 못 칠하고 그대로 남겨 놓은 것이다.

내벽(內壁) 서쪽의 맨 위쯤 앉아 참선하고 있는 선사(禪師), 선사 옆 아무 것도 칠하지 못하고 너무나 휑하니 비워둔 미완성의 공백을 가 보아라. 그것이 바로 그것이다.

이 대웅보전을 지어놓고 마지막으로 단청사(丹靑師)를 찾고 있을 때 성명도 모르는 한 나그네가 서로부터 와서 이 단청을 맡아 겉을 다 칠하고 보전 안으로 들어갔는데, 문고리를 안으로 단단히 걸어 잠그며 말했었다.

"내가 다 칠해 끝내고 나올 때까지는 누구도 절대로 들여다보지 마라."

그런데 일에 폐는 속(俗)에서나 절간에서나 언제나 방정맞은 사람이 끼치는 것이다. 어느 방정맞은 중 하나가 그만 못 참아 어느 때 슬그머니 다가가서 뚫어진 창구멍 사이로 그 속을 들여다보고 말았다.

나그네는 안 보이고 이쁜 새 한 마리가 천장을 파닥거리고 날아다니면서 부리에 문 붓으로 제 몸에서 나는 물감을 묻혀 곱게 곱게 단청(丹靑)해 나가고 있었는데, 들여다보는 사람 기척에 "아앙!" 소리치며 떨어져 내려 마룻바닥에 납작 사지를 뻗고 늘어지는 걸 보니 그건 커다란 한 마리 불 호랑이었다.

"대호(大虎) 스님! 대호 스님! 어서 일어나시겨라우!"

중들은 이곳 사투리로 그 호랑이를 동문(同門) 대우를 해서 불러댔지만 영 그만이어서 할 수 없이 그럼 내생(來生)에나 소생(蘇生)하라고 이 절 이름을 내소사(來蘇寺)라고 했다.

그러고는 단청(丹靑)하다가 미처 다 못한 그 빈 공백을 향해 벌써 여러 백년의 아침과 저녁마다 절하고 또 절하고 내려오고만 있는 것이다.

가물가물한 그 아름다운 문살

그러나 내소사의 제일 가는 아름다움은 뭐니뭐니해도 대웅보전의 정면 3칸 여덟 짝의 문살을 장식한 꽃무늬일 것이다. 연꽃과 국화꽃이 가득 수놓인 문짝은 말 그대로 화사한 꽃밭을 연상시키며 원래는 형형색색으로 채색되어 있었을 그 꽃살문이 나무결로만 남아 있는 것이 오히려 더 아련한 아름다움을 전해준다.

한곳 한곳을 지극한 정성으로 파고 새긴 옛 사람들의 불심에 새삼 고개 숙여지는 이 문살의 꽃무늬는 간살 위에 떠 있으므로 법당 안에서 보면 꽃무늬

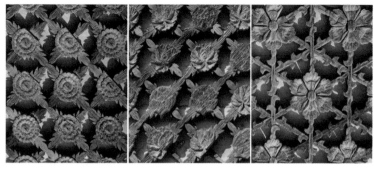
부안 내소사 대웅보전 문살 꽃무늬

그림자가 보이지 않은 채 단정한 마름모꼴 그림자만이 보일 뿐이다. 드러내
지 않으면서도 무언가를 보여주는 것, 마치 가물 현玄자의 의미처럼 가물가
물한 그 아름다움을 보는 듯하다.

오늘의 내소사를 있게 한 스님이 아명이 김성봉이며 법명은 봉수, 법호가 해
안인 해안선사다. 1901년 부안 줄포에서 아버지 김치권과 어머니 송씨의 3
남으로 태어난 해안선사는 1914년 내소사의 만허 스님을 은사로 득도했고
백양사에서 학명선사로부터 은산철벽銀山鐵壁의 화두를 받았다.
6일 째 되던 날 공양 시간에 그가 들은 목탁소리, 종소리, 죽비소리는 이전
까지 그가 들었던 소리와 다른 마치 환희세계가 새로 개벽되는 듯 했다고 한
다. 그의 표현대로 백억百億의 산 석가가 춤을 추는 광경 같은 기운을 온몸으
로 느낀 그는 새벽이 오기를 기다려서 학명선사에게 그가 들은 소리들에 대
해 말한 뒤 "사람은 서로 보지 못하였는데 목탁치는 사람과 종치는 사람과 죽
비치는 사람의 거리가 얼마나 됩니까?" 하고 물었다. 조실스님은 "네가 알았

으면 일러라"고 하자 그는 "봉비은산철벽외鳳飛銀山鐵壁外 입니다"라고 말했다.
조실스님이 다시 "철벽 안은 무엇인가?" 하고 묻자 해안은 "이것이오" 하고
답했다.

그러자 조실스님이 확인하듯 "저것은 무엇인가?"라고 묻자 해안은 "이것이
옵니다"라고 했다. 이에 조실스님이 빙그레 웃으며 차를 따라 놓으시고 "손
을 대지 말고 마셔라" 했다. 이에 해안은 "차 맛이 매우 향기롭습니다"라고
말했다.

해안이 훗날 술회하기를 그때는 『팔만대장경八萬大藏經』을 모조리 물어도 하
나도 막힐 것 같지 않았다고 하는데 그때의 심정을 다음과 같이 노래했다.

　　목탁소리, 종소리 또한 죽비소리에
　　봉(鳳)은 은산절벽 밖을 넘나들었네.
　　내게 무슨 기쁜 소식이 있는지 묻는다면
　　회승당(會僧堂) 안에서 만발공양(滿鉢供養) 함이라 하리.

중앙불교 학림을 우수한 성적으로 졸업한 해안은 중국에 들어가 그곳의 선
지식들을 접했고 3년째인 1932년에 내소사로 돌아왔다.

"공부하는 방법은 다만 일여一如 두 글자만 염두에 두면 되는 것이다. 어떻게
지어 나가는 것이 일여하게 하는 것인가? 일여라는 말은 한결같이 한다는 뜻
이므로 옷을 입고 밥을 먹을 때나, 가고 올 때나, 앉고 누울 때나 세수하고 대
소변을 볼 때나, 조금도 다를 것이 없이 마치 물이 흘러가듯 쉬지 않고 한결
같이 화두를 지어나가는 것이 일여하게 공부하는 것이 된다"고 하면서 화두

하나를 잡고서 공부하기를 권했다. 그러나 너무 화두에 집착하면 그 화두에 가까워지는 것이 아니라 점점 멀어질 수도 있음을 경계한 선사는 옛 사람의 "흙덩이를 개에게 던지면 개는 흙덩이를 물고, 사자에게 던지면 사자는 흙덩이를 던진 사람을 문다"라는 말을 들기도 했다.

천성적으로 음성이 맑고 그윽했던 선사는 사람을 끄는 힘이 있는 데다 해박한 지식과 밝은 선지식善知識으로 수많은 남자들과 많은 불자들을 모이게 했다. 성품이 자상하였으나 일상생활의 법도에 투철했고, 특히 참선 중의 방심에 대해서는 매우 엄격하였다.

해안의 제자였던 혜산 스님의 말에 의하면 제자와 대중들이 24시간 늘 긴장하면서 지냈다고 한다.

"일체 모든 법이 거짓 이름 한 것임을 명백히 알아야 한다. 그러나 안다는 것은 사량분별로서가 아니라 스스로 체험해서 체득해야 비로소 내 살림이 된다는 것을 명심해야 한다"고 말한 해안 스님의 말을 떠올리며 발길은 사성봉 중턱에 자리 잡은 청련암으로 이어진다.

관음전, 청련암 가는 길이 나뉘고 산등성이에 피어난 푸른 꽃무릇 줄기, 저 잎이 가을의 초입에 지고 나면 붉은 상사화 꽃이 무더기로 피어날 것이다. 꽃무릇이 하나씩 하나씩 옷을 벗는다. 늦은 가을에 나무들이 잎을 한 잎, 한 잎 떨구듯 이렇게 옷을 벗다가 보면 다시 봄이 되어 잎을 피우고 꽃을 피우듯이 무념의 나무 위에도 새로운 잎들이 돋아날 수 있을까?

길 아래에 누군가 돌탑 하나 세웠다. 하나 둘 세어보니 11층석탑이다. 가파른 길을 올라서자 푸른 대나무 숲이 보이고 대 숲을 한 바퀴 휘어 돌자 청련

부안 내소사 청련암

암이다. 마당으로 들어서자 조금씩 흐르는 물에 새파랗게 피어난 불미나리.
이곳에도 이미 봄이 왔음을 안다. 졸졸 흐르는 샘에서 물을 한 바가지 마시
고 절 마당에서 바라보자 멀리 내소사와 줄포만 그리고 바다 건너 선운산과
소요산이 한눈에 보인다.

청련암은 백제 성왕 31년인 553년에 초의선사가 창건했다. 하지만 선실禪
室이 처음 지어진 연대는 불분명하다. 근대에 내소사를 중창한 관해선사가
정진하던 보임처保任處로 사용하였다가, 호남불교의 대선지식인 해안선사가
내소사 주지로 재임하고 있던 1929년에 독립운동가들이 이 암자를 많이 드
나들었다. 백관수, 송진우, 여운형, 김성수 등이 한때 은신처로 사용하며 이
곳에서 독립운동에 관한 일을 도모했다. 그 후 만허, 해안 스님 등이 독거선

실獨居禪室로 사용하였고, 현재는 운수납자雲水衲子들의 정진하는 곳으로 사용되고 있다.

이 청련암에서 인촌 김성수 선생이 공부를 했다는 사실을 알게 된 수많은 고시지망생들이 몰려왔고 그들 중 많은 사람들이 합격했다고 한다. 이 암자에서 유명한 것은 흐름을 멈추지 않고 나오는 석간수와 황혼이 깃들 무렵의 종소리 그리고 눈앞에 펼쳐진 줄포만 일대의 뛰어난 전망이다.

돌아서며 바라본 줄포만에 떠 있는 섬 죽도가 나를 '어서 내게로 오라' 하고 손짓하는 듯했다. 내려오다 들른 관음전 앞에 서서 다시 눈 들어 바라보니 썰물의 바다가 먼 듯 가깝기만 했다.

찬란한 해돋이와 영취산 흥국사를 찾아서

향일암, 전남 여수시 돌산읍 금오산

"혼자서 아무 것도 가진 것 없이 낯선 도시에 도착하는 꿈을 나는 몇 번씩이고 꾸었었다. 그리하여 나는 그곳에서 겸허하게 아니 남루하게 살아 보았으면 싶었다"라고 프랑스의 산문작가이자 알베르 까뮈의 스승이었던 쟝 그르니에가 「케르켈렌 군도」에서 묘사했던 것처럼 삶 자체가 매일 매일 떠나고 싶은 그 열망 하나로 살았다고 볼 때 그 대상지로 가장 적합한 항구는 여수가 아닐까 싶다. 그것도 다른 지역의 동백꽃이 피기도 전 전라선 완행열차를 타고 여수역에 내려 오동도를 향해 터덜터덜 걸어가는 그 꿈들을 얼마나 자주 꾸었던가.

남원, 구례를 지나 순천을 벗어나며 꿈속에선 듯 밀려오는 파도소리와 갯내음에 어느덧 흔들림은 멎고 새벽 어둠속에 돌산도의 끄트머리에 닿았다.

전라남도 문화재자료 제40호 | 향일암 向日庵

해돋이의 명소로 널리 알려진 영구암은 돌산읍 용림리 금오산 중턱에 있는 절로써 사람들에게는 향일암[전라남도 문화재자료 제40호]으로 더 많이 알려져 있다. 선덕여왕 13년에 원효대사가 창건했을 당시에는 원통암으로 불리었으며 고려 때 윤필거사가 중창한 뒤에는 금오산의 이름을 따서 금오암으로 바꿔 불렀다. 임진왜란 때에 승군의 본거지로 사용되었던 영구암이 향일암으로 이름이 바뀐 것은 일제 때였다는 말이 있다. '일본을 바라보자'는 뜻으로 향일암으로 지어졌다는 내력의 한편에서는 한려수도 중에서도 가장 넓게 펼쳐진 바다에서 떠오르는 천하절경의 해돋이를 볼 수 있기 때문에 향일암이라고 붙여졌다는 말도 있다.

어둠이 채 가시지 않은 임포마을의 상가마다 돌산 갓김치에서 미역에 이르기까지 온갖 건어물들이 수북하게 쌓여 있고 가파른 진입로에는 장사꾼들이 좌판을 벌리고 있다. 15분쯤 오르면 금오암의 일주문을 대신하는 바위 문이 나타난다. 두 개의 바위 사이로 한 사람이 겨우 지나갈 만큼 좁다란 기이한 문을 지나자 영구암이 나타난다. 앞서온 사람들이 해가 떠오르기를 기다리며 겹겹이 서 있고 영구암의 대웅전에는 드나드는 사람들로 분주하다. 대웅전을 뒤에 두고 바다를 바라다본다. 바다는 나직하게 넓고 눈 아래 기암절벽에는 동백나무숲들이 꽃을 피운다.

마을 쪽을 더 자세히 보자, 거북이가 불경을 등에 지고 바다로 헤엄쳐 들어가는 형세가 그대로 보인다. 조용한 곳에서 해돋이를 볼 생각으로 관음전 뒤 바위로 올라갔다. 그 바위 위에 올라서서 바라보니 웬걸, 바위 자체가 거북이의 등처럼 무늬가 져 있는 게 아닌가. 놀라움으로 그 바위를 바라보자 이 바위만이 아니라 영구암에서 정상에 이르는 그 일대의 모든 바위에 이 모양이 있으며 그래서 그러한 지형 때문에 이름조차 금오암으로 바뀌었다고 사람들이 내게 알려준다.

대웅전 추녀 끝으로 늘어진 동백나무가 꽃을 피우고 그 대웅전의 용마루 사이로 아침 해가 떠오른다. 그렇게 빛나지 않으면서도 빛나는 해가 동백꽃을 시새움하듯 떠오를 때 "바다에서의 아침은 세상의 처음을 맞는 것과도 같다"는 알베르 까뮈의 말처럼 떠오르는 아침 해는 아름다움이나 장관이라는 말로는 표현할 수 없다. 오른 만큼 길은 내려가야 하고 내려가서 다시 바라보는 향일암에는 그 많던 사람들이 보이지 않는다.

하늘에서 보라본 오동도

진남관을 바라보며 회상에 젖는다

돌산도에서 여수에 이르는 길가에는 바다 물결이 잔잔히 일렁이고 햇살은 따사로워 나누는 정담들이 봄기운처럼 풋풋하다.

한려수도의 관광 일번지인 오동도는 720m의 방파제로 육지와 연결되어 있는 3천 6백여 평의 작은 섬이다. 섬의 생김새가 오동잎처럼 생겼고 오동나무가 많아서 오동도로 불렸다는 이 섬에는 어느 사이에 오동나무는 사라지고 동백나무만 우거져 있다. 나라 안에 제일 가는 동백나무 숲으로 알려진 이 섬에는 소라처럼 생긴 소라바위, 용이 살았다는 용굴, 단식곡, 병풍바위 등 아름다운 곳들이 산재해 있지만 무엇보다 찾은 이들의 마음을 끌어당기는 것은 동백나무 숲속을 산책하듯 걸어 다닐 수 있다는 것이다.

국보 제304호 | 여수 진남관 麗水 鎭南館

역사 속에서 이 섬은 임진왜란 때의 영웅 이순신과 밀접한 관계가 있다. 이순신은 이 섬에 시누대를 심어 화살을 만들어 사용했고 그 뒤 대가 무성해진 후에는 이 섬을 대섬이라고도 불렀다고 한다. 아열대 식물원에서 진기한 꽃들로 눈요기를 한 후 진남관[국보 제304호]으로 향한다.

여수시 군자동의 시내 중심가에 세워진 진남관은 임진왜란 직후인 선조 32년에 삼도통제사로 부임한 이시언이 세웠다. 임금이 사용하던 궁을 제외하고 지방에 세워진 목조건축 중 가장 큰 규모로 세워진 진남관은 길이 75m, 높이 14m, 정면 15칸, 측면 5칸의 총규모가 75칸에 둘레가 2.4m가 되는 기둥만도 68개나 된다. 연건평 240평에 이르는 이 건물은 각 고을마다에 세웠던 관사로써 전주 객사처럼 중앙에서 내려온 관리를 영접하던 곳이었다.

조선시대 내내 이곳에 임금의 궐패[46]를 모셔놓고 초하루와 보름날에 초양을 향하여 절을 하였다. 진남관 앞에는 일곱 개의 석인상이 서 있었다는데, 어느 사이에 여섯 개는 사라지고 한 개만 홀로 남아 진남관을 지키고 있다. 자세히 보면 그 석인상은 무인이 아닌 문인의 모습이다.

바라보이는 여수 앞바다에는 수백 척의 배들이 그림처럼 떠있었다. 여천공업단지를 지나 흥국사에 도착했을 때는 열한 시가 조금 넘어서였다. 봄의 진달래꽃이 아름답기로 소문난 영취산 자락에 흥국사興國寺가 있다. 흥국사 사적기에 "국가의 부흥과 백성의 안위를 기원하기 위해 경관이 좋은 택지를 택해서 가람을 창설했다"라는 말이 있으며 덧붙여서 "이 절이 흥하면 나라가 흥하고 나라가 흥하면 이 절이 흥할 것이다"라는 글이 있는 것을 보면 이 절은 나라의 번영을 위해 창건했음을 알 수 있다.

흥국사는 고려 명종 25년(1195)에 보조국사 지눌이 광주 무등산 규봉암에 있을 때 큰 절을 지을 터를 찾기 위해 비둘기 세 마리를 날려 보냈고 그중 한 마리가 내려앉은 곳에 지은 호국사찰이라고 한다. 그 당시 고려 사회는 무신 정권으로 혼란에 빠져 있었다. 그러한 때 변방의 국찰國刹로서 나라의 안정과 융성을 기원하는 기도처로 세워진 이 절은 불법보다는 호국을 우선하는 사찰로 세워진 것이었다.

그러한 사실을 입증하는 하나의 일화가 전해지는데 고려시대에 젊은 학승이 백일기도를 마친 뒤 기도의 회향축원문廻向祝願文에 흥국기원興國祈願은 빠뜨리

46) 임금을 상징하는 궐자를 새긴 위패.

보물 제396호 | 여수 흥국사 대웅전 麗水 興國寺 大雄殿

보물 제563호 | 여수 흥국사 홍교 麗水 興國寺 虹橋

보물 제1556호 | 여수 흥국사 동종 麗水 興國寺 銅鍾

보물 제1862호 | 여수 흥국사 대웅전 관음보살 벽화 麗水 興國寺 大雄殿 觀音菩薩 壁畵

고 성불축원成佛祝願만을 넣었다. 그 것을 알아챈 이 지방의 향리들은 그 벌로 그 학승을 다른 절로 쫓아냈다 고 한다.

흥국사는 그 뒤 1592년 명종 14년 (1559) 왜구의 침입으로 폐허가 되 었던 것을 법수화상이 중창하였다. 임진왜란이 일어나자 기암대사가 이 절의 승려 300여 명을 이끌고 이 순신을 도와 왜적을 무찌르는데 큰 공을 세웠지만 임진왜란 당시 절집 이 모두 불타버리고 말았다.

이후 인조 2년 계륵대사가 중건하 였고 1760년경에 총 건평 624평에 649명이 상주하던 큰 사찰이 된 후 여러 차례의 중건을 거쳐 오늘날에 이어졌다.

남아 있는 절 건물은 대웅전[보물 제 396호], 팔상전, 원통전 등 15동의 건 물과 흥국사 홍교[보물 제563호, 여수 흥국 사 홍교 麗水 興國寺 虹橋], 흥국사 동종[보물 제1556호], 관음보살 벽화[보물 제1862호],

보물 제1333호 | 흥국사 십육나한도 興國寺 十六羅漢圖

십육나한도[보물 제1333호] 등 여러 문화재가 있다.

그곳을 방문하면 만나는 유물이 계곡의 양쪽에 걸쳐 있는 무지개다리이다.

인조 때에 만들어진 이 다리는 길이가 40m이고 높이가 5.5m, 폭은 11.3m, 내

벽 3.45m로 남아 있는 무지개다리 중 나라 안에 규모가 가장 크다.

부채꼴 모양의 화강석 86개를 맞추어 틀어올린 이 무지개다리는 완전한 반

달을 이루고 있고, 단아하고 시원스러운 홍예虹霓[47]의 양 옆에는 학이 날개

를 펼친 듯한 둥글둥글한 잡석으로 쌓아 올린 벽이 길게 뻗쳐 오묘한 조화

를 이루고 있다.

측면의 석벽은 이른바 난적亂積 쌓기로 무질서하면서도 정제된 석축의 미를

---

47) 무지개 같이 휘어 반원형의 꼴로 쌓은 구조물.

보여주는데 끝 부분은 완만하게 경사를 이루어 곡선으로 대표되는 한국의 미를 보여주고 있다.

다리 밑에서 보면 홍예 한복판에 양쪽으로 마루돌이 돌출되어 있고, 그 끝에 양각으로 새긴 용두가 다리 밑의 흐르는 물줄기를 바라보고 있다. 이 홍국사의 무지개다리는 임진왜란이 끝난 뒤 국난에 대비하여 홍국사에 주둔시켰던 승병에 불안을 느낀 관아에서 지맥을 끊고자 만들었다는 설도 있지만 그것보다는 300여 명이나 되는 승병이 하는 일없이 놀며 지내고 있으므로 그 노동력을 활용하기 위하여 다리를 놓았다는 말이 더욱 설득력이 있다.

아름다운 무지개다리를 바라보고 매표소를 지나면 홍국사 부도밭에 이른다. 이 절을 창건한 보조국사와 중창했던 법수 스님의 부도 등 12기의 부도가 이른 봄 햇살을 받고 있는 부도밭을 지나 만나는 사적비는 숙종 29년 당시의 명필이었던 이진휴가 썼다.

봄의 진달래가 아름다운 영취산

천왕문과 봉황루 그리고 범종각을 지나자 심검당과 적묵당에 에워 쌓인 대웅전이 나타난다. 오랜 세월 저편의 이야기를 풀어내주고 있는 듯한 홍국사 대웅전을 받치고 있는 돌계단에는 거북이, 게, 용들이 새겨져 있다. 이것은 대웅전을 반야수룡선般若水龍禪으로 해석한 데서 나온 '법화신앙法華信仰'적 표현이다.

법화신앙에서는 대웅전을 지혜를 실어 나르는 배, 고통의 연속인 중생을 고통 없는 피안의 세계로 건너게 해주는 배로 보기 때문이다. 대웅전의 축대는 바다가 되는 셈이다. 대웅전 앞에 서 있는 괘불에도 화려한 용이 조각이 되어 있고, 석등에도 민화에서나 볼 수 있는 장난기 가득한 거북이 받침 위에 사각의 돌기둥이 놓여 있으며 그 위에는 공양상이 네 기둥 역할을 하는 특이한 형태의 화사석이다. 원래 이 석등은 이 자리에 있던 것이 아니라 다른 곳에서 옮겨왔다고 한다.

대웅전은 정면 3칸, 측면 3칸의 화려한 다포식 팔작지붕 집으로 앞에서 보면 붕긋 솟아나는 영취산의 봉우리가 용마루 뒤에 솟아올라 마치 육계처럼 보인다. 정면 3칸의 기둥 사이를 같은 간격으로 나누고 각각 사문합의 빗살문을 달아 전부 개방할 수 있도록 하였다. 이 빗살문은 상부를 구분하여 교창交窓[48]의 모양으로 의장하였으므로 문짝의 키가 높으며 따라서 고주高柱도 높게 잡았다.

이 대웅전의 후불탱화는 불화로서는 드물게 보물로 지정되었는데 화기에 의하면 천신과 의천이라는 두 스님이 수년 동안에 걸쳐 그렸다는 내용과 함께 "이 공덕으로 누구에게나 두루 비치어 모든 중생이 다함께 불도를 이루기를 기원합니다"라는 글이 씌어져 있다.

가로 4.75m에 세로 4.06m로 대작인 이 후불탱화는 중앙에 석가모니불이 연꽃 좌대에 앉아 법화경을 설법하는 모습인데 여타의 불화들과 다른 점은 4보살 6제자 등 등장인물들이 한결같이 밝은 얼굴을 하고 있다. 특히 결가부좌하고 앉아 있는 이 본존불은 뾰족한 육계나 계주 그리고 구슬처럼 표현된

---

48) 격자 창. 창살이 있는 창문.

전라남도 유형문화재 제45호 | 흥국사 원통전 興國寺 圓通殿

나발까지 쌍계사 불화와 흡사하다. 대들보 위에 우물천정이 연꽃밭처럼 화려하게 치장되어 있고 바닥에는 마루를 깔았다. 또한 이 대웅전 안에는 영조 35년에 제작된 괘불이 있는데 가로가 8.2m, 세로가 11.15m로 화면 전체에 보살상 한 분이 그려진 보기 드문 대형 괘불이지만 사찰의 큰 행사 때에나 볼 수 있을 뿐이다.

이러한 대형 괘불이 만들어질 수 있었던 중요한 원인은 들판에서 야단법석을 자주 벌일 수밖에 없었던 상황에서 기인한 것이었다. 수많은 백성들이 여러 가지 전란으로 죽어 가는데 가람이 전화에 휩쓸리니 들판에서 수륙제와 큰 법회를 열 수밖에 없었을 것이다. '옷깃만 스쳐도 인연'이라는 불가에서의 인연에 연유해서인지 대웅전 안에서 흥국사의 스님으로부터 흥국사와 불교 전반에 관한 이야기를 듣고 원통전으로 향한다.

홍국사 원통전[전남유형문화재 제45호]은 관세음보살을 모신 곳으로 관세음보살의 자비가 이 땅 어디건 미치지 않는 곳이 없다는 뜻으로 붙여진 전각이다. 1624년에 중창되었다고 하는 원통전은 정면 3칸, 측면 3칸의 팔작집이면서 4방 퇴칸에 활주를 세워 공간을 두었고 전면에는 1칸의 공간에 마루를 깔아 입구로 통하게 하였다. 사방이 회랑식 퇴칸으로 마련된 것은 법주사의 팔상전처럼 중앙 법당에 모신 관세음보살을 탑돌이 하듯 돌며 기도할 수 있도록 마련한 것이다.

찔레순이 피어나는 원통전 마루에 앉아

원통전 회랑의 툇마루에 앉아 따사로운 봄 햇살을 받아들인다. 담벼락으로 찔레나무가 찔레 순을 피운다. 이 홍국사에는 재미있는 전설 하나가 전해오고 있다.

옛날 홍국사 사하촌에 날마다 염불을 빠뜨리지 않는 지성감천의 젊은 과부가 있었다. 한번은 토미천 개울가에서 삼일 동안 불공을 밤낮으로 드렸다. 그때 산신령이 나타나 "내 아들을 너에게 주겠다" 하고는 사라져버렸다. 과부가 집으로 내려간 그날 밤 홍국사 젊은 중이 담을 넘어와 과부를 안았다. 그 뒤 만삭이 되기 전인 임신 3개월 만에 아들을 낳았는데 그 아들에게 꼬리가 달려 있었다. 그 지성감천의 과부는 아들의 토끼꼬리가 전생 토끼의 업보를 미처 마치지를 못하고 산신령이 급히 보냈기 때문에 꼬리가 달려서 이 세상에 나왔다는 것을 깨달았다. 산신령의 아들은 바로 그 토미천 근처에 살고 있던 산토끼였던 것이다. 과부는 날마다 염불을 외웠고 그 여자가 염불삼매念佛三昧49)로 그 자리에서 죽자 과부 아들의 꼬리가 없어졌다는 이야기이다.

아직 봄물 들지 않은 나무숲들에 봄은 따사로운 햇살로 내려앉고 머지않아 이 영취산은 남한의 산 중 제일이라는 진달래꽃밭으로 붉게 타오를 것이다. 문득 어디선가 풍경소리가 들리고 들린다. 들린다. 아이들의 지절대는 이야기 속에 지나가는 뭇 새들의 노래소리에 겨울이 가고 봄이 오는 소리가.

---

49) 염불(念佛)로 잡념을 없애고, 영묘한 슬기가 열려 부처님을 보게 되는 경지.

통일로 가는 길목엔 용미리 석불만 남아 있고

도솔암, 경기도 파주시 광탄면 고령산

의정부를 거쳐 장흥 쪽으로 접어들며 북한산이 그 위용을 드러내고 장흥을 지나자 고양이다. 조선 태종 때에 고봉산 자락의 고봉현과 덕양현의 글자 하나씩을 합하여 고양현이 되었고, 성종 2년인 1471년에 군이 된 고양은 『증보문헌비고增補文獻備考』에 의하면 조선시대의 큰 도로였던 관서로가 지나는 통로였다. 한양에서 의주까지 이어졌던 관서로에는 큰 역관 12개가 있어서 조선과 중국을 오가던 사신들이 머물러 쉬었던 곳으로서 벽제관[사적 제144호]은 그 첫 번째 역관이었다.

중국의 사신들은 서울로 들어가기 전에 반드시 이곳에서 하룻밤을 묵고 이튿날 예의를 갖추어 입성하는 것이 정례定例였다. 현재 서울 서대문구 독립문 사지에 세워져 임금이 몸소 중국의 사신을 영송하였던 모화관에 버금가는 중요한 곳이었던 이곳은 조선 초기에는 제릉에 친제하러 가는 길에 국왕이 숙소로 이용하기도 하였다. 원래의 벽제관 터는 지금의 자리에서 5리쯤

사적 제144호 | 고양 벽제관지 高陽 碧蹄館址

떨어진 곳에 있다가 1625년(인조 3년)에 고양군의 청사를 이곳으로 옮기면서 지었던 객관의 터였다. 이때 옮겨 지었던 벽제관의 모양새가 어떠했는지 추측하기는 어렵지만『동국여지승람東國與地勝覽』에 "집이 크고 아름다우며 제도가 정장하매 질서가 있게 단단하여 한 가지도 빠진 것이 없었다"라고 기록되어 있는 것으로 보아 그 규모를 짐작할 수 있다.

예겸은 그의 시에서 "길은 왕경王京으로 돌아가는데 이 밤 기온이 차다. 두 행렬의 횃불이 말안장에 번지는구나. 청산을 지나온 것이 얼마나 될까. 분명히 눈을 들어보지 못하였네"라고 하였고 기순은 "초가에 우는 닭이 4경을 알렸는데 여구 가객을 재촉해 왕경을 가자한다. 많은 역부는 분주해 구름 모으는 것 같고 여러 횃불은 얼기설기 불성이런가, 의심한다. 좋은 산은 길을 껴서 경치를 분별하기 어렵고 다리를 지나 흐르는 물은 소리만 들리네. 날이 환하게 밝자 가랑비 내리는데, 황은을 선포하는 것이 이번 걸음에 있다" 하였다. 하지만 1930년대만 해도 남아 있던 벽제관 건물이 일제 강점기에 일본인들에 의하여 일부가 헐렸고 6. 25 동란 때 모두 불에 타고 말았다.

이렇듯 관서지방 사람들이 서울을 지나야 할 때에 꼭 들러야 했던 벽제관은 지금은 건물의 초석만 남긴 채 아침 햇살을 받고 있었다. 그러나 국가사적 144호라는 표지판이 무색하게 벽제관터는 폐건축자재와 흉물스럽게 방치된 포장마차에 포위당한 채 번성했던 옛 시절을 부는 바람결에 들려주고 있다.

됫박고개 너머에 보광사가

길은 고령산으로 이어진다. 벽제 삼거리에서 됫박처럼 가파르기 때문에 이름붙였다는 됫박고개를 넘어서 보광사에 닿았다. 파주군 광탄면 영장리 고령산 중턱에 세워진 이 절은 신라 진성여왕 8년(894) 임금의 명에 의해 도선국사가 세운 절로 알려져 있다.

1215년(고종 2년)에 원진국사가 중창하였고 우왕 14년(1388)에 무학대사가 삼창하였으나, 임진왜란 때 불에 타서 광해군 4년에 설마와 덕인이 법당과 승당을 복원하였다. 1667년(현종 8년)에 지간과 석견이 중수하였고 1740년에 영조가 대웅보전과 광음전, 만세루 등을 중수하였으며 근처 10여 리 밖에 있던 생모 숙빈 최씨의 묘 소령원의 원찰로 삼으며 왕실의 발길이 잦아졌다고 한다. 그때 절 이름도 고령사에서 보광사로 고쳐 부르게 된 것이다. 조선 말기에 쌍세전과 나한전, 수구암, 지장보살상과 산신각을 신축하였지

경기도 유형문화재 제158호 | 파주 보광사 숭정칠년명 동종 坡州 普光寺 崇禎七年銘 銅鐘

만 한국전쟁 때 대웅보전과 만세루를 제외한 대부분의 전각이 불에 타버렸다.

현존하는 건물은 대웅전을 중심으로 관음전, 나한전, 쌍세전, 산신각, 만세루, 법종각 등이 있고 영조대왕과 추사 김정희의 현판 편액이 있다. 새로 지어진 보광사 법종각에는 1631년에 만들어진 범종[경기도 유형문화재 제158호]이 걸려 있다. 조선시대 범종양식을 제대로 보여주는 종이면서 크지는 않지만 매우 화려하면서도 다부진 느낌을 주는 종이다. 또 그 위로는 만세루에 걸려 있었던 목어가 이곳으로 옮겨와 걸려 있다. 몸통은 물고기 모양과 같지만 눈썹과 둥근 눈, 튀어나온 코, 여의주를 물고 있는 입과 사슴의 뿔까지 있어 용의 형상을 한 물고기와 같다.

『조선 사찰자료』에 의하면 1896년(고종 33년)과 1901년 사이에 중창된 것으로 보이는 대웅보전[경기도 유형문화재 제83호]은 당시 궁중의 여인네들이 불사에 동참했다고 한다. 대웅보전의 편액은 영조대왕의 친필이고 법당 안에 모셔진 비로자나삼존불은 1215년 중건 당시 원진국사가 조성해 모신 불상이라고 한다. 또한 1802년에 제작된 것으로 알려진 지장시왕도[경기도 유형문화재 제320호]가 모셔져있다.

경기도 유형문화재 제83호 | 보광사대웅보전 普光寺大雄寶殿

만세루의 툇마루에 앉아 녹음 우거
진 배경으로 그림처럼 펼쳐진 대웅
보전을 바라본다.

정면 3칸에 측면 3칸 다포계 겹처
마 팔작지붕 건물로 높게 쌓인 축
대 위에 올라앉은 대웅보전은 퇴색
된 단청이 더욱 나그네의 마음을 사
로잡는다. 또한 보광사 대웅보전의

경기도 유형문화재 제320호 | 파주 보광사지장시왕도
坡州 普光寺 地藏時王圖

법당 외벽 벽화는 다른 건물과 달리
흙벽이 아닌 목판을 대고 그 위에

벽화를 그렸다. 그 그림들이 다른 벽화와 다르게 부처님의 전생담과 연화

보광사대웅보전 측면벽화

장세계蓮華藏世界[50]이고 어떤 면에서 보면 민화풍을 느끼게 한다. 원통전 외벽에는 80년대의 민중미술에서나 볼 수 있는 삽자루를 잡고 앉아 있는 농민의 모습과 아들을 떠나보낸 늙으신 어머니가 머리에 노끈을 두르고 앉아 있는 그림이 그려져 있다.

게 눈 속에는 연꽃이 없다

대웅보전의 축대 아래 화단에는 옥잠화 꽃밭이 만들어져 있고 그 푸르고 싱싱한 잎 사이로 꽃대가 솟아나 있다. 마치 조선 여인네의 쪽진 머리에 꽂혔던 비녀처럼 피어 있는 옥잠화 꽃들을 바라보다 발 밑을 바라보니 만세루 마루장 아래에 장작개비들이 가지런히 쌓여 있다.

만세루는 영조가 어머니의 명복을 빌기 위해 중창하였는데 만세는 성수만세聖壽萬歲의 뜻이라고 하며, 법당에 들 수 없는 상궁이나 부녀자들을 위해 이곳에서 예를 올리게 만들었을 것이라고 추정하고 있다. 시인 황지우는 "게 눈 속의 연꽃"을 찾으러 왔으나 찾지 못하고 돌아서며 시 한편을 남겼다고 한다.

---

50) 화엄불교의 가장 이상적인 세계로 연꽃에서 출생한 세계.

보물 제93호 | 파주 용미리 마애이불입상 坡州 龍尾里 磨崖二佛立像

보광사에서 고령산 자락에 접어든다. 가파른 계단을 오르자 석불입상[보물 제
93호]이 보인다. 1981년에 세운 이 석불입상은 높이가 41척에 무게가 540톤
이나 되는 거대한 불상으로 보광사 호국인불이라고 불린다. 이십여 년의 세
월이 흘렀지만 그다지 낯설지 않다.

길은 초입부터 오르막이다. 참나무나 소나무가 빼곡히 들어찬 나무숲에는
바람 한 점 없고 오늘 산행에선 땀깨나 흘려야 할 듯싶다.

영험이 있는 용미리 석불

용미리 일대를 내려다보고 있는 용미리 석불은 일명 쌍미륵으로 불리면서 아기를 못 갖는 부인들이 공양을 바치고 열심히 기도하면 영험이 있다고 믿었었다. 고려 중엽 때 조성되었을 것으로 추정된다. 자연석에 균열이 생겨 두 개의 바위가 연하여 있음을 이용하여 불상을 조성하면서 머리 부분은 따로 조각하며 얹었다. 천연석을 이용하였기 때문에 신체 각 부분의 비례가 잘 맞지 않아서 기형의 형태로 보이지만 얼굴에서 아래까지의 길이가 17m에 얼굴 길이가 2.45m나 되는 거대한 체구와 당당함이 그러한 아쉬움을 잊어버리게 만든다.

안동의 제비원 석불과 조성양식이 비슷한 이 불상에는 고려 선종과 원신공주의 왕자인 한산후의 탄생과 관련된 설화가 있다.

선종이 대를 이을 아들이 없어 고민하던 어느 날 원신공주의 꿈에 두 스님이 나타났다. 그 스님은 "우리들은 파주군 장지산에 있다. 식량이 끊어져 곤란하니 그곳에 있는 두 바위에 불상을 조각하라. 그러면 소원을 들어주리라" 하였다. 기이하게 생각한 원신공주는 사람을 그곳에 보냈다. 꿈속의 말대로 거대한 바위가 있는 게 아닌가.

공주가 서둘러 불상을 조각케 하는데 또 다시 꿈속에 나타났던 두 스님이 나타나 "왼쪽 바위는 미륵불로, 오른쪽 바위는 미륵보살로 조성하라"라고 이르고 "모든 중생이 이곳에 와서 공양하고 기도하면 아이를 원하는 자는 득남하고 병이 있는 자는 쾌차하리라"라고 말한 후 사라졌다.

불상이 완성되고 절을 지은 후 원신공주는 태기가 있어 한산후를 낳았다고

파주 고령산 도솔암 兜率庵

한다. 한편 오른쪽 불상 아랫부분 옆에 명문이 새겨져 있어 고려시대의 지방
화된 불상 양식을 연구하는데 귀중한 사례로 평가받고 있다.

정상에는 오를 수 없다

빗물처럼 흐르는 땀을 훔치고 천천히 오르자 도솔암이 눈앞이다. 길다면 길
고 짧다면 짧은 인생길에서 이것도 고행苦行이라면 고행일 것이다. 멀리서 바
람소리 들리고, 바라보니 앵두나무 아래에 생물이 있으며, 그 흐르는 물은 감
로수처럼 달다. 도솔암 경내에서 목탁소리 들리고 앵두나무로 앞으로 다가
간다. 산길에는 산뽕나무에 오디가 새카맣게 달려 있고 금강산도 식후경이

라고 했지. 가던 길 멈추고 작지만 달콤하기 이를 데 없는 오디를 따먹고 길을 재촉한다. 길은 가파르다. 깔딱인가, 할딱인가. 잘 모르겠지만 땀을 뻘뻘 흘린다는 것은 어떤 의미에서는 자신을 비워내는 일일 것이다.

단숨에 높고 신령하다는 뜻을 지니고 있는 고령산의 정상에 올라서니 고양, 파주, 양주의 산하가 한눈에 들어온다. 저 고양 땅 벽제관을 지나 임진강을 건너 소현세자가 봉림대군과 함께 볼모로 붙잡혀 청나라로 끌려갔을 것이고, 임진왜란 당시 이항복이 선조를 호송하고 임진강을 건넜을 것이다. 그리고 조선시대 기축옥사의 주인공 정여립도 구월산을 가기 위해 저 들판을 걸어갔고 추사 김정희도 그의 부친과 함께 저곳을 스쳐갔으리라.

멀리 불곡산 너머 회암사지가 있는 천보산이 보이고 수락산, 북한산이 한눈에 들어찬다. 바라보면 북녘의 산천이 먼 듯 가깝다. 그래 언제쯤 저 아슴푸레한 임진강을 건너 평양으로 의주로 함흥으로 한달음에 내달릴 수 있을까? 그래서 압록강, 두만강 푸른 물에 몸을 담그고 이 나라 산천의 아름다움을 흠뻑 느낄 수 있을까?

고령산(621m)의 앵무봉에서 군부대가 있는 꾀꼬리봉을 바라보고 다시 도솔암에 내려와 등산객들이 준 김밥을 나누어 먹고 하산 길에 접어들었다.

용미리 미륵이 있는 파주군 광탄면 용미리는 고양에서 해읍령 고개를 넘어 광탄 쪽으로 가는 길에 자리 잡고 있다. 백두대간을 타고 내려온 용들이 한양 땅을 만들고 그 꼬리가 머물러 있는 고장을 용미리라고 하였다. 예로부터 서울에서 개성을 오가는 길목에 위치한 이곳을 사람들은 미륵뎅이라 불렀으며 용미리 석불을 이 지역 사람들은 수호신처럼 떠받들었다. 또한 이곳은 명당으로 이름이 높았다.

지장보살의 영험이 깃든 민중의 사찰

도솔암, 전북 고창군 아산면 선운산

정읍을 지나 고창에 접어들며 하늘의 구름이 얼마나 아름다운지를 깨닫는다. 쪽빛 하늘 위에 실타래를 풀어놓은 듯한 구름 위로 뭉게구름이 흘러가고 이삭이 다 팬 논두렁 너머 늘어선 소나무 숲이 한 폭의 그림 같다.

조선시대의 학자이며 전라감사를 지냈던 이서구가 지었다고 전해지는 「호남가湖南歌」에 "고창성 높이 앉아 나주 풍경을 바라보니"라는 구절이 나오는데 그 고창성을 이 고장 사람들은 모양성이라고 부른다.

해미읍성, 낙안읍성과 더불어 나라 안에 원형이 가장 잘 보존되어 있다는 평가를 받고 있는 이 모양성은 단종 1년(1453)에 세워졌다고도 하고 숙종 때에 이항이 주민의 힘을 빌려 8년간에 걸쳐 쌓았다고도 하지만 확실하지는 않다. 성벽에 새겨진 글자 가운데 계유년에 쌓았다는 글자가 남아 있으며 『동국여지승람東國輿地勝覽』에 "둘레가 3008척 높이가 12척이고 성 내에 3개의 연못과 세 개의 하청이 있다"라고 기록되어 있으며 그것이 성종 17년에 발간되었기 때문에 그 전에 쌓았음을 알 수 있다.

고창성은 여자들의 '성벽 밟기'로 유명한데 성을 한 바퀴 돌면 다리의 병이 낫고 두 바퀴 돌면 무병장수하게 되며 세 바퀴를 돌면 저승길을 환히 보며 극락에 갈 수 있다는 것이다. 윤삼월이 가장 효험이 좋고 초엿새, 열엿새, 그믐엿새 등에 성 밟기를 하기 위해 도처에서 사람들이 몰려들었지만 지금은 가을에 열리는 고창 모양성 축제 때에나 볼 수 있다.

모양성에는 여름햇살만 남아 있고

모양성 바로 입구에 민속문화재로 지정되어 있는 초가집 한 채가 있다. 그 집이 판소리 여섯 마당 중 「춘향가」, 「심청가」, 「흥보가」, 「적벽가」, 「변강쇠가」 등의 판소리 이론을 정립한 신재효의 집[국가민속문화재 제39호]이다.

그 자신이 「동리가」에서 "시내 위에 정자 짓고 / 정자 곁에 포도 시렁 '포도 곁에 연못이라……" 했던 것처럼 그는 본래 광대 노릇을 한 사람이 아니었고 재산이 넉넉한 양반이었다. 하지만 풍류를 즐기는 성품을 타고나서 판소리와 함께 민속음악들은 연구하고 체계화시키는데 일생을 바친 독보적인 판소리 연구가였다. 신재효는 집안에 '노래 청'을 만든 다음 수많은 명창들과 교류를 나누었고 김세종, 정춘풍, 진채선, 허금과 같은 제자들을 길러냈는데 신재효와 진채선 사이에는 애틋한 이야기가 한 토막 전해진다.

고종 4년에 경복궁이 세워지자 경회루에서 축하잔치가 벌어졌다. 그 자리에서 진채선이 「방아타령」을 불러 이름을 날리게 되자 대원군大院君은 진채선을

국가민속문화재 제39호 | 고창 신재효 고택 高敞 申在孝 古宅

포함한 기생 두 명을 운현궁으로 데려간 다음 '대령 기생'으로 묶어 두었다. 갔다가 금세 돌아올 줄 알았던 진채선이 돌아오지를 않자 외로움을 느낀 신재효는 그 외로움을 「도리화가」라는 노래로 엮어 진채선에게 보냈다. 그때 신재효의 나이는 59세였고 진채선의 나이는 스물넷이었다. 진채선의 추천으로 대원군에게 오위장五衛將[51]이라는 벼슬을 받은 그는 1876년에는 흉년이 들어 사람들을 도와준 공으로 통정대부通政大夫[52]를 받기도 하였다.

신재효는 판소리 여섯 마당의 사설뿐만이 아니라 「도리화가」, 「광대가」, 「오십가」, 「어부사」, 「방아타령」, 「괘씸한 양국 놈가」 같은 풍부한 표현력으로 분명하고 완벽한 사설을 정리한 한국의 '셰익스피어'라고 불린다. 한편에서는

---

51) 조선시대의 군직.
52) 조선시대 문신 정3품 상계의 품계명.

그가 정리한 판소리 사설이 지나치게 한문투로 만들어져 민중적이고 토속적인 판소리의 맛을 크게 줄였다는 비판을 받고 있기도 하다.

들판은 올망졸망 끝없이 펼쳐지고 차는 도산리에 도착한다. 힘든 몸을 달래주려는 듯이 계절은 계절 나름의 의무와 책임을 다하는지 길가에는 어느새 가을꽃이 피어 있다. 며느리밥풀꽃이 새초롬하게 얼굴을 내밀고 노오란 마타리꽃, 너머엔 싸리꽃이 만발하다. 붉은 싸리꽃이 길 양쪽을 가득 덮어서 꽃숲을 헤치고 가는 동안 가뭄이 얼마나 심한지 계곡의 골짜기에 물 한 방울 없다. 중턱에 다다르자 정금나무의 새빨간 열매가 수줍은 색시 볼처럼 보이고, 저 정금이 있으면 가을이 무르익을 것이고 저 정금열매를 따다 술을 담으면 좋겠다.

술도 잘 못하면서도 술이란 말 속에는 아름다운 꽃이 담긴 것처럼 자연스레 입에 침이 고여 문득 허균이 경술년 5월에 권필에게 보낸 편지 한 구절이 떠오른다.

> 못에는 물결이 출렁이고 버들 빛은 한창 푸르르며, 연꽃은 붉은 꽃잎이 반쯤 피었고, 녹음은 푸른 일산에 은은히 비치는데, 이 가운데 마침 동동주를 빚어서 젖빛처럼 하얀 술이 동이에 넘실대니, 꼭 오셔서 맛보시기 바라네. 바람 잘 드는 마루를 쓸어놓고 기다리네.

화창한 봄날에 누군가 벗을 위해 술을 빚어놓고 기다리고 있다니 이 얼마나 가슴 벅찬 그리움이며 설렘인가. 땀은 온 몸을 적시고 나무 숲길은 눅눅하며 사람의 기척은 어디에도 없다. 누가 이 여름 이 산을 이 길로 오르겠는가. 푸른 파도 철썩이는 동해 바다나 시원한 물이 사시사철 흐르는 이름난 골짜기로 가지 누가 이 산을 오르겠는가. 아직도 멀었는가 싶은데 눈 들어보니 능선이 저만치 보이고 전망대바위가 나타난다.

낙조대 4km, 해미 1.5km, 참당암 1.5km. 갈림길에는 푸른 달개비꽃이 군락을 지어 피어있고 어느새 낙조대에 이른다. 변산 월명암의 낙조대와 불갑산 해불암의 낙조와 더불어 서해 낙조가 아름답기로 소문난 선운산 낙조대에서 바라보는 풍경은 사뭇 목가적이다. 해리, 무장, 법성포를 넘어 서해 바다는 아스라이 멀고 죽도 건너 변산반도의 풍광은 고적하고 포근하며 손만 뻗으면 닿을 듯 지척이다. 이 선운산의 본래 이름은 도솔산이었다. 백제 때 창건한 선운사가 있어 선운산으로 불리게 되었다.

일몰이 아름다운 선운산 낙조대

선운산은 흔히 선운사의 뒷산인 수리봉(해발 342m)을 가리키지만 실제로는 1979년 전라북도에서 지정한 도립공원 범위인 선운계곡을 둘러싼 E자 모양의 산 전체를 선운산으로 보는 것이 더 타당하다. 가장 높은 경수산(444m)과 청룡산(313m), 구황봉(285m), 개이빨산(355m)이 독립된 산처럼 솟아 있고 이 산에서 모인 물이 인천강(인냇강)을 이루어 곰소만으로 유입된다.

구름 속에 누워 선도를 닦는다는 뜻을 지닌 이 선운산은 바위들이 많다. 구황봉 마루에는 탕건을 닮았다 해서 탕건바우가 솟아 있고 구암리에는 별바위와 형제바위, 오암마을 뒤에는 지대처럼 생겼다 해서 자라바위, 용암마을 뒷산에는 용처럼 생긴 용바위, 아산초등학교 뒤편에 전담바위와 사자바위,

학전 앞에는 개구리가 입을 벌리고 있는 형상이었던 바위가 낙뢰로 깨졌다고 해서 깨진바위가 높이 30여 미터로 솟아 있다. 또한 선바위, 안장바위, 병풍바위, 병바위, 배맨바위 등이 이 산을 찾은 나그네의 안부를 묻는 듯하다.

아직은 해 떨어지기가 이르고 그 틈을 타 용문골로 내려선다. 선운사를 창건할 당시 검단선사가 연못을 메울 때 쫓겨난 이무기가 급하게 서해로 도망가기 위해 뚫어놓은 것이라는 용문굴은 규모면에서 대단히 큰 굴이면서 신기하기 짝이 없고 시원스럽다.

용문굴에서 조금 내려가자 도솔암의 마애불[보물 제1200호] 앞에 도착한다. 암벽타기를 즐기는 산악인들의 연습장으로 활용되고 있는 바위벽을 돌아가면 도솔암으로 오르는 길 옆 절벽에 고려시대 초 지방 호족들이 세웠을 것으로 추정되는 마애불이 새겨져 있다. 전체 높이 17m, 너비 3m인 이 불상은 낮은 부조로 된 거대한 크기의 마애불로, 결가부좌한 자세로 양끝이 올라와 있고 입도 꾹 다물고 있는 모습이어서 부처님다운 부드러움이나 원만함이 없이 위압감을 준다는 평가를 받고 있다. 마애불의 머리 위에 누각 식으로 된 지붕이 달려 있었는데 인조 20년(1648)에 무너져 내렸다고 한다.

선운사 마애불의 배꼽 속에는 신비스런 비결이 하나 숨겨져 있었다. 그 비결이 세상에 나오는 날에는 한양이 망한다는 전설이 끈질기게 전해져 왔다. 오지영이 『동학사東學史』에 기록한 비결 탈취 과정은 이렇다.

지금 고창군(당시 무장현) 아산면 선운사 동남쪽 3킬로미터 지점에 도솔암이란 암자가 있고, 그 암자 뒤에 50여 척 높이의 층암절벽이 솟아 있는데, 그 절벽에 미륵이 하나 새겨져 있다. 이 미륵상은 3천 년 전에 살았던 검당선사

보물 제1200호 | 고창 선운사 동불암지 마애여래좌상 高敞 禪雲寺 東佛庵址 磨崖如來坐像

진상이란 것으로 그 미륵의 배꼽에는 신비스런 비결이 하나 숨겨져 있는데, 그 비결이 세상에 나오는 날에는 한양이 망한다는 것이다. 그런데 거기에는 비결과 함께 벼락 살을 동봉해 놨기 때문에 누구든지 그 비결을 꺼내기 위해 손을 대면 벼락에 맞아 죽는다는 것이다. 그 벼락 살이 같이 봉해져 있다는 것이 사실이라는 것은, 지금(당시)부터 130년 전에 전라감사로 내려왔던 이서구가 그것을 꺼냈을 때 벼락이 쳤던 것을 보아도 알 수 있다는 것이다.

전라감사로 부임한 이서구는 어느 날 선화당에 앉아 조용히 천지의 망기望氣 53)를 보고 있자니, 서남쪽에서 매우 상서로운 기운 한줄기가 뻗쳐올라가고 있었다. 예삿일이 아니라고 생각되어 말을 몰아 그 쪽으로 달려가 보니, 그것이 선운사 미륵의 배꼽에서 뻗어 올라가고 있었다. 여기에 무엇이 들었기에 이러는가 그 배꼽을 쪼아보니 그 속에는 책이 한 권 나왔는데, 그 순산 뇌성벽력이 하늘을 찢는 바람에 바람이 혼비백산, 그 책을 도로 거기 넣어놓고 회로 봉해버렸다는 것이다. 그때 이서구가 본 것은 '전라감사 이서구 개탁'이란 글자뿐이었다. 그 사건이 있은 뒤로 세상 사람들은 그 비결을 꺼내보고 싶어도 벼락이 무서워 꺼내보지 못했다고 한다.

미륵비결이 숨어 있는 마애여래불

이 비결을 1892년(임진) 8월 무장 접주 손화중과 동학의 지도자들이 꺼내게 된다. 어느 날 손화중의 집에서 선운사 석불비결의 이야기가 나왔다. 그 비결을 내어보았으면 좋기는 하겠으나, 벽력이 또 일어나면 걱정이라 하였다. 그 좌중에 오하영이라고 하는 도인이 말하되, "그 비결을 꼭 보아야 할 것 같으면, 벽력이라고 하는 것은 걱정할 것이 없는 것이다. 그러한 중대한 것을 봉해서 둘 때에는 벽력 살이란 것을 넣어 택일하여 봉하면 후대인이 함부로 열어보지 못하게 되는 것이라고 하는 말을 들었다. 내 생각에는 지금 열어보아도 아무런 일이 없으리라고 생각한다. 이서구가 열어볼 때에 이미 벽력이

_____

53) 나타나 있는 기운을 보고 무슨 조짐을 알아냄.

고창 선운산 도솔암

일어나 없어졌는지라 어떠한 벽력이 또 다시 일어날 것인가. 또는 때가 되면 열어보게 되나니 여러분은 그것은 염려 말고 다만 열어볼 준비만을 하는 것이 좋다. 여는 책임을 내가 맡아 하겠다"고 하였다.

좌중에서는 그 말이 가장 이치에 합장하다 하여 청죽青竹 수백 개와 새끼 수십 타래를 구하여 부계浮械를 만들어 그 석불의 전면에 안치하고 석불의 배꼽을 도끼로 부수고 그 속에 있는 것을 꺼냈다. 그것을 꺼내기 전에 그 절 중들의 방해를 막기 위하여 미리부터 수십 명의 중들을 결박하여 두었는데, 그 일이 끝나자 중들은 뛰어가서 무장관청에 고발하였다. 그리하여 수백 명이 잡히었는데, 그 중 괴수로 강경중, 오지영, 고영숙 세 사람이 지목되었다.

이 사건으로 동학의 지도자들이 여러 형태로 피해를 받았지만 손화중이 왕이 될 것이라느니 세상이 뒤집어질 것이라느니 하는 소문이 줄을 이어 무장

고창 선운산 도솔천 내원궁

접주 손화중의 집에 사람들이 몰려들었고 그들이 결국 동학농민혁명의 주력으로 활동하게 된다.

바라볼수록 마애불과 잘 어울리는 한 그루 소나무를 뒤로하고 하도솔암에서 고색창연한 수백 개의 돌계단을 밟으며 상도솔암으로 오른다. 이 길을 걸을 때마다 느끼는 바지만 불가에서 말하는 속계육천俗界六天 중에 네 번째 하솔下率인 도솔천에 이르는 기분이다. 깎아지른 절벽과 푸르른 나뭇잎새들이 손짓하는 듯한 정경 속에 내원궁이라고 부르는 상도솔암이 자리 잡고 있으며 이곳에서 바라보면 선운산의 빼어난 풍광이 한눈에 들어온다.

이 절은 진흥왕 때 창건된 후 중종 6년과 숙종 20년. 순조 51년에 중건을 거쳐 오늘로 이어지고 있다. 상도솔암에는 보물로 지정된 선운사 지장보살좌상[보물 제280호]이 있다. 남해 금산의 보리암이나 팔공산 거조암의 갓바위 만큼이나 영험하기로 소문이 나있다. 지장보살은 관음전에 있는 금동보살과 크기나 형식은 비슷하지만 그보다 훨씬 더 세련되고 아름답다. 특히 이 불상은 턱 밑까지 내려온 귓밥과 이윤耳輪 그리고 가슴에 드리워진 보주와 영락장식은 고려 후기 지장보살 그림의 모습을 연상시킨다. 왼손에는 금강륜을 든 온화하면서도 야무진 얼굴과 단정한 체구를 지닌 단아한 모습의 이 불상은 조선 초기 5대 걸작품 중의 하나로 알려져 있다.

보물 제280호 | 고창 선운사 도솔암 금동지장보살좌상
高敞 禪雲寺 兜率庵 金銅地藏菩薩坐像

도솔암에서 물을 마신 후 대나무 잎새가 흔들리는 것을 바라보며 잠시 내려가면 훤칠한 미남처럼 가지를 늘어뜨린 장사송을 만나게 되고, 그 옆에 진흥굴이라고 불리는 천연굴이 있다. 불교에 심취한 진흥왕이 왕위를 버리고 도솔왕비와 중애공주를 데리고 이곳 선운사에 와서 이 굴에서 자던 중 꿈속에서 미륵삼존불이 나오는 것을 보고 크게 감동하여 이곳에 중애사를 창건하고 다시 이 절을 크게 일으키니 그것이 선운사였다고 한다. 그러나 당시 이 지역이 신라 땅에 속했을 지에 대한 의문은 남는다. 옛날에는 양초를 켜놓고 기도드리는 사람이 더러 있었지만 지금은 마루도 만들고 부처님도 모셔 놓

아 얼핏 절을 연상시킨다. 믿음이 크면 여러 가지 부속물들이 생기는 것인지, 믿음이 없어지면 부속물들에만 더 신경을 쓰는지 모를 일이고 내려가는 신작로 길은 그런대로 시원하다.

복분자술이 한국의 대표주

선운산의 아름다운 풍경 한 가지를 떠올리라면 대다수의 사람들은 동백꽃을 먼저 떠올릴 것이지만 나는 선운산의 상사화를 떠올린다. 9월경에 선운산 골짜기를 시나브로 걸을라치면 가을나무들 새로 새빨갛게 피어난 꽃들을 볼 것인데 그 꽃이 상사화이다. 잎이 지고 난 다음에 꽃대만 올라와서 화려하기 이를 데 없는 그 꽃이 잎과 만날 수 없기 때문에 상사화라고 부르는데 아직은 이른 계절이라 볼 수가 없다. 여기에 또 하나를 들라 하면 선운사의 복분자주와 풍천장어일 것이다.

복분자는 딸기의 일종이고 전주 지역에서 고무때왈이라 불리는 검은 딸기인데 그 술은 먹으면 요강단지가 뒤집어진다는 속설이 있지만 사실은 딸기가 뒤집어진 요강단지와 흡사해 복분자라고 불린다고 한다. 그 말을 곧이 들은 대다수의 사람들은 선운사 동백장에서 하룻밤을 머물면서 복분자술로 하룻밤을 지새우기가 일쑤이다. 풍천장어 역시 정력에 좋다고 소문이 났기 때문에 이곳을 찾는 사람들이 안 먹고 가면 서운한 필수 음식이 되고 말았다. 또한 이 산에는「선운산가」라는 선운산과 관련된 백제 때의 노래가 전해온다. 백제 때 지금의 상하면, 공음면, 해리면을 아우르던 장사현에 살던 사람이 나라의 부름으로 전쟁터에 나갔으나 전쟁이 끝난 뒤에도 돌아오지 않자 그 부인이 선운산에 올라가 낭군을 그리며 부른 노래인데 가사는 전해지지 않고 노래에 얽힌 이야기만 남아 있다.

선운 야영장을 지나자 이 선운사 골짜기를 찾은 사람들이 물놀이를 하고 있고 쉬엄쉬엄 걸어가자 선운사에 이른다. 선운산 동쪽 기슭에 위치한 선운사는『사기史記』에 의하면 백제 제27대 위덕왕 24년에 검단선사에 의해 창건되었다고 한다. 다른 설로는 검단선사가 그와 친분이 두터웠던 신라의 의운조사와 함께 진흥왕의 시주를 얻어 창건했다고 한다. 훗날에 만들어졌을 것으로 추정되는 선운사 창건설화는 이렇다.

죽도 포구에 돌배가 떠와서 사람들이 끌어오려고 했으나 그때마다 배가 자꾸 바다 쪽으로 떠나가곤 했다. 그 소식을 들은 검단선사가 바닷가로 가보니 배가 저절로 다가왔다. 배 위에 올라가 보니 그 배 안에는 삼존불상과 탱화, 나한상, 옥돌부처, 금옷을 입은 사람이 있었다. 그 사람의 품속에서 "이 배는 인도에서 왔으며 배 안의 부처님을 인연 있는 곳에 봉안하면 길이 중생을 제도해 이익利益이 있게 하리라"라고 쓰인 편지가 나왔다고 한다.

검단선사는 본래 연못이었던 현재의 절터를 메워 절을 짓게 되었다. 이때 진흥왕이 재물을 내리고 장정 100명을 보내 뒷산에 무성했던 소나무를 베어 숯을 굽게 하여 경비에 보태게 하였다. 절터를 메울 때 쫓겨난 이무기가 다급하게 서해로 도망을 가느라고 뚫어 놓은 자연석굴인 용문굴이 등불암 마애불 왼쪽 산길 위에 있다.

그 당시 선운산 계곡에는 도적이 들끓었다고 한다. 검단선사가 그들을 교화

보물 제803호 | 고창 선운사 참당암 대웅전 高敞 禪雲寺 懺堂庵 大雄殿

하고 소금 굽는 법을 가르쳐서 생계를 꾸리게 했다. 그때 그들이 살던 마을을 검단리라고 하였으며 그들은 해마다 봄가을에 보은염이라는 이름의 소금을 선운사에 보냈고 그 전통이 그대로 해방 전까지 이어졌다고 한다. 그 후 충숙왕 5년과 공민왕 3년에 효정선사가 중수했으나 폐사가 되었고 조선 성종 14년에 행호선사가 쑥대밭만 무성하던 절터에 서 있는 9층석탑을 보고 성종의 작은 아버지 덕원군의 시주를 얻어 중수했지만 정유재란 때에 불에 타 잿더미가 되고 말았다. 다시 광해군 6년(1614)에 월준대사가 재건한 뒤 몇 차례 중수를 거치며 오늘에 이르렀다.

한창 번성했던 시절에는 89개의 암자를 거느리고 3천여 명의 승려가 머물렀다는 선운사는 현재 조계종 제24교구의 본사로서 도솔암, 참당암[보물 제803호],

전라북도 유형문화재 제53호 | 선운사만세루 禪雲寺萬歲樓

석상암, 동문암 등 4개의 암자와 천왕문, 만세루, 대웅전, 영산전, 관음전, 팔상전, 명부전, 산신각 등 십여 개가 넘는 건물들이 남아 있다.

삼천여 명의 스님이 머물렀다는 선운사

종루를 겸한 천왕문을 들어서서 맨 처음 만나게 되는 건물이 선운사 만세루이다. 다른 건물을 다 짓고 남은 재료로 지었다고 알려져 있는 만세루는 그런 연유인지 세련되거나 정제된 것과는 거리가 멀다.
길이 27m에 너비 11.8m인 석조기단 위에 정면 9칸 측면 2칸의 맞배지붕 집인 이 만세루[전라북도 유형문화재 제53호]는 강당으로 쓰이고 있으며 만세루 앞에 선

보물 제290호 | 고창 선운사 대웅전 高敞 禪雲寺 大雄殿

운사 대웅전[보물 제290호]이 있다. 광해군 때 지어진 정면 5칸, 측면 3칸 다포계 맞배지붕인 이 건물은 측면에 공포가 없고 대신 높은 기둥 두 개를 세워 중량을 받히도록 하였다. 조선 중기의 건축으로 섬세하면서도 장식이 뛰어난 다포구성과 꽃살분합문이 화려하며 내부의 천장에는 우물반자를 대었으며 단청의 백화가 매우 아름답다. 대웅전 안에는 1633년(인조 11) 조각승 무염 등이 제작한 삼불상[보물 제1752호]이 있다.

또한 이 절 관음전 안에는 성종 7년(1476)에 만들어져서 선운사가 모두 불에 탄 정유재란 때에도 화를 모면한 금동보살좌상[보물 제279호]이 있다. 이 불상은 대좌와 광배는 남아 있지 않지만 15세기경 보살상의 양식을 잘 반영하고 있는 작품이다. 머리에는 마치 모자 같은 두건을 쓰고 있으며 이마에 두른 두건의 좁은 띠가 귀를 덮어 내리고 있다. 이러한 두건을 쓴 지장보살의 모

170

보물 제1752호 | 고창 선운사 소조비로자나삼불좌상 高敞 禪雲寺 塑造毘盧遮那三佛坐像

습은 고려시대에 널리 유행했던 도상적 특징으로 고려시대에 널리 유행했던 고려 불화에서 그 예를 찾아볼 수가 있다.

얼굴은 살진 얼굴 가운데에 몰려 있지만 생기가 없다. 중년부인에게서나 볼 수 있는 목이 짧고 통통한 몸매를 지닌 보살상은 조선시대 지장 신앙의 한 면을 보여주는 귀중한 작품으로 평가받고 있다. 이 불상은 일제 때에 일본인이 훔쳐갔던 것을 1940년에 찾아와 이곳에 모셨다.

보물 제279호 | 고창 선운사 금동지장보살좌상 高敞 禪雲寺 金銅地藏菩薩坐像

또한 이 절에는 성종 7년(1486)에 왕명을 받아 새긴 「석씨원류」가 있었지만 1579년에 불에 타 없어졌고 지금 영산전에 보관되고 있는 것은 사명대사 유정이 일본에 갔을 때 한 질 가져온 것을 1648년 최서룡과 해운법사 등이 복간한 것이다.

이 절 뒤편에 이 나라에서 가장 소문난 것 중의 하나인 5백여 년 이상 된 동백나무가 삼천여 그루 숲을 이루고 있다. 4월 말이면 한 잎 한 잎 떨어지는 것이 아니고 모가지 채 뚝뚝 떨어지는 눈물겹도록 가슴 시리고 아린 동백꽃을 볼 수가 있다.

선운사를 나오자마자 만나게 되는 부도 밭에 추사 김정희가 쓴 백파선사 부도비가 있다. "우리나라에는 근래에 율사로서 일가를 이룬 이가 오직 백파만이 여기에 해당할 수 있다. 고로 여기에 율사라고 적은 것이다"로 시작되는 이 비문을 추사의 글씨를 좋아하는 사람들이 많아서인지 탁본을 많이 해가 보기가 좀 민망하다. 일주문을 나오며 선운산가 노래비와 미당의 시비를 만난 후 다시 길을 재촉한다.

연기·원효·도선·진각국사가 수도한 전통 암자

사성암, 전남 구례군 문척면 오산

세월의 흐름을 어느 누가 막으랴. 어김없이 남녘의 꽃 소식이 들려오고 놓칠세라 산수유, 매화꽃이 활짝 핀 구례, 광양에 가자는 소식이 온다. 이 봄, 꽃놀이와 새 푸른 풀을 밟는 답청놀이로 봄맞이를 하지 않는다면 삶이 얼마나 삭막해질까.

구례에서 문척으로 넘어서는 다리 아래로 푸르디 푸른 섬진강이 흐르고 그 물결을 따라 산 그림자가 덩달아 따라온다. 아침 강변에 아직 떠나지 않은 청둥오리들이 떼 지어 날아오르고 문득 올려다보니 오산이 너무 가깝다.

'사성암 입구'라고 쓰인 길로 들어선다. 초입에서부터 길은 가파르고 심하게 구부러져 있다. 사성암[명승 제111호]이라는 푯말이 붙여진 곳에서 바라보면 사성암은 산 위에 떠있는 한 점의 구름처럼 아득하지만 길은 그 길로만 뻗어 있고 마음 역시 그다지 바쁘지 않다. 첩첩한 앞산에 흐릿한 햇살이 내려앉고 한참을 오르다가 가쁜 숨을 몰아쉬며 길 위에 앉는다. "모든 중대한 것은 길 위

173

명승 제111호 | 구례 오산 사성암 일원 求禮 鰲山 四聖庵 一圓

에 있다"라는 니체의 말을 확인하기라도 하듯 아침 일찍 이 오산 중턱에 앉아 뭇새들의 울음소리를 들으며 스치고 지나가는 바람소리를 들으며 다시 가야 할 시간을 기다리고 있다.

세월을 기다리지만

소나무 숲이 끝나면서 길 아래로 갈참나무 숲이 나타나고 길 위에는 대나무가 숲을 이루었다. 그 숲이 끝나는 지점에 사성암이 있다. 구례군 문척면 죽마리에 위치한 사성암은 연기조사, 원효대사, 도선국사, 진각국사 등 네 성인이 수도하였다 하여 사성암이라는 이름이 붙여졌다. 육당 최남선은『심춘순례尋春巡禮』에서 이 오산과 사성암을 이렇게 표현하였다.

거무하게 잔수진을 당도하니 남원의 순자강이 순천의 낙수를 합하여 압록진이 되어 동으로 흐르다가 구례에서 병방산 끼고 V자 곡강을 이룬 곳이다. 전에는 역(驛)도 있고 원(院)도 있었으며, 또 순천 및 남원으로 통하는 대로에 임한 요해지로 유사한 때에는 매우 중히 여기던 곳이다. 저 임진왜란에 군의 연락 관계로 하여 두 번이나 다툰 것도 이 까닭이다. 오른쪽 기슭으로 좇아 내려가다가 오산을 바라고 산길이 들어섰다.

대개 오산은 백운산의 서북쪽 갈래가 섬진강을 만나 깎아지른 절벽을 이룬 우뚝 솟은 봉우리니 암자의 앞 뒤 좌우가 다 석벽이요 돌아가면서 대도 있고 굴도 있고 깊이를 헤아릴 수 없는 틈서리도 있어 그 자체만도 이미 한 기관이라 하겠는데 더군다나 구례의 평야는 쾌활한 뜻으로 섬진강의 긴 물은 먼 맛으로 두류(頭流)의 연이은 봉우리는 웅혼한 기운으로 이 세 가지가 합하여 일대 장려한 안계(眼界)를 만들어서 발아래에 벌려 놓았다.

새오재는 오산의 훈독, 두치내는 섬진의 속칭이다. 사성암 뒤를 돌아가면 맨 북쪽의 가장 오똑한 것은 풍월대 그 다음 편평한 데가 망풍대, 다시 오른쪽으로 위태로운 벽을 안고 돌다가 한 단 높이 생긴 바닥이 배석대요, 다시 나아가서 낙조, 신선 등 12대가 있다.

오산의 오鼇자는 한자어로 자라라는 뜻이다. 곡성, 압록을 거쳐 구례 구를 돌아 흘러온 섬진강 물이 구례 앞에서 이 오산을 싸고 화개, 하동으로 흐른다. 그래서 자라처럼 생긴 이 오산이 섬진강의 물을 마시는 형국이라 하여 자라

산이라는 뜻으로 오산이라고 명명한 것이다.

신경준이 저술한 『산수고山水考』에는 섬진강을 잔수潺水라고 기록하고 있다. 그것은 섬진강 물이 잔잔하게 물결치며 휘도는 이 구간을 두고 말하는 것이라고 한다. 그러나 사성암의 기록에 의하면 오산이 금자라 형국이어서 '금오산'이라고 불렀다고도 한다. 이 오산에 전해오는 여러 가지 말들 속에 "오산을 오르지 않으면 후회할 것이고 두 번 다시 가지 않아도 후회할 것이다"라는 말이 있다.

금자라 형국인 오산

그 말은 건너편에 보이는 지리산의 노고단이나 형제봉에 비한다면 작디 작은 산에 지나지 않지만 사성암 부근의 기암괴석은 나라 안의 어느 산에 뒤지지 않을 만큼 아름답기 이를 데 없기 때문일 것이다. 그뿐인가. 구례읍과 지리산 자락을 싸고도는 섬진강의 물줄기를 바라보는 맛은 오르지 않은 사람들은 느낄 수 없는 일품의 절경이다.

나무 계단을 올라 전각 안에는 유리로 보전 된 암벽에 간략한 선으로 음각된 마애여래입상[전라남도 유형문화재 제220호]이 나타난다. 오른손을 들어 중지를 잡고 왼손은 손가락을 벌려 가슴 앞에 대고 있다. 마애여래입상을 원효대사가 손가락으로 그렸다는 전설이 있지만 글쎄 그럴까? 우리나라의 셀 수 없이 많은 절 집들 중 원효, 의상, 도선국사 등 이름 있는 스님들이 창건한 절들이 80에서 70여 개까지 대다수를 차지하고 있다.

그러나 그 당시 자동차가 있었던 시절도 아니고 재정 상황이 열악한 상태에서 몇 분의 스님들이 그 많은 절들을 다니며 창건하기란 가능한 일이 아닐 것이라는 설들도 많다. 그래서 어떤 사람들은 절은 다른 사람이 창건하고 이름만 얼굴마담 식으로 원효, 의상, 도선, 원광 등 빼어난 스님들을 붙였을 것이라는 말들이 더욱 설득력이 있다.

어째든 옛 사람들은 이 깎아지른 듯한 절벽을 목숨을 걸고 올라왔을 것이고, 그들은 지극 정성을 모아 이 불상들을 새겼을 것이다. 얼마나 절박했던 믿음이어서 이 난간에 기대어 정을 쪼아대게 만들었을까. 바람은 살포시 얼굴을 스치고 지나가고, 먼 산을 무심히 바라본다.

전라남도 유형문화재 제220호 | 구례사성암마애여래입상 求禮四聖庵磨崖如來立像

마애여래입상에서 암봉으로 오르자 드러나는 구례평야와 기암괴석들에 넋을 잃는다. 암봉에는 사람이 쉬어갈 수 있도록 위가 평평해서 쉬열대, 바람이 센 곳에 있으며 서쪽을 향하고 있다고 해서 풍월대, 화엄사를 향해서 절하는 위치에 있는 듯 하다고 하여 배설대, 향을 피워 놓는 향로대, 진각국사가 참선했다는 좌선대와 우선대(뜀바위), 석양의 낙조를 감상하기 좋은 낙조대, 병풍처럼 펼쳐져 있는 병풍대, 신선이 베를 짠 흔적인 씨줄과 날줄이 그려져 있는 신선대(선녀와 비단을 짰다고도 한다), 오산에서 가장 높은 곳으로 하늘을 바라보고 있는 듯한 양천대, 연기조사가 마애불로 변하였다는 아미타불 모양의 관음대, 크고 붉은 색을 띤 괘불대를 일컬어 이곳 사람들은 오산 12대라고도 하고, 또 어떤 사람들은 바위 조각의 전시장이라고 하여 소금강이라고도 부른다.

우뚝우뚝 솟은 기암괴석 사이로 푸르른 섬진강 물이 보이고 한발 한발 바위틈 사이를 헤집고 올라서자 누군가의 비석이 나무 사이로 쓰러져 있다. 화개 쪽으로 흘러가는 강줄기가 보이고 지리산에서 백운산으로 흘러가는 구름들이 줄을 잇는다. 바람은 오산의 정상을 스치듯 지나간다. 소나무 줄기에 몸을 기댄 채 아슴푸레한 지리산의 연봉들을 건너다본다.
구름들이 쏜살처럼 밀려오고 산도 강도 구름 속에서 제 모습을 감추고 만다. 바람소리에 어디선가 들리는 장구소리, 그나마 보이던 산 아랫자락은 아예 보이지 않는다. 손에 잡힐 듯 하면서도 잡히지 않으며 구름들은 쉴 새 없이 흐르고 흘러간다.

구름은 바람 속에 흘러서 가고

길은 섬진강을 따라 이어진다. 섬진마을에서 매화꽃이 절정이었고, 매화꽃 향내에 마음을 맡긴다. 흠뻑 향기를 가야할 곳까지 이 향내를 가지고 갔으면 좋으련만 하동 지나며 강은 더더욱 푸르고 좌우측에 펼쳐진 꽃 대궐을 지나 지리산 피아골에 닿는다. 유몽인은 지리산을 "우리나라 모든 산의 으뜸이다"

하였고 "인간 세상의 영리를 마다하고 영영 떠나 돌아오지 않으려 한다면 오직 지리산만이 편히 은거할만한 곳이다"라고 하였다.

피아골을 넘어 백사골로 가고자 이 골짜기를 처음 들어왔던 때가 1979년 가을이었다. 그때만 해도 비포장 길이었던 길 옆에는 산밤들이 쩍쩍 벌어졌었고 감나무들은 빨갛게 반쯤 익어 가을 햇살에 빛나고 있었다.

이름만 들어도 섬짓했던 피아골은 임진왜란, 동학농민혁명 그리고 한말 의병전쟁 때 결전의 현장이었고 더구나 한국전쟁 직후 빨치산의 아지트였기 때문에 토벌대 및 군경과 치열한 접전이 수없이 벌어졌었다. 그때 죽어간 사람들의 피가 골짜기마다 붉게 물들었기에 피아골이라고 붙여졌다고도 하며, 그들의 넋이 나무마다 스며들어 피아골의 단풍이 유난스레 붉다고도 한다. 하지만 실제 피아골이라는 지명은 예로부터 이 지역에선 오곡 중의 하나인 피를 많이 가꾸었기 때문에 피밭골이라고 부르던 것이 어느 순간 피아골로 바뀐 것이라는 설도 만만치 않다.

연곡사에서 4km쯤 산길을 오르면 오랜 세월 동안에 다져지면서 만들어진 원시림이 골짜기로 이어져 반야봉, 임걸령, 불무장까지 이어진다. 시월 하순의 단풍은 산을 불태울 듯이 아름답다. 이 골짜기 삼홍소 일대를 홍류동이라고 부르는데, 그것은 불타는 단풍잎으로 산도 불도 사람도 빨갛다는 뜻에서 불리는 말이지만 지금은 이제 새순이 올라오기 시작하는 봄이기 때문에 단풍잎들의 잔해만이 뒹굴 따름이다.

연곡사는 통일신라 진흥왕(545) 때 연기조사가 창건하였으며 나말여초시기에는 수선도량으로 이름이 높았던 사찰이었다. 임진왜란 때에 왜구에 의하

여 불에 탄 뒤 인조 5년(1627)에 소요대사 태능이 절을 다시 지었다. 연곡사
는 그 뒤 영조 21년 무렵에는 왕실의 신주목神主木을 만드는 밤나무를 대는 율
목봉산지소로 지정되어 있었고 1895년까지 왕실에 신주목을 봉납하였다고
한다. 그러나 밤나무의 잦은 남용으로 문제가 생겼고 그 때문에 절이 망하게
되자 스님들이 절을 떠나 결국 절이 황폐화되었다고 한다.

그 뒤 1907년 전라도의 명장 고광순이 당시 광양만에 주둔하고 있던 일본 정
규군을 격파하기 위하여 의병을 일으켜 이곳 연곡사에 주둔시켰다. 그러나
그 정보를 입수한 일본 수군에 의해 고광순을 비롯한 의병들은 야간기습을
받아 모두 순절하고 말았고 절은 의병들에 의해 불타고 말았다.

처음 연곡사를 찾았을 때만 해도 1965년에 세워진 작은 대웅전과 요사채만
이 남아 있는 쓸쓸한 절이었는데 지금은 여러 건물들이 들어서 지금은 어딘
지 낯선 느낌을 주고 있다.

부도 중의 부도인 동 부도

대웅전을 지나 산길로 접어들면 두 눈에 미치는 곳에 부도 한 기가 있다. '부
도 중의 부도' 또는 '바라볼수록 아름다운 부도'라고 불리고 있는 연곡사의 동
부도[국보 제53호]는 신라 때 만들어진 것은 확실하지만 누구의 것인지 정확히
는 알 수 없다.

도선국사의 것이라고도 알려져 있는 동 부도는 8각 원당형을 기본형으로 삼
은 부도로써 형태가 가장 우아하고 아름답다. 네모난 지대석 위에 8각 2단
의 하대석이 놓이고 하단에는 운룡문이 얕게 조각되어 있다. 중대석은 낮은

편이며 각 면에는 안상과 팔부신중이 조각되어 있고 상대석은 두겹 양련으로 연잎마다 국화 같은 꽃무늬가 돋을 새겨져 있다. 윗면의 탑신림대에는 각 우각마다 중간에 둥근마디가 있는 기둥을 세우고 그 안에 불교에서 말하는 극락조인 가릉빈가迦陵頻伽를 한 개씩 조각하였다. 탑신의 각 면에는 문비, 향로, 사천왕상 등이 조각되어 있고, 지붕돌은 목조건축의 지붕을 모방하여 연목

국보 제53호 | 구례 연곡사 동 승탑 求禮 鷰谷寺 東 僧塔

과 기왓골을 모각하였으며, 지붕돌 끝에는 풍탁을 걸어두었던 구멍을 나타내고 아랫면에는 구름문양을 장식하였다.

상륜부는 앙화 위에 사방으로 날개를 활짝 편 채 날아가려는 가릉빈가 네 마리가 있지만 아쉽게도 가릉빈가는 머리가 모두 떨어져 나갔다.

연곡사의 동 부도 앞에 서서 지극한 믿음과 정성으로 천년을 뛰어넘는이렇듯 아름다운 부도를 조각했던 사람들은 누구였던가 생각한다.

높이가 3m에 국보로 지정되어 있는 동 부도는 일제 강점기 때 일본인들이 동경제국대학으로 옮겨가기 위해 수개월 동안 연구하다가 산길로는 운반이 불가능하다는 결론이 나와 옮기지 못했다고 한다.

동 부도 앞 서쪽에 자리 잡은 부도비[보물 제153호]가 있다. 높이가 130cm에 보물로 지정되어 있는 부도비는 다른 부도비와 달리 거북 등의 양쪽에 날개

보물 제153호 구례 연곡사 동 승탑비 求禮 鷰谷寺 東 僧塔碑

국보 제54호 구례 연곡사 북 승탑 求禮 鷰谷寺 北 僧塔

가 달려 있다. 이수=螭首[54] 역시 일반적으로 볼 수 있는 이수와 달리 운룡으로 장식되어 있지 않고 고부조의 구름무늬만으로 조식이 되어 있고 정상에는 화염보주 형태를 조각해 놓았다.

동 부도에서 북 부도에 이르는 길은 제법 가파르다. 150m쯤을 숨이 가쁘게 올라서면 동 부도와 거의 비슷한 형태의 북 부도[국보 제54호]가 있다. 이 부도는 상륜부가 거의 손상이 없으며 앙화와 복발이 하나의 돌로 조각되었고 연대시기가 다소 차이는 있다 할지라도 동 부도를 모방해서 만든 것임을 알 수 있다. 북 부도에서 서쪽으로 100m쯤을 내려오면 절에서 서 부도라고 불리고 있지만 동 부도나 북 부도와 달리 주인이 정확한 부도이다.

탑신석 1면에 '소요대사지탑逍遙大師之塔 순차육년경인順治六年庚寅'이라는 글자

---

54) 건축물이나 공예품 따위에 뿔 없는 용의 모양을 아로새긴 형상.

가 두 줄로 남아 있어 소요대사가
입적한 순치 5년(1648) 다음 해에
세워졌음을 알 수 있다.

소요대사는 서산대사 휴정의 제자
로 그 문화의 4대파 가운데 한 파를
이룰 만큼 유명했고 불타버린 연곡
사를 크게 중창한 사람이었다. 부
도와 탑비를 따로 세우지 않고 부도
의 탑신석이나 다른 부재에 글자를
새기는 예가 조선시대에 두드러지
게 나타나는데 그 예가 연곡사의 서
부도이다. 보물로 지정되어 있는
소요대사 비[보물 제154호] 아래 동백나
무 우거진 아래에 앞서 말한 고광
순 순절비가 있고 그 아래에 비신은
없어진 채 귀부龜趺[55]와 이수만 남은
현각선사 부도비[보물 제152호]가 있다.
귀부 높이가 112cm, 이수 높이가
75cm인 이 탑비는 조각수법으로

보물 제154호 | 구례 연곡사 소요대사탑 求禮 鷰谷寺 逍
遙大師塔

보물 제152호 | 구례 연곡사 현각선사탑비 求禮 鷰谷寺
玄覺禪師塔碑

당대의 탑비 양식을 잘 따르고 있으며 몸체에 비해 큰 귀두鬼頭[56]나 비좌碑座

55) 거북 모양으로 만든 비석(碑石)의 받침돌.
56) 건물의 양 끝에 세운 도깨비 모양의 장식. 또는 그런 무늬.

보물 제151호 | 구례 연곡사 삼층석탑 求禮 鷰谷寺 三層
石塔

⁵⁷⁾ 그리고 4면에 새긴 안상의 귀꽃
이 특색이다. 고려 초기의 승려인 현
각선사의 부도비 이수 앞면 가운데
에는 '현각왕사비명玄覺王師碑銘'이라
는 글씨가 새겨진 전액이 음각되어
있다. 비신은 19세기 초반에 깨어졌
는데 그때에 남쪽 산이 3일 동안 울
었다고 한다.

임진왜란과 한말을 거치며 철저히
파괴되어 흩어졌던 거북조각을 모
아 1970년에 한데 붙여 오늘에 이르

렀다. 기품이 서린 현각선사 부도비를 지나 연곡사에 접어들면 나말여초의
것으로 보이는 3층석탑[보물 제151호]이 있다.

---

57) 비신과 비대석이 이어진 부분.

남해에 숨겨놓은 해수관음보살상의 불심도량

보리암, 경남 남해군 상주면 금산

길이라는 것이 그렇다. 자연스레 사람이 다니면서 만들어졌던 길이 어느 때부턴가 남북으로 뚫린 길을 홀수로 표시하고 동서로 뻗은 길을 짝수로 표시한다는 약속 하에 길에는 번호가 붙게 되었다. 1번 국도가 목포에서 신의주까지 이어지고 2번 국도는 목포에서 부산까지 이어지며 7번 국도가 부산에서 거진까지 이어진다. 어딘가를 이동하고자 하거나 여행을 해야 할 때 거쳐가야 하는 그 길이 저마다의 번호를 가지고 있는데 목적지까지 몇 개의 길을 통과해서 이르게 되는가 생각하며 3번 국도가 시작되는 미조포구가 지척인 남해 금산의 입구에 새벽에 도착한다.

짐작만으로 상주 해수욕장이라고 여겨지는 아랫녘에는 불빛들이 시야를 가로막았고 하늘에는 무수한 별들이 저마다의 빛을 발하고 있다. 준비도 없이 도착하여 모든 것은 시간 속에서 해결되리라 믿으면서 산에 오르기 시작했다. 어둡다. 아직 어둠은 가시지 않고 길은 길이라고 믿기 때문에 길이지 그냥 어둠일 따름이다. 나무도 산도 바다도 아직 아무 것도 없다. 보이는 건 어둠, 그 어둠은 언제 걷히는가 싶더니 차츰차츰 걷히는 어둠, 우리들의 삶도 역시 그러할 것이다. 절망뿐인 어둠의 터널 속에 갇혀 있다고 생각될 때 가야 할 길들이 어슴푸레하게 보이기 시작했다.

보이지 않던 길을 걷는 사이에 가는 길들이 점차 드러나고 멀리 상주해수욕장이 보이기 시작했다. 추울 것을 예상해 겨입은 옷 탓인가. 서둘러 올라가는 탓인가. 몸에 땀이 흐른다. 떠오르는 금빛 찬란한 햇살의 눈부신 떠오름을 보기 위하여 그물에 걸리지 않는 바람같이 무쏘의 뿔처럼 간다. 금세 나뭇가지를 스치는 바람결에 미쳐 떨어지지 않던 나뭇잎들이 우수수 떨어진다.

남해 금산 보리암에 아침햇살은 빛나고

해는 금방이라도 떠오를 듯 상기도 붉은데, 좀 늦었는지도 몰라 10분만 빨리 길을 나섰더라면 아니 5분만 더 빨리 올라왔더라면 떠오르는 태양을 볼 수 있었을지도 모르는데 하고 후회할 지도 몰라, 조바심으로 길을 재촉하는데 문득 눈앞에 쌍홍문이 나타났다. 마치 쌍안경 같이 보이기도 하고 해골처럼 보이기도 한다.

쌍홍문에 전해오는 이야기로는 그 옛날 부처님께서 돌배를 만들어 타고 쌍홍문의 오른쪽 굴로 나아갔고 그때 부처님께서는 상주 해수욕장 앞 바다에 있는 세존도의 한복판을 뚫고 나갔다고 한다. 그래서 그런지 세존도 한복판에는 마치 커다란 원을 그려서 뚫은 듯한 천연 동굴이 있다. 또한 바다 옆에는 용이 하늘로 올라갔다는 전설이 서린 용굴이 있고, 쌍홍문에서 천구암 쪽

남해 금산 쌍홍굴

으로 조금 가면 선녀 모양을 한 네 개의 바위가 있는데 그 바위를 사선대라고 한다.

쌍홍문을 나서면 보리암이고 그 아랫자락에 해수관음상이 있다. 도착했을 때 먼저 온 탐방객들은 해수관음상 앞에 절을 올리고 있었고 해가 금세라도 떠오를 듯 동쪽 바다가 빨갛게 물들어가고 있었다.

일찍이 자암 김구가 한 점 신선의 점 즉 일점선도—點仙島라고 불렀을 만큼 아름다운 섬나라 남해군은 제주도, 거제도, 진도에 이어 나라 안에서 네 번째로 큰 섬이다. 『동국여지승람東國輿地勝覽』 「남해현」 편 '형승'조에 "솔밭처럼 우뚝한 하늘 남쪽의 아름다운 곳"이라고 기록되었듯이 남해군은 산세가 아름답고 바닷물이 맑고 따뜻하여 사람들이 즐겨 찾는 휴양지 중의 한 곳이다.

남해 금산에서 본 바다

그중 남해 금산이라고 일컬어지는 금산은 높이가 681m에 이르는 높지 않는 산이지만 예부터 금강산에 빗대어 '남해 소금강'이라고 불릴 만큼 경치가 빼어나다.

비단산이란 별칭을 가진 남해 금산

신라 때의 고승 원효가 683년(신문왕 3) 이곳에 초당을 짓고 수도하면서 관세음보살을 친견한 뒤 보광사라는 절을 짓고 절 이름을 따 산 이름이 보광산이 되었다. 그러한 보광산이 '비단산'이라는 오늘날의 이름 '금산錦山'을 갖게 된 것은 조선을 건국한 태조 이성계에 의해서였다.

이성계는 청운의 뜻을 품고 백두산에 들어가 기도를 하였지만 백두산의 산신이 그의 기원을 들어주지 않았다. 두 번째로 지리산으로 들어갔지만 지리산의 산신도 들어주지 않자 이성계는 마지막으로 보광산으로 들어갔다. 임금이 되게 해달라고 산신에게 기도하면서 임금을 시켜주면 이 산을 비단으로 감싸주겠다고 약속을 하였다.

경상남도 유형문화재 제74호 | 보리암전삼층석탑 菩提庵前三層石塔

이성계는 왕위에 오른 뒤 보광산의 은혜를 갚기 위해 산 전체를 비단으로 두르려 했지만 그것은 쉬운 일이 아니었다. 고심하던 이성계 앞에 한 스님이 묘안을 내놓았는데 그것은 "비단으로 산을 감싼다는 것은 나라 경제가 허락하지 않으니 이름을 금산錦山으로 지어주는 것이 좋겠다"는 의견이었다. 이성계는 그 제안을 받아 산 이름을 금산이라 지었다고 한다.

이 절은 그 뒤 1660년에 현종이 왕실의 원당사찰로 삼고 보광사라는 절 이름을 보리암으로 고쳐 부르기 시작했고, 1901년에 낙서와 신욱이 중수하였으며 1954년 동파 스님이 다시 중수한 뒤 1969년에 주리 양소황이 중건하였다.

이 절에는 보리암전 3층석탑경상남도 유형문화재 제74호과 간성각, 보광원, 산신각, 범종각, 요사채 등이 있으며 1970년에 세운 해수관음보살상이 있다. 보리암의 해수관음보살상은 강화 보문사 관음보살상, 낙산사의 해수관음상과 더

남해 금산 보리암 해수관음상

불어 치성을 드리면 효험을 본다고 알려져 있어 신도들의 발길이 끊이지 않
는 제3대 해수관음보살상으로 손꼽힌다. 관음보살상은 떠오르는 아침 햇살
을 받아 불그레하게 홍조를 띄고 있었고 3층석탑에는 탑돌이 하는 사람들이
연이어 돌고 있었다.

보리암 3층석탑은 원효 스님이 보광사라는 절을 창건한 것을 기념하여 김
수로 왕비인 허태후가 인도의 월지국에서 가져온 것을 원효가 이곳에 세웠
다고 한다. 화강암으로 건조한 이 탑은 고려 초기의 양식을 나타내고 있는
데 단층 기단 위에 놓인 탑신 삼층에 우주가 새겨져 있고 상륜부에는 우주
가 남아 있다.

일출과 일몰을 모두 볼 수 있는 남해 금산의 극락전 아래쪽에는 태조 이성계
가 백일기도를 드린 뒤 왕위에 올랐다는 전설이 남아 있는 이태조 기단이 있

고, 이태조 기단 옆에는 세 개의 바위로 된 삼불암이 있다. 그 외에도 사선대, 제석봉, 촉대봉, 향로봉 등 제 나름대로의 사연과 이름을 지닌 금산 38경이 있고 금산 정상에는 망대라고 부르는 봉수대가 있다.

낮에는 연기, 밤에는 불빛으로 신호하여 적이 침입했음을 알렸던 금산 봉수대는 고려 영종 때 남해안에 침입하는 왜구를 막기 위해 축조되었고 조선시대에는 오장 2명과 봉졸 10명이 교대로 지켰다고 한다. 평상시에는 연기를 하나를 피웠고, 적이 나타나면 둘, 가까이 접근하면 셋, 침공하면 넷에, 접전 시에는 다섯으로 연락하였고 구름이나 바람으로 인한 이상 기후에는 다음 봉수대까지 뛰어가서 알렸다고 한다.

조선시대의 봉수는 대체로 시간당 110km를 연락할 수 있었기 때문에 한양까지 7시간 정도 걸렸는데 통신시설이 발달되면서 갑오경장이 있던 해인 1894년에 없어졌다.

남해 금산은 문학적으로 형상화한 소설가와 시인들이 많은데 그중 이성복 시인의 시 「남해 금산」에서 아름다운 남해 금산을 다음과 같이 물과 흙의 혼례로 규정하였다.

내 정신 속의 남해금산은 '남'자와 '금'자의 그 부드러운 'ㅁ'의 음소로 존재한다. 모든 어머니의 물과 무너짐과 무두질과 함께, 그 영원한 모성의 'ㅁ'을 가지고 있는 남해의 'ㄴ'과 금산의 'ㄱ'은 각기 바다의 유동성과 산의 날카로움을 예고하고 있는 것이 아닐까.

편백나무 숲 무성한 아름다운 전통 암자

백련암, 충남 공주시 사곡면 태화산

금마, 여산 지나 공주로 가는 길은 한산했다. 한가위가 그제였던지라 올라갈 사람 미리 올라가고 시간적 여유가 있는 사람들은 저녁 늦게 출발할 것이기 때문에 애당초 밀릴 일이 없었는데도 "백년도 못사는 사람이 천년의 걱정을 한다"는 속담처럼 미리 걱정한 탓에 마음이 제법 무거웠던 것이다.

마곡사 가는 길에서 길을 떠올리며

불과 몇 년 전만 해도 마곡사[충청남도 기념물 제192호] 가는 길 옆에는 상가들이 들어서 있어 사람들을 손짓했는데, 지금은 잘 정돈된 잔디밭과 나무들이 기립해서 길손을 맞고 있다. 매표소가 서 있던 곳을 지나자 시내 건너로 마곡사가 보이기 시작한다. 이 마곡사의 형세를 두고 풍수에 밝은이가 "절 앞으

충청남도 기념물 제192호 | 공주 마곡사 公州 麻谷寺

로 수량이 풍부한 시내가 휘어 돌기 때문에 이런 절은 돈이 산더미처럼 들어오는 절이다"라고 말한 바 있다. 그래서 그런지 마곡사는 올 때마다 다르다. 새로운 건물들이 들어서고 길이 잘 정돈되어 있고, 서나무 소나무를 비롯한 여러 종류의 나무들이 그늘을 드리운 길을 걸어 여정은 백련암으로 가는 길을 택한다.

편백나무 숲이 무성한 길을 조금 오르면 백련암이다. 이 마곡사의 부속암자로는 백련암 외에 심정암, 청련암, 부용암, 대원암, 토굴암, 영은암, 은적암 등이 있다. 백련암은 그 규모가 마치 여느 사찰이나 진배없다. 요사채와 본당을 겸하는 건물과 부속건물이 넓지 않은 터를 메우고 있고 사람의 그림자는 보이지 않는데, 방에서 들리는 말소리에 사람이 있다는 것을 감지할 수 있다.

공주 마곡사 백련암

나무 기둥에 잠시 서 있다가 태화산 산행 길에 오른다. 활인봉의 들머리 옆에서 길은 나뉜다.

나뭇잎이 살포시 길을 덮고 그 길에 발자국을 남기고 간다. 바람 한 점 불지 않고 철 늦은 매미소리만 귓전을 어지럽히는 산을 오르면서 흘린 땀을 소매로 닦을 때 마곡사에서 목탁소리가 들려온다. 천천히 오르는 산, 한 발 한 발 그저 습관처럼 오를 수 있는 이 산에서 산책하듯이 내 일상을 되돌아보면서 어느새 작은 능선에 오르는데 사람이 별로 없다.

　십리를 가도 사람의 흔적 없고(十里無人響)

　산은 텅 비었는데 새소리만 들려라(山空春鳥啼)

　스님을 만나 갈 길을 물었는데(逢僧問前路)

인조 때의 문신인 강백년의 「산행山行」을 읊조리며 의자에 앉는다. 휘어진 소나무를 쓸어 앉는다. 바라보면 산벗나무엔 벌써 단풍이 들고 다시 한 봉우리 오르니 활인봉(423m)이다. 산 아래 살포시 보이는 골짜기들마다 노랗게 익은 벼이삭들이 물감을 풀어놓은 듯하고 오르기만 했던 길이 내리막길에 접어든다.

소나무와 참나무가 그늘을 드리운 길에는 윤이 번쩍번쩍 나는 상수리들이 여기저기 떨어져 있고 길은 샘골, 대웅전으로 가는 길과 나발봉으로 가는 길로 나뉜다. 나발봉 까지 1.1km, 다시 오르막 길이다. 소나무와 참나무만 무성한 이 태화산 능선 길에서 소나무에 대해서 생각해본다.

『논어論語』에서는 "날씨가 추어진 뒤에라야 소나무가 시들지 않음을 안다"고 하였고 이백은 그의 시에서 "화산의 낙락장송, 눈서리 견디고 청정하구나" 하였으며 『예기禮記』에는 "소나무에 참마음이 있어서 사철 그 잎을 갈지 않다가 겨울에 지나서야 낡은 잎을 털어 버릴 뿐이다"라고 하였다. 이 산도 산은 산이라고 정상 무렵에 이르자 크고 작은 바위들이 나타나고 조금 더 가자 나발봉이다.

만인들이 구할 산 무성산에 올라

나발봉에선 태화산 일대의 모든 산들이 한눈에 들어온다. 힘겹게 돌아 돌아 휘감은 산 그 가운데 물이 휘돌아가는 곳에 마곡사가 들어앉아 있고, 건너편

평퍼짐한 산이 무성산이다. 무성산은 우성면, 정안면, 사곡면에 걸쳐 있는 산으로 정감록에 만인들을 구할 산이라고 기록되어 있다고 해서 월남 피난민들이 몰려들어 화전을 일구며 살았던 산이다. 한때는 대량으로 양귀비를 재배하여 사회적 물의를 빚기도 했던 무성산은 현재 고랭지 채소를 재배하고 있지만 연산군 때의 도적 홍길동이 살았다는 무성산성(일명 홍길동성)과 홍길동이 거처했다는 굴이 전설처럼 남아 있다. 또한 10월 상달에는 인근의 사람들이 모여 토속적인 산신제를 지낸다고도 한다.

나발봉 전망대에서 내리막 길에 접어든다. 흐르던 땀이 어느새 멎고 토굴암 가까이에서 쩍쩍 벌어진 으름 넝쿨을 발견한다. 이어 도착한 토굴암 화림원 입구에는 붉은 홍시들이 주렁주렁 매달린 감나무가 반기고 있었다. 화림원 지나 여정은 마곡사에 닿는다.

유독 봄의 마곡사가 좋고 가을의 갑사가 좋다는 의미로 '춘마곡 추갑사春麻谷 秋甲寺라는 말이 이곳 사람들에게서 전해져 온다. 그러나 마곡사가 어디 봄만이 아름답고 갑사가 어디 가을만이 아름다우랴. 봄물 드는 계룡산 자락의 갑사와 단풍이 물드는 마곡사의 가을의 정취가 얼마나 아름다운가는 가서 본 사람만이 알 것이다.

그보다 더 아름다운 정경을 겨울 마곡사 답사에서 보았었다. 새벽예불에 가기 위해 문을 열었을 때 어둠을 틈타 내린 눈은 온 세상을 순백으로 뒤덮고 있었다. 발목까지 빠지는 눈, 아무도 밟지 않은 그 눈밭을 헤치고 마곡사 해탈문에 들어서자 들리던 목탁소리. 대웅보전 문을 열고 들어가 가만히 바라보자 부처님이 내게 말을 건네는 듯싶었다.

온몸에 스며드는 추위처럼 눈은 그침이 없이 내리고 새벽예불이 끝난 뒤 법당 문을 나서자 걸어왔던 발자국은 다시 내린 눈발에 묻히고 다시 걸어 내려온 그 새벽의 기억이 한동안의 세월이 흐른 지금 이처럼 오롯이 되살아나고 있다.

봄 마곡사, 가을 갑사라는데

마곡사는 충청남도 공주군 사곡면 운암리 태화산 남쪽 기슭에 있는 사찰로써 대한불교조계종 제6교구 본사이다. 이곳 유구천과 마곡천이 합류하는 사곡면 호계리 일대(현 홍계초등학교) 물과 산의 형세가 태극형이라고 하여 『택리지擇里志』, 『정감록鄭鑑錄』 등의 여러 비기秘記에서는 전란을 피해 '수만인이 살 수 있다'는 십승지지十勝之地 가운데 하나로 꼽았다.

마곡사의 창건 및 사찰 이름에 대해서는 두 가지 설이 있다. 첫 번째 설은 640년(선덕여왕 9년)에 당나라에서 귀국한 자장이 선덕여왕으로부터 하사받은 전田 2백결로 절을 창건하기 위한 터를 물색하다가 통도사, 월정사와 함께 이 절을 창건하였다고 한다. 자장이 절을 완공한 뒤 낙성식을 한 뒤 그의 법문을 듣기 위해서 찾아온 사람들이 '삼대와 같이 무성했다' 하여 '마麻'자를 넣어 마곡사라고 하였다는 설이 있고, 두 번째 설은 신라의 스님 무선이 당나라로부터 돌아와서 이 절을 지을 때 스승이었던 마곡보살을 사모하는 뜻에서 마곡사라 하였다는 설과, 절을 세우기 전에 이곳에 마씨麻氏 성을 가진 사람들이 살았기 때문에 마곡사라 하였다는 설도 있다. 두 가지 설 중에서 현재 첫 번째 설을 많이 따르고 있다.

창건 이후 이 절은 신라 말부터 고려 초기까지 약 2백 년 동안 폐사가 된 채 도둑 떼의 소굴로 이용되었던 것을 1172년(명종 2)에 보조국사가 제자 수우 와 함께 왕명을 받고 중창하였다.

이 절을 창건하고자 보조가 왔을 때 이 절터에는 도둑들이 터를 잡고 있었다. 보조가 도둑들에게 이 터를 비워 줄 것을 요청하였으나 도둑들은 오히려 국 사를 해치려 하였다. 이에 보조가 공중으로 몸을 날리며 신술神術로써 많은 호랑이를 만들어 도둑에게 달려들게 했더니 도둑들이 혼비백산하여 달아나 거나 착한 사람이 되겠다고 맹세했다고 한다.

도둑들로부터 절을 되찾은 보조는 왕으로부터 전답 2백결을 하사받아 대가 람을 이룩하였다. 당시의 건물은 지금의 배가 넘었으나 임진왜란 때 대부분 소실되었다. 그 뒤 60년 동안 폐사가 되었다가 1651년(효종 2)에 각순이 대 웅전과 영산전, 대적광전 등을 중수하였다. 일제강점기에는 31본산本山의 하 나로 도내 1백여 사찰을 관장하는 본산이 되었다.

이중환이 지은『택리지擇里志』에는 이곳 마곡사 일대를 다음과 같이 말했다.

고을의 서북편에 있는 무성산은 차령의 서쪽 줄기 중 맨 끝이다. 산세가 빙 돌아 있으며, 그 안에 마곡사와 유구역이 있다. 골짜기에는 석간수 물이 많 으며, 논은 기름지고, 또 목화·수수·조를 가꾸기에 알맞아서 사대부와 평민 이 한번 이곳에 살면 흉년·풍년을 알지 못한다. 살림이 넉넉하기 때문에 떠 다니거나 이사해야 하는 근심이 적어서 낙토라고 할 만하다. 지세가 산 위에 서 끝을 맺었지만 둔덕이 낮고 평평하여 험하거나 뾰족한 모양이 없으며 산 허리 위로는 큰 바위가 한 조각도 없어 살기가 적다. 그러므로 남사고는『십 승기(十勝記)』에서 유구·마곡사 두 골짜기 사이를 병란을 피할 곳이라 하였다.

그러한 연유로 수많은 사람들이 찾아들었던 곳이 이 절이었는데, 백범 김구 선생도 이 절에서 머리를 깎았다.

동학 신도였던 김구는 구한말 민비 시해에 가담한 일본인 장교를 황해도 안악군 치하포 나루에서 죽인 죄로 인천형무소에서 옥살이를 하다가 탈옥한 뒤에 마곡사에 숨어서 승려를 가장하며 잠시 살았다. 지금도 대광보전 앞에는 김구가 심은 향나무가 있는데, 그 옆에 "김구는 위명僞名이요, 법명은 원종圓宗이다"라고 쓰인 푯말이 꽂혀 있다.

김구선생이 숨어 지낸 절

3년 동안을 이 절에서 사미沙彌[58]로 일했던 그때의 상황이 『백범일지白凡逸誌』에는 다음과 같이 실려 있다.

> 그러면 마곡사가 40리 밖에 아니 되니 같이 가서 구경하자고 하였다. 마곡사라면 내가 어려서 『동국명현록(東國明賢錄)』을 읽을 때에 서화담 경덕이 마곡사 팥죽가마에 중이 빠져 죽는 것을 대궐 안에 동지하례를 하면서 보았다는 말에서 들은 일이 있었다. 나는 이서방과 같이 마곡사를 향하여 계룡산을 떠났다. …… 마곡사 앞 고개에 올라선 때는 벌써 황혼이었다. 산에 가득 단풍이 누릇불긋하여……. 감회를 갖게 하였다. 마곡사는 저녁 안개에 잠겨 있어서 풍진에 더럽힌 우리의 눈을 피하는 듯하였다. 뎅, 뎅 인경이 울려온다. 저

---

58) 불교교단에 처음 입문하여 사미십계를 받고 수행하는 남자 승려.

보물 제801호 | 공주 마곡사 대웅보전 公州 麻谷寺 大雄寶殿

보물 제800호 | 공주 마곡사 영산전 公州 麻谷寺 靈山殿

넉 예불을 아뢰는 소리다. 일체 번뇌를 버리라 하는 것같이 들렸다. 이서방이 다시 다진다. "김형 어찌하시려오?" 김구는 말을 받아 "중이 되려는 자와 중을 만드는 자와 마주 대한 자리에서 작정합시다"라고 대답하였다.

김구는 마곡사에서 하은 스님의 상좌가 되었고 그 다음날 득도식을 마친 뒤 원종이라는 법명을 받고 머리를 깎았다. 그 뒤 부목을 맡은 그는 나무도 하고 종노릇까지 하였으며, 수도승이 된 다음에는 운수승雲水僧으로 세상을 떠돌았다.

충청남도 일대에 70여 개의 말사를 관장하고 있는 이 절에 현존하는 건물은 극락교를 사이에 두고 보물로 지정된 대웅보전[보물 제801호]과 영산전[보물 제

충청남도 문화재자료 제66호 | 마곡사해탈문 麻谷寺解脫門

800호], 천장의 무늬가 아름다운 대광보전[보물 제802호], 강당으로 사용하는 홍성루, 해탈문[충청남도 문화재자료 제66호], 천왕문[충청남도 문화재자료 제62호], 16나한과 2구의 신장을 모신 응진전[충청남도 문화재자료 제65호], 명부전[충청남도 문화재자료 제64호]과 국사당[충청남도 문화재자료 제63호], 대향각, 영각이 있으며, 대광보전 옆에는 요사채인 심검당이 ㄷ자형으로 크게 자리 잡고 있다. 또 영산전 좌우에는 벽안당과 수선사 등이 있으며, 스님들이 거처하는 요사채만도 9동이나 된다.

이들 건물 중 영산전은 이 절에서 가장 오래된 건물로써 해탈문 위쪽에 위치해 있는데 조선 중기의 목조건축양식을 대표할 만한 것이다. 현판은 세조가 김시습을 만나기 위해서 이 절에 왔다가 만나지 못한 채 돌아가면서 남긴 필적이라 한다. 현재 건물 내에는 천불千佛이 봉안되어 있다.

충청남도 문화재자료 제62호 | 마곡사천왕문 麻谷寺天王門

충청남도 문화재자료 제65호 | 마곡사응진전 麻谷寺應眞殿

충청남도 문화재자료 제64호 | 마곡사명부전 麻谷寺冥府殿

충청남도 문화재자료 제63호 | 마곡사국사당 麻谷寺國師堂

다리 아래에는 수많은 고기들이 떼 지어 노닐고 있고 다리를 건너면 김구 선생이 그 뒤에 들러 심었다는 향나무가 한 그루 서 있으며 5층석탑 너머로 대광보전과 대웅보전이 한눈에 들어온다. 대광보전 앞쪽에 있는 5층석탑[보물 제799호]은 인도에서 가져온 것으로 만들었다하나 라마교 탑과 비슷하여 원나라의 영향을 받은 것으로 보고 있다. 이 탑은 임진왜란 때 도괴되어 탑 안의 보물들이 도난당한 지 오래이나 1972년에 수리할 때 동제은입사향로와 문고리가 발견되었다.

전해 내려오는 말로 이 탑은 전 국민의 3일 기근을 막을 만한 가치가 있다고

보물 제799호 | 공주 마곡사 오층석탑 公州 麻谷寺 五層石塔

하는데 한국, 인도, 중국 등 세계에서 3개밖에 없는 귀중한 탑이라고 한다. 높이가 8.4m인 이 탑은 고려 후기에 세워진 것으로 추정되고 그 뒤편에 마곡사 대광보전이 있다. 현판은 신라 때 명필 김생의 글씨라고 하나 확실하지는 않다. 특이한 2층 건물로 조선 중기의 사원건축양식을 이해하는 데 귀중한 문화재이며, 건물의 기둥을 안고 한 바퀴 돌면 6년을 장수한다는 전설이 전한다.

대웅보전 안에는 정교하게 짠 참

충청남도 유형문화재 제20호 | 마곡사동제은입사향로 麻谷寺銅製銀入絲香爐

충청남도 유형문화재 제62호 | 마곡사동종 麻谷寺銅鐘

나무 돗자리가 깔려 있는데 100여 년 전 어떤 앉은뱅이가 100일 동안에 걸쳐 자리를 짜면서 법당에 모신 비로자나불에게 자신의 불구를 낫게 해달라고 기도하더니 일을 다 끝내고 밖으로 나갈 적에 저도 모르게 일어나 법당 문을 나섰다는 전설이 있다.

또한 이 절에는 마곡사 동제은입사 향로[충청남도 유형문화재 제20호]가 있고 동종[충청남도 유형문화재 제62호]이 있으며, 괘불탱[보물 제1260호]이 귀중한 문화유산으로 있다.

보물 제1260호 | 마곡사 석가모니불 괘불탱 麻谷寺 釋迦牟尼佛 掛佛幀

구절초의 향기가 온 산을 에워싸는 시월 초사흘 가을 마곡사에서의 여정이 어둠 속으로 서서히 저물어갔다.

신라부터 이어온 실상산파의 수행처

백장암, 전북 남원시 산내면 지리산

나무들마다 하얀 눈꽃이 피어 있고 길은 한산하다. 오를 수 있을까. 백장암으로 오르는 그 길을 가파르기 그지없는 그 산길을, 걱정은 걱정을 낳는다. 하지만 '바로 지금이지 그때가 따로 있는 것은 아니다'는 생각이 그나마 마음을 안정시켜준다.

길은 눈에 덮여 하얀 길이고 실상사에 도착했다. 바래봉에서부터 비롯된 임천강이 뱀사골에서 흘러 내려온 물과 몸을 합치고 그 흐르는 강물 위의 바위에 쌓인 눈발은 더없이 아름답다. 해탈교를 건너기 전에 만나는 한 기의 돌장승은 1963년 홍수 때 떠내려간 짝을 그리워하는지 침울한 채 서 있다. 다시 다리를 건너면 1725년 무렵에 만들어진 돌장승 한 쌍을 만나게 된다.

사적 제309호 | 남원 실상사 南原 實相寺

실상사, 신라 최초의 구산선문

전라북도 남원시 산내면 지리산 자락에 자리 잡은 실상사[사적 제309호]는 신라 구산선문 중 최초의 산문인 실상사파의 본찰로서 우리나라 불교사상 중요한 위치를 점하고 있다. 백장암 3층석탑과 약수암의 목조탱화를 포함하여 보물이 11점이나 있어 단일사찰로 가장 많은 문화재를 보유하고 있는 실상사는 신라 흥덕왕 3년(828) 홍척 증각대사가 구산선문을 개산하면서 창건하였다.

홍척은 도의선사와 함께 당나라에 들어가 선법을 깨우친 뒤 귀국하였는데 도의는 장흥 가지산에 들어가 보림사를 세웠고 홍척은 이 절을 세운 뒤 선종을 전파하였다. 풍수지리설에는 이곳에 절을 세우지 않으면 우리나라의 정기가 일본으로 건너간다 하여 이 절을 건립하였다고 하고, 그 후 2대조 수철 화상을 거쳐 3대조 편운에 이르러서 절이 중창되었으며 더욱 선풍을 떨치게 되었다. 그러나 세조 14년에 화재를 입은 후로 200여 년 동안 폐허로 남아 있었고 스님들은 백장암에 기거하며 근근이 그 명맥을 이어가다가 숙종 5년 (1679)에 벽암 스님이 삼창하였고 1690년에 침허 스님을 비롯한 300여 명의 스님이 절의 중창을 조정에 건의하여 1700년에 36동의 건물을 세웠다. 그 뒤 1821년에 의암이 다시 중건하였지만 1882년에 함양 출신 양재물과 산청 출신 민동혁이라는 사람이 사절 감정으로 불을 질러 아까운 건물들이 불타버리는 수난을 겪은 뒤 그 이듬해 스님들이 십여 동의 건물을 지어 오늘에 이르렀다. 현존하는 건물은 보광전을 비롯하여 약사전, 명부전, 칠성각, 선리수도원, 누각이 있으며 요사채 뒤쪽으로 극락전과 부속건물이 있다.

만세루를 들어서자 절 마당에 3층석탑 두 기가 눈을 맞으며 서 있고, 그 가운데에 석등과 보광전이 눈에 덮인 채 서 있으며, 보광전 양옆으로 약사전과 칠성각이 서 있으며, 석등 양옆으로는 명부전과 요사채가 서 있다.

멀리 천왕봉을 바라보며 지리산의 여러 봉우리를 꽃잎으로 삼은 꽃밭에 해당하는 자리에 절을 지었다는 실상사는 다른 지역의 절들과 달리 평지에 펼쳐져 있다. 보물로 지정되어 있는 실상사 3층석탑[보물 제37호]은 높이가 각각 8.4m이며 동탑·서탑으로 불린다. 실상사 3층석탑들은 규모, 양식, 보존상태 등이 상륜부는 찰주를 중심으로 보반, 복발, 앙화, 보륜, 보개, 수연, 용차, 보주의 손으로 만들었는데 거의 완전한 형태로 남아 있다. 동탑은 용차龍車[59]가

---

59) 탑의 상륜부(相輪部)의 꼭대기에 있는 보주(寶珠)로 아래에 끼운 원구(圓球)형의 장식.

약간 훼손되었고 서탑의 수연은 없어졌지만 나라 안의 석탑 중 상륜부가 이렇듯 온전하게 남은 예는 매우 드물다. 그래서 불국사 석가탑의 상륜부를 만들 때 모델로 활용하였다고 한다.

보물 제37호 | 남원 실상사 동·서 삼층석탑 南原 實相寺 東·西 三層石塔

동·서 석탑의 중간지점에 세워진 실상사 석등[보물 제35호]은 높이가 5m에 팔각 등의 전형적인 간주석과 달리 고복형 간주석을 지닌 석등으로 그 전체적인 형태가 화엄사 앞 석등이나 임실 중기사 석등과 흡사하며 이 지방에서 널리 유행되었던 석등으로 볼 수 있다. 8각의 지대석 위에 올린 하대는 이중으로 구획되어 하단부의 각 면에는 인상을 조각하였고 그 뒤로 잎이 넓은 연꽃 8엽이 조각되었다. 연꽃잎 끝에는 구름무늬가 장식된 귀꽃이 높직하게 솟아 있다.

보물 제35호 | 남원 실상사 석등 南原 實相寺 石燈

하대 위에는 3단의 간주석 받침이 놓여 있고 간주석은 3단의 마디로 층 급을 이루어 고복형태를 이루고 있으며 돌출된 마디마다 중앙에 세줄 띠를 두른 꽃무늬가 장식되어 있고 그 아래에 단엽의 연꽃을 장식하였다.

마디와 마디 사이의 잘록한 부분에는 세 줄의 가로선이 둘러져 있고 상대 위에 올린 화사석은 8면으로 이루어져 있다. 화사석 위에 놓인 지붕돌은 낙수면이 단엽 연꽃으로 장식되어 있고 연꽃잎의 끝에는 하대와 같은 귀꽃이 장식되어 있으나 부분적으로 떨어져 나갔다. 이 석등의 측면에는 등을 켤 때 오르내릴 수 있는 용도로 사용된 석조계단이 남아 있다.

이것은 현존하는 여러 석등 가운데 유일한 것으로써 석등이 공양구로서의 장식적인 의미와 함께 실용적 등기로 사용된 사실을 말해주고 있을 것이다. 이 석등이 만들어진 시기는 실상사의 창건과 비슷한 시기인 9세기 중엽 이후로 보고 있다.

크기가 장중하고 화려한 장식과 단정한 비례미가 돋보이는 통일신라 후기의 대표적인 이 석등을 그저 침묵한 채 바라보고 상념하는 사이에 대웅전에선 독경소리가 들린다. 실상사의 대웅전인 보광전은 정면 3칸 측면 3칸으로 원래 있던 금당터의 기단 위에 또 하나의 작은 기단을 만들어 세운 작은 건물이다. 원래의 금당은 정면 7칸 측면 3칸의 규모가 큰 건물로 추정되고 있으며 보광전 안에 홍척대사와 수철화상의 영정 및 범종이 있다. 보광전 안에 있는 범종은 현종 5년(1664)에 제작되었으며 종을 치는 자리에 일본의 지도 비슷한 무늬가 새겨져 있다.

이 종을 치면 일본이 망한다는 전설이 전해 내려와 일본이 패망할 무렵 남원경찰서에서 이 절의 주지를 연행하여 추궁하였다고 한다. 주지는 그때 "종을 칠 때마다 그 은공이 일본까지 미치게 해달라는 뜻이다"라고 답변하여 풀려 나왔다고 한다.

또 하나 일본과 관련된 이야기가 전해 오는데 그 당시 왜구가 남해안의 전라도 일대에 심심치 않게 나타나 노략질을 일삼던 때였다. 홍척은 도선에게 부탁하여 절터를 보게 했다. 그때 도선이 현재의 실상사 약사전 자리에 절을 세우지 않으면 나라의 정기가 일본으로 건너간다는 말을 듣고 절을 건립하였다는 연유 탓인지 약사전의 창호가 우리나라 꽃인 무궁화이고 약사전 앞에는 무궁화가 심어져 있다.

보물 제41호 | 남원 실상사 철조여래좌상 南原 實相寺 鐵造如來坐像

이 약사전에는 창건 당시에 만들어진 초기 철불의 걸작으로 꼽히는 실상사 철제여래좌상[보물 제41호]이 안치되어 있다. 높이가 260cm인 이 철불은 두 발의 양 무릎 위에 올려놓은 완전한 결가부좌의 자세를 취하고 꼿꼿하게 앉아 동남쪽에 있는 천왕봉을 바라보고 있다. 현재 광배는 없어졌고 수미단에 가려 보이지는 않지만 대좌가 아닌 흙바닥에 앉아 있다. 도선국사가 풍수지리설에 따라 일본으로 흘러가는 땅의 기운을 막기 위해 일부러 땅바닥에 세우게 한 것인지, 실상사가 폐사될 무렵 파괴되어 버렸는지는 모르는 일이다. 나발螺髮[60]로 처리된 머리 위에는 큼직한 육계가 표현되어 있고 얼굴은 넓적

---

(60) 나계(螺髻)라고도 한다. 불상(佛像) 중 소라 모양으로 된 여래상(如來像)의 머리카락.

전라북도 유형문화재 제45호 | 실상사극락전 實相寺極樂殿

하여 정사각형에 가깝다. 현재 두 손은 모두 나무로 만들어 끼워 놓았는데 1987년 복원불사 때 나온 원래의 철제손들도 모습이 이와 같다.

실상사 철제여래좌상의 수인은 아미타불의 하품중생下品中生 인이므로 이 불상이 약사불이 아니라 아미타불일 가능성이 더 크다고 보고 있다. 법의는 통견이며 어깨에서 가슴으로 내려오면서 굵은 띠 모양의 옷깃이 있고 그 안은 U자 형으로 넓게 터져 가슴이 많이 노출되었으며 옷주름은 매우 부드럽게 표현되었다. 눈은 사뭇 펄펄 내리고 요사채 뒤쪽에 있는 부도밭으로 우리의 여정은 이어진다.

실상사 극락전[전라북도 유형문화재 제45호]은 정면 3칸 측면 2칸의 주식포식 단층 맞배지붕이다. 이 극락전의 불단 위에는 아미타여래좌상이 봉안되어 있으

며 그 좌우에는 정교하게 조각된 목
각보살상이 모셔져 있었으나 오래
전에 잃어버렸다고 한다. 이 극락
전 측면에 홍척증각대사 부도[보물제
38호]가 있다. 홍척대사가 입적한 뒤
얼마 되지 않아서 만들어진 것으로
추정되는 이 비는 증각대사응료탑
으로 불리고 있다. 전형적인 팔각
원당형 부도가 높이가 2.42m이고

보물 제38호 | 남원 실상사 증각대사탑 南原 實相寺 證覺
大師塔

증각대사 부도비는 비신碑身[61]은 없
어진 채로 귀부 위에 바로 이수만이
얹혀 있다. 오랜 풍화작용 때문인
지는 몰라도 마멸이 심하다. 그 당
시 유행했던 용머리 비신이 아니라
거북이 모양의 이 부도비는 신라 초
기의 대표적인 작품인 태종무열왕
비와 비슷하게 만들어져 있다.

이 비에서 조금 떨어진 곳에 홍척대
사의 뒤를 이었던 수철화상[보물 제33
호]의 부도가 있다. 이 부도는 전체
높이가 2.42m이고, 신라 석조부도

보물 제33호 | 남원 실상사 수철화상탑 南原 實相寺 秀澈
和尙塔

---

61) 비문을 새긴 비석의 몸체.

의 전형적인 양식인 8각원당형을 기본으로 삼고 높직한 8각 지대석 위에 건립되어 있는 이 부도는 지대석 위에 아무런 굄대도 없이 곧바로 놓여 있다. 몸돌의 각 모서리에는 우주가 조각되어 있으며 앞뒷면에 문비형이 조각되고 그 좌우면에는 사천왕상이 조각되어 있다.

부도 옆엔 전체 높이 2.9m인 수철화상탑비[보물 제34호]가 세워져 있다.

비문에 수철화상의 출생에서 입적까지 그리고 조성된 경위까지 기록되어 있는데 비문에 따르면 그는 신라 말기의 선승으로 심원사에 머물다가 뒤에 실상사에 들어와 제2조가 되었다. 893년(진성여왕 7년) 5월 77세로 실상사에서 입적하였고 왕이 시호와 탑명을 내렸다. 이 실상사는 그 뒤 후삼국시대의 백제, 즉 후백제와 밀접한 관계를 가진다. 이 절 약수암 가는 길 옆 조계암 터에 편운화상의 부도가 바로 그것이다. 눈 내린 길에도 차가 지나간 자국은 남아 있고, 이 길을 따라 1km쯤 올라가면 사람들의 발길이 어쩌다 닿는 약수암이 있다.

백장암, 약수암, 신라고대의 수행처

백장암과 더불어 실상산파의 수행처로 오랜 세월을 자리한 약수암의 보광

명전에 조선 후기 목조탱화[보물 제
421호]가 봉안되어 있다. 정조 6년
에 만들어진 이 목조탱화는 높이가
1.8m에 폭 1.9m로 아미타불과 여
덟 보살, 두 명의 비구가 상하 2단
으로 조각되어 있다. 조선 후기 목
조탱화의 기준작품이 된다고 볼 수
있는 이 탱화는 금분으로 도금되어
있고 조각수법이 화려하면서도 분
위기가 엄숙하다.

보물 제421호 | 남원 실상사 약수암 목각아미타여래설법
상 南原 實相寺 藥水庵 木刻阿彌陀如來
說法像

편운화상의 부도[전라북도 유형문화재 제
247호]가 있는 산길로 접어든다. 봄
이면 노란 산수유 꽃이 뭇사람들의
가슴을 들썩이게 하고 가을이면 그
빠알간 열매가 눈이 시리게 부서져
내리는 산수유나무에 눈꽃이 피어
하얗게 빛나는 그 한적한 곳에 4기
의 부도가 있다.

전라북도 유형문화재 제247호 | 남원 실상사 편운화상
승탑 南原 實相寺 片雲
和尙 僧塔

멀리서 보면 하얀 벙거지를 쓰고 있는 듯도 하고 커다란 송이가 피어 있는 듯
도 싶은 그 부도가 실상사의 3조인 편운화상의 부도이다. 희미한 글씨가 새
겨진 그 부도에 눈을 한웅큼 집어 바르듯 하자 '정개 경오신년'이라고 쓰여
있고 편운화상이라는 이름이 뚜렷하게 보인다. '정개正開'라고 쓰인 그 글씨가

후백제 견훤의 연호이다. 바르게 열고 바르게 펴고 바르게 시작한다는 뜻을 지닌 정개라는 연호를 처음 썼던 때가 견훤이 전주에 도읍을 열었던 900년이었고 편운화상의 부도가 세워진 것이 910년이었다. 그런 의미에서 볼 때 왕건이나 궁예와 달리 자주적인 연호를 사용했던 견훤 백제는 중국의 오월과 거란 그리고 일본과 교류를 했을 만큼 강성한 나라였지만 큰아들이 아닌 넷째 아들 금강에게 왕위를 물려주려고 하다 결국 아들이었던 신검, 양검의 쿠데타로 통한의 한을 품고 역사의 그늘 속으로 숨어들게 된다.

안쓰러워 바라보는 편운화상의 부도 위로 눈은 내려 쌓이고 다리를 건너 산내면 소재지에서 멀지 않은 곳에 있는 골짜기가 그 유명한 뱀사골이고 마한의 마지막 궁이 있었다는 달궁이 바로 지척이다.

뱀사골이라는 지명은 정유재란 당시에 불에 탄 뒤 사라져 버렸다는 배암사라는 절에서 유래하므로 뱀과는 관련이 없지만 사람들은 지레 짐작으로 뱀사골에 뱀이 많기 때문인 줄 안다. 현재 전적 기념관이 있는 곳에 예전에 송림사라는 절이 있었는데 그 절에는 다음과 같은 이야기가 전해 온다.

송림사에 주지 스님이 어느 해 7월 백중날 이곳에서 멀지 않은 신선대로 기도를 드리러 간다고 나섰는데 사라져 버리고 말자 이곳 사람들은 예전부터 내려오던 "7월 백중날 신선대에 올라가 정성껏 기도를 드리면 신선이 된다"는 전설을 믿게 되었다. 그 뒤부터 매년 신선대로 기도를 드리러 가는 스님들은 가고는 돌아오지 않았다. 이런 사실을 기이하게 여긴 한 스님이 꾀를 내어 신선대로 기도하러 가는 스님의 옷자락에 독약을 묻혔는데 그런 일이 있은 그 다음날 뱀사골의 뱀소에서 용이 못된 이무기가 죽은 채로 떠올랐고

국보 제10호 | 남원 실상사 백장암 삼층석탑 南原 實相寺 百丈庵 三層石塔

바로 그 옆에 주지스님도 함께 죽어 있었다. 사라진 스님들이 신선이 된 것이 아니고 이무기에게 잡아먹혔던 것이다.

그 뒤부터 이무기에게 잡혀 죽은 스님들의 명복을 빌면서, 스님들이 반절은 신선이 되었을 것이라는 뜻으로 이름을 '반선半仙'이라고 부르기 시작했다고 한다. 바로 그 위쪽에 있는 달궁은 삼한시절에 마한의 마지막 왕이 이곳으로 와 왕궁을 짓고 살았다는 전설에 따라 지어진 이름이다. 지금도 마한의 왕궁터가 남아 있는 이곳 뱀사골과 달궁 일대는 한국전쟁 당시 피아간의 치열한 싸움터로 그 당시의 아픈 상혼을 안고 살아가는 사람들이 지금도 남아 있다.

백장암은 실상사에서 인월 가는 길의 우측에 자리 잡고 있다. 올라가는 길은 몹시 가파르다. 그 산길을 1.1km쯤 올라가면 실상사의 산 암자인 백장암이 있으며, 그곳에 백장암 3층석탑[국보 제10호]과 백장암 석등[보물 제40호]이 있다. 현재 법당과 칠성각, 산신각 등이 있는 조그만 암자인 이 백장암 안은 규모가 상당히 컸던 절이었을 것으로 추정할 뿐이다. 통일신라시대에 만들어진 탑 중에서도 아름답기 이를 데 없는 특이한 백장암 3층석탑은 전형적인 석탑 양식에 구애받지 않고 자유롭게 만든 이형 석탑이다. 탑 전체를 두른 장

남원 실상사 백장암

식 조각들이 화려하면서도 섬세하게 만들어진 이 탑은 통일신라시기의 절정
을 이루는 작품이라 국보로 지정하였으나 1980년 도굴범에 의해 여러 곳에
흠집이 생겼고, 그 뒤편에 다소곳이 서 있는 석등 또한 통일신라시대를 대표
하는 우수한 작품이다.

눈 내린 석탑 너머로 눈 쌓인 지리산을 바라보며 마음만을 남겨두고 길은 만
복사터[사적 제349호]로 이어진다. 교룡산 자락 기린봉 기슭에 자리 잡은 만복사
를 『신증동국여지승람新增東國輿地勝覽』의 「남원도호부」에는 "고려 문종 재위 창
건하였다"고 기록되어 있지만 신라 말 도선이 창건했다고도 전해진다. 5층
과 2층으로 된 불상을 모시는 법당이 있었고, 그 안에는 높이 35척(약 10m)
의 불상이 있었다는 기록이 있다. 당시에는 대웅전을 비롯한 많은 건물들과

사적 제349호 | 남원 만복사지 南原 萬福寺址

수백 명의 승려들이 머무는 큰 절이
었으나 선조 30년 정유재란 때 왜구
에 남원성이 함락되면서 불타 버렸
다고 한다. 그후 숙종 4년 남원부사
였던 정동설이 중창하려 했지만 엄
두가 나지 않아 중창을 못하고 승방
1동만 지어 겨우 명맥만 이어가다
가 폐사가 되고 말았다. 현재 만복
사터에는 보물로 지정된 당간지주(
보물 제32호)가 남아 있다.

1979년 전남대 박물관에서 7년에

보물 제32호 | 남원 만복사지 당간지주 南原 萬福寺址 幢
竿支柱

걸쳐 발굴한 이 만복사가 알려진 것은 김시습의 「만복사저포기萬福寺樗蒲記」에 의해서였다. 늙은 총각 양생이 부처님과 저포樗蒲놀이[62]를 해서 이긴 뒤 난리 중에 원통하게 죽은 처녀를 만나 며칠간 사랑하다 처녀는 저 세상으로 돌아가고, 양생은 지리산으로 들어가 다시는 장가들지 않고 처녀의 명복을 빌면서 남은 생을 지냈다는 이야기인 만복사저포기는 남자인 양생이 여자를 그리워한 사랑의 이야기이다.

내린 눈이 조금씩 녹고 있는 만복사에서 여기저기 서 있는 석물들을 바라보며 천년의 세월 저편의 만복사를 살다 갔을 그 사람들을 떠올려봤다.

---

62) 나무로 만든 주사위를 던져서 그 사위로 승부를 다투는 놀이.

기도발이 잘받는 추월산의 암자

보리암, 전남 담양군 용면 추월산

강진을 지나 회문산 자락에 펼쳐진 섬진강 물을 바라보며 순창 지나 담양에 접어든다. 담양의 명물은 죽물竹物이라고 알려져 있지만 메타세쿼이아 가로수 길도 만만치 않을 것이다. 순창에서 담양 땅에 접어들면 가장 먼저 메타세쿼이아 나무숲 길이 끝없이 펼쳐진다. 충북 영동의 감나무 길, 청주의 플라타너스 길과 더불어 아름답기로 소문난 메타세쿼이아 가로수 길은 이국적인 풍경으로 다가온다.

여정은 담양읍 객사리에 있는 삼거리에 접어든다. 이곳 객사리에서 당간지주[보물 제505호]를 만날 수 있다. 장방형의 단층기단 위에 장방형의 굄을 둔 후 그 위에 당간과 지주를 세운 당간지주의 높이는 15m에 이르고 지주의 높이는 2.5m이다.

당간의 바로 옆에 세워진 비석의 뒷면에 이 당간의 유래가 적혀 있는데 비문의 내용은 1938년 큰바람에 넘어졌던 것을 1839년(현종 5년)에 중건하였다는 이야기이다.

이 당간지주가 이곳에 세워진 연유
는 담양읍의 지형이 행주형行舟形이
라서 배의 돛을 상징하는 당간을
세웠으며 고려 명종 2년(1172)에 읍
지를 담주로부터 지금의 담양으로
옮겨올 때 세웠다는 말이 전해온다.
우리나라 대개의 절터에 당간만 남
아 있고 지주는 볼 수 없는데, 청주
용두사터와 안성 청룡사와 공주 갑
사에서만 볼 수 있다.

보물 제505호 | 담양 객사리 석당간 潭陽 客舍里 石幢竿

당간지주에서 길 건너편을 바라보
면 논 가운데에 고려시대에 세웠
을 것이라는 5층석탑[보물 제506호]이
서 있다. 탑이 있기 때문에 고려시
대 이 부근에 절이 있었을 것으로
만 추정되는데 탑의 높이가 7m이
며 단층기단 위에 5층의 탑신을 형
성하였고 1층 탑신의 몸돌이 특히
높으며 5층까지 모두 우주가 새겨
져 있다.

보물 제506호 | 담양 남산리 오층석탑 潭陽 南山里 五層
石塔

이 5층석탑은 고려시대에 만들어졌지만 충청도와 호남일대에 남아 있는 백제계 탑으로 보여지고, 멀리서 바라보면 부여 정림사지 5층석탑을 연상시킬 만큼 아름다운 탑이지만 상륜부는 남아 있지 않다. 한쪽 귀퉁이가 깨어진 탑이지만 그래도 성찬 채 서 있는 탑을 바라보고 또 바라볼 뿐이다.

길은 담양읍을 지나 추월산으로 향한다. 멀리서 보면 흡사 누운 소나 사자처럼 비스듬한 자세로 솟아 있는 추월산으로 가는 길에 담양댐은 푸르게 휘돌아가고 담양 호반에 위치한 월계리 국민관광지에 이른다.

보리암 정상에서 본 평화로운 세상

보리암으로 가는 표지판이 보이고 날은 제법 쌀쌀하다. 드문드문 소나무들이 푸른 기상을 잃지 않고 서 있는 사이 우뚝 우뚝 서 있는 잡목들의 잔해물인 나뭇잎들이 수북이 쌓여 있고, 길 가운데 나뭇잎들은 발에 밟혀 부스러지고 있다. 문득 마른 나뭇가지를 스치고 지나가는 바람소리 들리고 보리암에서 목탁소리 불경소리가 뒤섞여 들려온다. 가파른 산길에서 나는 숨은 가쁘고 눈을 돌려보면 깎아지른 벼랑에 흘러내리던 물길이 얼음기둥으로 변한 채 매달려 있다. 곧바로 올라가면 지척인 보리암을 바라만 보고 산길은 휘돌아간다.

바위 벼랑 아래 큰 굴이 나타나고 쓰러진 나무를 베어 만든 나무의자에 앉아서 보면 담양호가 한 폭의 그림이다. 벼랑 아래에 만들어진 산길을 내려가자 물 흐르는 소리가 들리고 길이 있을까 싶었는데도 큰 벼랑 가운데로 길은 이어지고 바로 머리 위에는 금세라도 굴러 내릴 것 같은 집채만한 바위가 가까

담양 추월산 보리암에서 본 담양 일대

스로 걸려 있다. 그 아래로 가야 한다는 사실에 문득 섬뜩해지고 도스토옙스키가 인간의 공포에 대해서 한 말이 생각난다.

천정에 큰 바위가 매달려 있다고 하자. 굳건히 매어 놓아서 떨어지지는 않을 바위 아래 사람이 가서 앉아 있다고 하자. 처음에는 아무렇지도 않다가 자꾸 바라보게 되면서 혹시나 저 바위가 떨어진다면 하고 생각하게 되고, 결국 죽음과 같은 공포가 엄습해올 것이다.

서둘러 그 자리를 벗어난다. 밧줄을 붙잡고 조금 오르자 전망이 좋아 거풍하기 알맞은 바위가 나타나고 멀리 올라가야 할 바위능선이 선명하게 보인다. 이제 정상이 멀지 않다. 헐벗은 진달래 나무 숲을 헤치고 올라서자 697봉에 이른다. 바위 위에 올라서자 담양호 너머 너른 평야 뒤로 구름 속에 우뚝 솟은 무등산이 보이고 "백리 담양 흐르는 물은 구부구부 만경이네"라는 호남가의 한 구절처럼 실핏줄 같은 영산강이 구불구불 흘러가며 우측으로 백양 입암의 연봉들이 보인다. 뒤돌아보면 내장산이 첩첩한 산 속에 포개어 있고 푸른 호수 너머로 금성산성이 한눈에 들어온다.

산에 올라서서 바라보면 세상은 평화롭다. 올망졸망 늘어선 마을들이나 아파트 숲들 그리고 사람들이 뚫어 놓은 길들이 마치 장난감처럼 보인다.

"내게 눈도 있고 발도 있으므로 내가 갈 수 있는 곳에 경치 좋은 산천山川이 있으면 내가 즉시 간다. 그러면 내가 바로 이 경치 좋은 산천의 주인主人이 되는 것이다"라고 장유 서익손이 『명세설신어明世說新語』에서 말했던 것처럼 오늘만큼은 이 산의 주인은 바로 우리다.

추월산은 가을이면 산봉우리가 맞닿을 정도로 높다고 하여 붙여진 이름이고 호남의 5대 명산 중 하나로 꼽힌다. 추월산(731m) 정상에서 보리암으로 가는 길이 만만치 않다. 철 계단과 가파른 바윗길을 내려간다. 힘들게 올라가는 것보다 내려가는 것은 훨씬 수월한 것이라는 걸 입증이라도 하듯 아무 탈 없이 보리암 입구에 다다른다.

"세간의 좋은 말은 책에 이미 다 말하였고, 천하의 명산은 스님들이 거의 다 차지하고 있네"라는 말이 있는데, 이렇게 좋은 위치에 절을 지은 것을 보면 옛 사람의 안목이 탁월하였음을 엿볼 수 있다.

보리암 입구에는 임진왜란 때의 의병장 김덕령 장군을 비롯한 여러 사람들의 이름들이 새겨져 있다. 김덕령 장군은 임진왜란이 일어나기 전 젊은 시절 이 추월산에서 무예를 닦았다고 전해지며 왜군을 만난 그의 부인은 이곳

에서 순절했다고 한다. 또한 금성산성에서 왜군이 조선 민간인들을 학살하자 용면 도림리 마을 사람들이 이곳 보리암 근처 절벽 밑의 동굴로 피난을 왔었다고 한다. 빙판 진 바위 길을 건너 보리암에 이르자 대웅전에선 관세음보살이 새어나오고 난간에 몸을 기대자 담양호의 푸른 물살이 가슴 안에 가득 차는 듯하다.

기도발이 잘 받는 수도처, 보리암

보리암[전라남도 문화재자료 제19호]은 대한불교조계종 제18교구 본사인 백양사의 말사이다. 보리암은 고려 신종 때 보조국사 지눌이 지리산 천왕봉에서 나무로 깎은 매 세 마리를 날려 보냈는데 한 마리는 장성 백양사 터에, 한 마리는 송광사 터에, 마지막 한 마리는 추월산 보리암 터에 내려앉았다. 그래서 그 터에 절을 지었다는 전설이 전해 오는데 사다리를 이용해야만 오를 수 있는 절벽의 끝에 위치해 있다. 그 뒤 이 절은 기도발이 잘 받는 수도처로서 많은 사람들이 찾아들었으나 중창 및 중건의 역사는 전해지지 않고 있다.

현존하는 절 건물은 법당인 대웅전과 요사채가 있다. 대웅전은 규모가 매우 큰 데 광주민중항쟁이 일어났던 1980년에 주지 진공 스님이 신도 묘월화와 법계성 등의 도움을 받아 2억 원을 들여 완성했다고 하며, 그 당시 목재의 운반은 미 공군의 헬리콥터의 지원을 받아서 옮겨 왔다고 한다. 내놓을 만한 문화재는 없지만 이 절 대웅전 앞 오른쪽에는 지름 1.2m, 깊이 0.7m 정도의 큰 가마솥이 있는데 그 솥이 이곳에 있게 된 전설이 재미있다.

순창에 살았던 기생이 사람들을 동원하여 절 아래에 있는 굴까지는 운반하였으나 절벽 때문에 더 이상 옮길 수 없어 애를 태웠다. 그러나 이튿날 아침에 와서 보니 불력으로 솥이 절에 옮겨져 있었다고 한다. 한편 이 절은 바위 꼭대기 가까운 절벽에 위치해 있음에도 이 절에는 많은 샘물이 솟아나서 물 걱정을 않지만 이 샘들은 부정을 타면 물이 나오지 않는다고 한다. 몇 년 전에 파계승이 샘가에서 닭을 잡아먹는 일이 있고부터 석 달 동안 물줄기가 끊어져 아랫동네에서 물을 길어다 먹은 적이 있었다고 한다.

보리암을 나와 담양댐 부근 이곳저곳을 둘러다 본다. 과녁판처럼 생긴 가낙바우 동쪽에는 꽃밭등이라는 등성이가 있고 돼야지 둠벙 남쪽에는 나막신 박골이라는 골짜기가 있다. 마운데미 북쪽에는 물통골이 있고 구복리 서북

사적 제353호 | 담양 금성산성 潭陽 金城山城

쪽에는 여시가 살았다고 해서 여시골이다. 병풍을 친 것처럼 생겼다 해서
평풍바우, 뒷골 서쪽에 있는 이승골 그리고 참시암 차돌때기 등이 있다. 사
자바위를 지나 가파른 산길을 곧바로 내려섰고 건너편에 있는 금성산성으
로 향한다.

아픈 역사를 기억하고 있는 금성산성과 보국사

금성산성[사적 제353호]은 전라남도 담양군 금성면 율현리, 금성리와 용면 신성
리 그리고 전라북도 순창군 팔덕면과의 경계지점인 산성산의 약 500m 고지
에 위치하고 있는 석축산성이다.

금성산성이 있기 때문에 산성산이라고 불리는 이 산은 담양 벌판의 배후를 이루는 병풍산, 추월산, 산성산 등 산악지대의 외곽을 이루고 있다. 이 산 안에 역사적으로 유래가 깊은 금성산성이 자리 잡게 된 것은 물이 흔하고, 산성을 쌓기에 적당한 규모의 계곡을 끼고 있고, 산성 안쪽의 지형은 유순한데 외곽을 이루는 사면에는 절벽이 길게 형성되어 있어 외적의 침입을 방어하기 좋은 입지조건 때문이었다.

금성산성의 총 둘레는 약 2.7km에 이르고 내성은 약 800m쯤 되며 외성이 약 2km쯤 되는데 북쪽으로 연결된 북문은 순창 강천사 계곡으로 연결되어 있다. 확실한 축조연대는 알 수 없으나 『세종실록지리지世宗實錄地理志』에 기록되고 있는 점으로 보아 삼국시대부터 성이 있었고 고려시대에 다시 쌓은 성으로 추정되고 있으며, 1410년과 1653년에 수축되었다는 기록이 있다.

산성의 형태는 천혜의 절벽과 자연의 산세를 이용한 포곡식包谷式[63] 성으로써 입구에 남문지를 두고, 주봉인 철마봉이 강천사로 뻗은 등고선을 따라 순창과의 경계선에서 그쳤는데 여기에 북문이 있다. 또, 내성 안으로는 1개 마을을 형성할만한 넓은 평야지대가 있는데, 1688년 당시만 해도 성내 주민호수가 136호수이며 담양·순창·창평·옥과·동복 등지에서 거두어들인 군량미가 1만 2천석이나 되었다고 한다.

이 성을 조선시대에는 담양부·순창부·창평현·옥과현·동북현 등 2부 3현이 관할하였는데 상주군이 600~800명이 있었다고 한다. 난이 발생하면 대개 성안에는 병사들과 양반 그리고 관속들만이 들어가 피했는데, 이 성은 7천

63) 성내에 계곡을 포함하는 형식.

담양 보국사터

여 명이 상주할 수 있을 만큼 규모가 컸기 때문에 평민들도 들어가 난을 피했다고 한다.

내남문에서 노적봉으로 오르는 길은 가파르다. 행여 굴러 떨어질세라 조심조심 올라가 노적봉에 닿는다. 노적봉에는 사람들이 담양호를 배경으로 사진을 찍고 있고 푸른 담양호 건너 기암괴석으로 이루어진 추월산이 한눈에 들어온다. 이곳 노적봉에서 담양호를 바라보면 흡사 우리나라 지도가 그려진 듯 싶고 구불구불 이어져간 철마봉이 바라보기도 아슬아슬하다.

철마봉으로 이어지는 산성 길을 포기하고 보국사로 내려간다. 보국사를 지키고 있는 돌탑 대여섯 개가 무심하게 서 있다. 이곳 보국사는 한국전쟁 당시 회문산을 중심으로 움직이던 빨치산들의 주요거점이 돼 그때까지 남아

순창 강천사

있던 보국사가 토벌작전 때 불타버렸다고 한다. 옛 시절 보국사 대웅전이 들
어서 있었을 듯 싶은 보국사터 계단 가운데로 길이 나있고 절터에는 주춧돌
이 그대로 놓여 있다. 대나무 숲 우거진 이 절터에서 문득 목탁소리 풍경소
리가 들려올 것만 같지만 그것은 다만 기대일 뿐이다.

그곳에서 북문까지는 멀지 않았다. 북문터 500m라고 쓰인 북문터에 오르
자 담양호가 다시 발아래에 깔리고 성은 다른 성들과 달리 옛 모습 그대로다.
산성 안쪽으로 보국사터가 보이고 운대봉 바로 아래에 동문터가 있으며 이
곳에서 길은 강천산으로 이어진다. 1시간 40분쯤 계곡 길을 내려가면 강천
사에 닿을 것이다. 이렇듯 절묘한 곳에 산성을 쌓고자 설계했던 사람의 안목
이 저절로 감탄사를 불러일으킨다.

전해오는 말로 1894년 이곳 금성산성에서 동학군들과 관군들이 한판 크게 싸웠다고 한다. 그때 녹두장군 전봉준이 전투에서 지고 순창 쌍치 피노리로 부하 접주 김경천을 만나러 갔다가 밀고당해 잡힌 뒤 담양 객사에 끌려갔다. 3일 동안 갇혔던 전봉준은 나주를 거쳐 한양으로 이송돼 참수당했고 그 뒤부터 금성산성에는 관군이 주둔하지 않은 것으로 보인다. 이곳 산성 안에는 산성을 관리하던 동헌과 내아를 비롯한 여러 건물들과 보국사와 민가 등이 있었던 터가 남아 있다. 역사 속에서 피바람이 스치고 간 금성산성은 세월이 흐른 지금은 한 폭의 풍경화처럼 아름답다.

다섯 보살이 머문다는 오대산의 암자

중대 사자암, 강원도 평창군 진부면 오대산

"여행이란 어떤 장소에서 그와 떨어진 다른 장소를 가기 위해 향하는 예정이다"라고 「리트레 사전」에는 기록되어 있는데 어둠을 틈타서 가는 오대산 행은 여행일까, 아니면 일상에서 잠시 떠나는 일종의 탈출일까?

새벽 달빛을 받으며 상원사 입구에 도착했다. 살며시 문을 열고 밖으로 나간다. 아름드리 나무들 사이로 달빛은 교교하게 비추고 바람은 마치 겨울의 초입처럼 매섭게 뺨을 스치고 지나간다. 그 바람 속에 몇 잎의 나뭇잎이 떨어지고 벌써 이곳은 겨울이 성큼 내려왔다.

간단한 짐을 꾸리고 배낭마저 짊어진 채 상원사 오르는 길에 접어든다. 나무 숲 사이로 내려 비치는 달빛이 길을 열어주고 길 양쪽에는 연등 등이 바람에 흔들거린다. 계단 길은 어슴푸레하고 절은 적적하다.

평창 상원사 청량선원

청량선원清凉禪院에서 달마실을 하며

청량선원 앞에 서서 바라보는 하늘에 구름들이 쏜살처럼 날아간다. 그 구름 사이로 오리온자리가 뚜렷하고 달이 뜨는 시간은 아니지만 달마실을 해본다. 흡월정吸月精이라고 불렸던 달마실은 예부터 궁궐에서 서민들에 이르기까지 널리 퍼져 있던 풍습이었다.

날받이를 한 아가씨는 음력 열흘부터 보름까지 달이 부푸는 동안 흡월정이라는 복기를 강요했다. 달이 갓 뜰 때 달을 맞바라보고 서서 숨을 크게 들이마시는 것이다. 그리고는 머리가 아찔할 정도로 뱉는다. 이 기간을 한 숨통이라고 부르는데 이때 유모나 이모 같은 집안 어른이 엄하게 감시한다. 이 유

235

모가 손뼉을 치며 "한 숨통, 두 숨통, 세 숨통" 박자를 맞춤에 따라 복기를 하므로 고된 시련의 하나가 흡월정이었다. 대게 3,5,7,9 홀수의 숨통으로 마시는데 아홉 숨통까지 흡기를 한 뒤에는 어찌나 힘이 드는지 땅바닥에 주저앉아 버리거나 나무기둥을 붙들고 엉엉 울어버리기 일쑤였다고 한다.

한편 왕궁에서는 승은承恩을 입을 순서가 닥쳐온 궁녀들의 흡월정의 습속習俗은 대단했다고 한다. 많은 달을 먹음으로서 아이를 낳을 수 있는 음기를 왕성하게 하여 왕자라도 낳게 되면 가자加資라는 영화로운 신분으로 뛰어오르기 때문이었다. 지나간 옛날 우리네 어머니, 할머니 또 누이들도 달 밝은 날, 달의 정기를 받아들여 아들을 낳기 위해 서른 번을 넘게 달을 마시다가 기절을 하기도 했다.

이 새벽 흐르는 것이 달인가, 산인가 혹은 구름인가, 마음인가 분별조차 하지 못한 채 청량선원 문을 열고 들어간다. 방 안은 따뜻하다. 따뜻함으로 금세 마음은 데워지고 그 따뜻함에 감사라는 마음으로 보살을 바라다보며 행자승인 듯 싶은 스님이 외우는 천수경 소리를 듣는다. 오대산을 깨울 듯이 잠든 모든 만물들을 깨우기라도 할 듯이 목탁소리는 애련하게 마음에 파고들어 108배를 정성스럽게 올린다.

상원사에서 범종소리 들린다. 나라 안에 제일가는 종을 꼽으라면 상원사의 동종과 경주의 에밀레종을 꼽을 것이다. 그 소리가 지금 저렇게 청아하게 천상의 소리인 듯 울려 퍼지고 있고, 세조가 친견했다는 문수보살만이 우리들을 그윽하게 보고 있다. 상원사 공양간에서 이른 아침 공양을 끝내고 먼저 오대산 답사 길에 오른다.

보물 제1995호 | 평창 오대산 중대 적멸보궁 平昌 五臺山 中臺 寂滅寶宮

단풍으로 곱게 물든 적멸보궁

요사채를 지나 적멸보궁[보물 제1995호]으로 오르는 길은 단풍이 한창인데 벌써 떨어진 나뭇잎들은 볕 밑에서 부스러지고 있다. 이보다 더 아름다운 길을 찾을 수 있을까. 단풍잎들이 휘늘어지고 바람에 흔들거리는 길은 잘 닦인 산책로처럼 정갈하다. 가을 단풍이 절정에 이른 이때 울긋불긋한 단풍들의 사각거리는 합창소리가 들리고 푸르게 솟은 전나무와 울울창창한 산들 사이로 아침 안개가 피어오르니 발길은 소풍 나가는 어린 아이처럼 가볍고도 가볍다.

능선에 올라서자 바람이 매섭다. 한껏 퍼진 햇살은 적멸보궁에 내려앉고 부는 바람에 누군가의 정성으로 매달려 있는 연등들이 흔들린다. 이 적멸보궁에 서서 바라보면 동서남북으로 적멸보궁을 에워싼 오대산이 한눈에 들어온다. 이곳 오대산을 두고『택리지擇里志』를 지은 이중환은 다음과 같이 평했다.

설악산의 남쪽에 있는 오대산은 흙산으로 바위와 골짜기들이 겹겹으로 막혀져 있다. 가장 위에는 다섯 개의 대가 있어 경치가 훌륭하고 대마다 암자 하나씩이 있다. 그 중 한 곳인 중대(中臺)에는 부처의 사리가 안치되어 있다. 상당부원군 한무외가 이곳에서 선도를 깨닫고 신선으로 화했는데, 연단할 복지를 꼽으면서 '이 산이 제일이다' 했다. 예로부터 이 산은 전란이 침입하지 않았으므로 국가에서는 산 아래 월정사 옆에다가 사고를 지어 역조실록을 갈무리하고 관리를 두어 지키게 하였다.

신령한 산으로 이름이 높은 오대산은 여러 기록에 의하면 신라의 두 왕자인 보천, 효명이 중대 비로봉에서 1만 문수보살을 친견하였다고 한다. 효명태자(성덕왕)는 왕위에 오른 지 4년이 되던 705년에 현재의 상원사 터에 진여원을 창건하면서 문수보살상을 봉안하였다고 한다. 그리고 725년에 동종을 주조하였다는 설도 있으며 자장율사가 선덕여왕 14년(645)에 세웠다는 설도 있다.

오대산은 금강산, 지리산, 한라산과 더불어 나라 안에서 가장 신령스러운 산으로 삼신산三神山에 들었다. 옛 사람들은 이곳을 '삼재가 들지 않는 명당터'라고 여겼고 '어떤 재앙이 닥쳐도 안전한 땅'이라고 믿었기 때문에 불교의 성지로 발전하게 된 것은 매우 자연스러운 일이다.
연꽃을 닮았다는 오대산의 다섯 봉우리에 얽힌 사연은 불교설화에서 비롯된 이야기로, 대부분의 기록들은 이곳을 중국의 산시성에 솟아 있는 같은 이름의 오대산과 함께 불교에서 석가여래의 왼쪽에 자리 잡고, 지혜를 다스리는 보살로 추앙받는 문수보살이 머무는 곳이라고 적고 있다. 그러므로 이 산은 그 이름부터가 중국의 불교신앙과 이어져 있음을 알 수 있다.

『삼국유사三國遺事』에 의하면 자장율사가 중국의 오대산에서 "그대 나라의 동북쪽 명주 땅에 오대산이 있고 거기에 만 명의 문수보살이 늘 머물고 있으니 뵙도록 하시오"라는 깨우침을 받고 돌아온 뒤 이곳 오대산이 불교의 성지로 터전을 잡게 되었다고 적고 있다.

신라 선덕여왕 때인 643년에 이 산에 온 자장율사는 풀을 엮어 집을 짓고 문수보살을 만나려고 했으나 사흘 동안 음산한 날씨가 계속되어 뜻을 이루지 못하고 돌아가게 되었다고 한다. 고려시대 말기에 민지라는 사람은 자장율사가 머물렀던 곳이 바로 지금의 월정사터이며 그때부터 오대산이 '열려서' 월정사가 세워진 것으로 기록하였고, 오대산에 문수보살이 머물고 있다는 오대산 신앙이 『화엄경華嚴經』에 바탕을 두고 중국의 영향을 받아 이곳에 터를 잡았으며 나아가 일본으로까지 번졌다고 보고 있다.

다섯 보살이 머문다는 오대산 신앙

진여원에서는 매일 인시(새벽 4시)가 되면 문수보살이 부처님 얼굴이나 36개의 변형된 얼굴로 나타났으며, 보천과 효명 두 왕자가 골짜기의 물을 길어다가 차를 달여서 만 명의 문수보살에게 공양했다고 한다.

이곳의 다섯 '대'에 자리 잡은 암자들은 중대의 사자암을 위시하여 동대의 관음암, 서대의 수정암, 남대의 지장암, 북대의 미륵암으로 저마다 고유한 이름을 갖고 있지만, 언제부터인지 비구니들의 승방인 남대의 지장암 하나만이 계속 지장암이라고 부르고 나머지는 그냥 중대사, 동대사, 서대사, 북대사로 부르고 있다. 이 암자들은 오늘날 대한불교조계종의 제4교구 본사인 월정사에 딸린 말사로 등록되어 있다.

오대산의 으뜸 봉우리인 비로봉의 산허리에 자리 잡고 있는 중대 사자암을 지나 한참 오르면 적멸보궁이 나타난다. 이곳이 일찍이 자장율사가 당나라에서 가지고 온 석가모니의 정골 사리 곧 머리뼈 사리를 모신 곳으로서 오대산 신앙을 한데 모으는 구심점으로 나라 안에 석가모니의 사리를 모신 다섯 보궁 중의 한 곳이다. 이곳을 찾는 참배객들은 먼저 그 아래의 오솔길 가에서 솟아나는 용안수의 샘물에서 몸과 마음을 깨끗이 씻은 뒤에 발길을 위로 옮기게 된다. 이곳의 땅 생김새는 용을 닮았으며 적멸보궁은 용의 머리에, 용안수는 용의 눈에 해당한다고 한다.

적멸보궁은 정면 3칸 측면 2칸의 건물인데 어디쯤에 석가모니의 머리뼈인 사리가 모셔져 있는지 알 길이 없으며 불상조차 놓여 있지가 않다. 건물 뒤쪽 석단을 쌓은 자리에는 50cm 정도 크기의 작은 탑이 새겨진 비석이 서 있다. 이것은 진신사리가 있다는 세존진신탑묘世尊眞身塔墓이다.

그렇듯 온 산이 부처의 몸이라고 볼 수 있는데 금당에다 쇠붙이로 만든 불상을 모시는 일 자체가 부질없는 일일 것이다. 신앙심이 깊은 불교신자들이 오대산이라면 월정사나 상원사보다 적멸보궁을 먼저 찾는 이유가 여기에 있다.

적멸보궁이 있는 상원사

오대산의 중심을 이루는 줄기인 비로봉 아래 용머리에 해당하는 지점에 자리 잡은 적멸보궁 터는 조선 영조 때 어사 박문수가 명당이라 감탄해 마지않은 터이다. 팔도를 관찰하다 오대산에 올라온 박문수는 이곳을 보고 "승도들이 좋은 기와집에서 일도 않고 남의 공양만 편히 받아먹고 사는 이유를 이제야 알겠다"고 했다고 한다. 세상에 둘도 없는 명당자리에 조상을 모셨으니 후손이 잘되지 않을 수 없다는 이야기였는데 승도들의 조상묘라는 것은 적멸보궁을 말하는 것이었다.

가을 햇살이 나무 숲 사이를 헤집고 내려오는 산길을 따라 적멸보궁에서 내려오면 상원사 청량선원에 이른다. 이곳 상원사에 『단종애사端宗哀史』에서 악역을 맡았던 세조에 얽힌 일화가 있다.

친조카인 단종을 몰아내고 임금의 자리에 오른 세조가 괴질에 걸린 것은 바로 뒤였다. 병을 고치기 위해 이곳을 찾아온 세조가 월정사를 참배하고 상원사로 올라가던 길이었다. 물이 맑은 계곡에서 세조는 몸에 난 종기를 따르던 사람들에게 보이지 않으려고 멀리 떨어져서 몸을 씻고 있는데, 동자승 하나가 가까운 숲 속에서 놀고 있었다. 세조는 그 아이를 불러서 등을 밀어달라고 부탁한 뒤에 "어디 가서 임금의 몸을 씻어주었다는 말을 하지 말라"고 말하자 그 아이 또한 "임금께서도 어디 가서 문수보살을 직접 보았다는 말을 하지 마시오"라고 대답하고는 어디론가 사라져 버렸다.

깜짝 놀란 세조가 두리번거리며 찾았지만 문수보살의 모습은커녕 아무것도 보이지 않았다. 그런데 이상한 것은 그토록 오랜 동안 괴롭히던 종기가 씻은

국보 제221호 | 평창 상원사 목조문수동자좌상 平昌 上院寺 木造文殊童子坐象

듯이 나아 있었다. 감격에 겨운 세조는 기억을 더듬어 화공에게 동자로 나
타난 문수보살의 모습을 그리도록 하였고, 그 그림을 표본으로 나무에 새겨
만들었다는 문수동자상[국보 제221회]을 상원사의 법당인 청량선원에 모셨다.

다음해에 상원사를 다시 찾은 세조는 다시 한 번 이적을 경험한다. 상원사 불
전으로 올라가 예불을 드리려는 세조의 옷소매를 고양이가 나타나 물고 못
들어가게 하였다. 이상하게 생각한 세조가 밖으로 나와 법당 안을 샅샅이 뒤

지게 하자, 탁자 밑에 그의 목숨을 노리는 자객이 숨어 있었다는 것이다. 고양이 때문에 목숨을 건진 세조는 상원사에 '고양이의 밭'이라는 뜻의 묘전猫田을 내렸으며 그 뒤에 세조는 서울 가까이에도 여러 군데에 묘전을 마련하여 고양이를 키웠다. 서울의 강남구에 있는 봉은사에 묘전 50경을 내려 그 고양이들을 키우는 비용에 쓰게 했다고 하며 그 밭을 얼마 전까지도 묘전이라고 불렀다. 이런 일들을 겪은 세조는 그 뒤에 상원사를 다시 일으키고 소원을 비는 원찰로 삼았고 문수동자상을 봉안했다.

이후 몇 차례 중창되다가 1907년 수월화상이 방장으로 있을 때 크게 선풍을 떨쳤으며, 현재의 건물은 1947년에 금강산에 자리 잡고 있는 마하연의 건물을 본 따 지은 것이지만, 이름 높은 범종이나 석등은 그때에 조성된 것들이다.

상원사는 청량선원, 소림초당, 영산전, 범종을 매달아 놓은 통정각 그리고 뒷채로 이루어져 있다. 6.25의 비극을 맞아 군사작전이라 하여 오대산의 다른 모든 절 건물들을 불태웠을 때에도 상원사의 건물들은 문짝밖에 불타지 않았다. 방한암 스님이 한국전쟁 때 불태워질 위기에 처해 있던 상원사를 지켜낸 이야기는 지금도 사람들에게 회자되고 있다. 삼십년 동안이나 상원사의 바깥으로는 한 발짝도 나가지 않고 참선을 한 것으로 이름 높은 방한암 선사가 절과 운명을 같이하려는 각오로 버텼기 때문에 어쩔 수 없이 문짝만 불태웠다고 한다.

방한암 선사에 대해서는 여러 가지 이야기가 신화처럼 전해지고 있으며 이곳에서 불법을 닦는 이들은 선사가 고요히 앉은 채로 입적한 사진을 돌려보며 스스로를 채찍질한다. 오대산 신앙의 중심이 되는 중대의 사자암에 가면 선사가 이곳으로 오면서 짚고 와서 꽂아 놓은 지팡이가 살아서 해마다 잎을

국보 제48-1호 | 평창 월정사 팔각 구층석탑 平昌 月精寺 八角 九層石塔

틔운다는 단풍나무를 볼 수 있다.

상원사에서 내려오는 길은 단풍나무가 곱고도 찬연하게 우거진 길이고 그 길의 끝자락 전나무 숲 우거진 곳에 월정사가 있다. 오랜 역사를 간직한 월정사는 한국전쟁 당시에 깡그리 불타버리고 역사의 흔적으로 남아 있는 것은 별로 없다. 월정사라는 이름의 연원이 한국불교연구원이 발행한 『월정사』에서 다음과 같이 밝히고 있다.

> 사승(寺僧)의 말에 의하면 오대산 동대에 해당하는 만월산 아래 세운 수정암이 훗날 월정사가 되었을 것이다. 월정사의 '月'과 만월산의 '月'을 연관시킨 이러한 견해는 주목할 만하다. 그러나 『동국여지승람(東國輿地勝覽)』「강릉불우」조에는 월정사와 수정암이 별개의 사찰로 기록되어 있어 사승의 이 같은 이야기에 문제가 없는 것은 아니다. 그렇다고 이 월정사 사명(寺名)의 유래를 밝힐 수 있는 자료가 있는 것도 아니다. 아무래도 사승의 얘기대로 만월산의 '월(月)'과 수정암의 '정(精)'을 관련지어 보는 것은 흥미로운 일이라고 생각된다.

월정사에는 대적광전 앞 중앙에 서 있는 팔각9층석탑[국보 제48-1호]과 그 탑 앞에 두 손을 모아 쥐고 공양하는 자세로 무릎을 꿇고 있는 석조보살좌상[국보 제48-2호]이 있다.

적광전 앞 석탑은 자장율사가 건립하였다고 전해오지만 고려양식의 팔각9층석탑을 방형 중심의 3층 또는 5층이 대부분이었던 신라시대의 석탑으로 보기에는 아무래도 좀 무리가 있고 고려 말기에 세운 것으로 추정된다.

국보 제48-2호 | 평창 월정사 석조보살좌상 平昌 月精寺
石造菩薩坐像

자장율사가 월정사를 세웠다는「월
정사 중건 사적비」의 기록에도 불구
하고 고려시대의 탑으로 추정하는
이유는 고려시대에 와서야 다각다
층석탑이 보편적으로 제작되었으
며, 하층 기단에 안상眼象과 연화문
이 조각되어 있고, 상층기단과 피
임돌이 세워져 있기 때문이다. 만
주를 비롯한 북쪽 지방뿐만이 아니
라 묘향산 보현사에 팔각13층석탑
이 있고 여러 곳에 팔각다형탑이 있
는 것을 보면 고구려 양식을 계승
한 것이 아닌가 하는 견해도 있으며,
탑의 양식으로 보아 탑을 세웠던 때
를 아무리 올려 잡아도 10세기 이전까지는 거슬러 올라가지 않을 것 같다.

월정사 팔각9층석탑은 한국전쟁 때 석재가 파손되고 기운 것을 1970년과
1971년에 해체·복원했다. 복원 당시 부처님 사리와 유물이 출토되었으나 연
대를 확인할 수 있을만한 유물은 발견되지 않았다. 각 층의 체감률은 작지만
기단부가 안정된 편이어서 경쾌하게 하늘로 솟은 듯하다. 상하 2층의 기단
부는 4장으로 짜인 지대석 위에 놓여 있다. 하층 기단부의 면석 각 면에는 안
상이 2구씩 음각되어 있고, 갑석은 연화문으로 장식되었다.
탑의 높이는 약 15.2m로, 다각다층석탑으로는 가장 높다. 아래위로 알맞

은 균형을 보이고 있으며 각 부에서 확실하고 안정감 있는 조각수법을 보이고 있어 고려시대 다각다층석탑의 대표가 될 만하다. 그 앞에 석조보살좌상이 있다.

팔각9층석탑을 향해 정중하게 오른쪽 무릎을 끊고 왼쪽 무릎을 세운 자세로 두 손을 가슴에 끌어다 모아 무엇인가를 들고 있는 모습인데, 연꽃등을 봉양하고 있었을 것으로 짐작된다. 왼쪽 팔꿈치는 왼쪽 무릎에, 오른쪽 팔꿈치는 동자상에 얹고 있다. 보살좌상은 웃고 있는 듯이 보이는데 마멸이 심해 보살좌상인지 동자상인지 조차 구별하기가 쉽지 않다. 이 보살상은 『법화경法華經』에 나오는 '약왕藥王보살상'이라고 하는 견해가 있으나 그 명칭에 대해서는 단정하기 어렵다. 전하는 이야기로는 자장율사가 팔각9층석탑을 조성할 때 함께 세웠다고 하나, 탑과 함께 고려 초기의 작품으로 추정된다.

정추는 그의 시에서 "자장慈藏이 지은 옛 절에 문수보살이 있으니 탑 위에 천년동안 새가 날지 못한다. 금전金殿은 문 닫았고 향연이 싸늘한데, 늙은 중은 동냥하러 어디로 갔나"라고 노래하였다. 그러나 지금은 그 옛 절은 사라지고 산뜻한 새 절을 바라보는 팔각9층탑만 외롭게 가을 햇살에 빛나고 있었다.

신라 풍수지리의 명당터

수도암, 경북 김천시 증산면 수도산

수도산의 청암사와 수도암을 만나기 위해 여정을 꾸렸지만 그것 역시 사람의 일이라 예정과는 다르다. 단풍이 고운 수도산에서 가야산 자락을 보리라 마음먹었었는데 이미 단풍은 지고 만 뒤라 단풍의 잔해만을 보고 올 듯싶지만 어쩌겠는가. 그 역시 우리 생의 단 한번뿐인 만남이 아니겠는가 생각하며 무주 설천리 나제통문을 넘어 경상북도 땅에 접어들었다.

대덕 지나 가리재를 넘어 평촌리에 도착한 것은 10시쯤이었다. 평촌리에서 길은 두 갈래로 나뉜다. 청암사 가는 길과 수도암 가는 길. 우리들은 애초에 마음먹은 대로 청암사 가는 길을 택한다. 스산한 바람이 불고 날은 차다.

청암사, 소나무와 전나무로 둘러싸인 한 폭의 그림

청암사 가는 길은 소나무와 전나무 그리고 참나무 숲이 어우러져 한 폭의 그림처럼 펼쳐져 있고 떨어진 나뭇잎들은 저희들끼리 외롭다. 불영산 청암사라고 쓰인 일주문을 지난다. 1686년 가을 청암사에 왔던 우담 정시한은 이절에서 한 편의 일기를 썼다.

> 저녁을 들고 나서 혜원·승헌 노스님 그리고 효선 스님과 함께 쌍계사로 걸어 내려오노라니 양쪽 골짜기 사이로 계곡을 따라 붉게 물든 나뭇잎과 푸른 소나무가 길을 에워싸고 물은 쟁쟁거리며 음악을 들려준다. 고승 두어 분과 소매를 나란히 해 천천히 걸으며 걸음마다 (경치를) 즐기니 사뭇 흥취가 깊다.

정시한의 일기 속에서 나오는 쌍계사는 그 당시 청암사를 거느렸던 본사였으나 지금은 증산 면사무소 뒤편에 주춧돌 몇 개와 연꽃 두어 송이를 조각한 비례석만 남은 폐사지로 남아 있을 뿐이다.

나뭇잎 밟는 발자국 소리를 따라 천천히 걸으면 천왕문이 보이고 그 우측에 회당비각과 대운당 비각 및 청암사 사적비가 서 있다. 화엄학으로 이름을 날렸던 회암 정혜 스님의 비각은 영조 때 우의정을 지냈던 귀록 조현명이 지었으며 대운당 비각은 청암사의 역사를 기록하고 있다.

현재 직지사의 말사인 청암사는 858년(헌양왕 2) 도선국사가 창건하였고 혜철이 머무르기도 하였다. 조선 중기에 의룡율사가 중창하였고 1647년에 화재로 불타버리자 벽암 스님이 허정을 내어 중건하였으며 1782년(정조 6)에

김천 청암사 대웅전

다시 불타자 환우와 대운 스님이 20여 년이 지난 후에 중건하였다. 그 뒤 여러 차례 중건과 화재를 거듭한 후에 1912년에 다시 지어 오늘에 이르고 있다. 남아 있는 절 건물은 대웅전, 육화전, 진영각, 전법루, 일주문, 사천왕문 등이 있고 산내 암자로는 개울 건너에 극락암과 부속암자인 수도암이 있다. 천왕상이 곱게 그려진 천왕문을 지나면 다리가 나타나고 그 다리 아래를 흐르는 물에 형형색색의 단풍잎들이 떨어져 흘러간다. 물은 저리도 맑고 그 흐르는 소리 또한 옥구슬을 굴리는 듯 청아한데 문득 고개를 들면 바위 벽마다 새겨진 이름들 속에 최송설당崔松雪堂이라는 이름이 보인다. 이 절 청암사와 관련이 많은 사람인 최송설당은 영친왕의 보모상궁이었다. 그는 영친왕의 생모였던 엄비와 고종의 비호 아래 수많은 재산을 모았고 대운 스님과의 인연으로 두 번에 걸쳐 절을 크게 중수할 수 있었다.

비구니 승가대학이 있어서 100여 명의 스님이 오순도순 모여 살고 있는 청암사에 도착했을 때에는 제를 올리는지 수많은 사람들이 대웅전 앞마당까지 서 있었다. 우물가에는 한 스님이 무말랭이를 널고 있었고, 극락암 쪽에서 파르라니 머리를 깎은 두 스님이 부지런히 대웅전 쪽으로 오고 있었다. 3층 석탑 뒤편에 서 있는 이 청암사 대웅전에는 협시보살도 없이 부처님 한 분이 앉아 있는데 이 불상은 1912년 불사를 끝낸 대운 스님이 중국 강소성 창주에서 만들어 온 불상을 모셨다고 한다.

스님들의 소맷자락 스치는 소리를 뒤로하고 수도암 가는 골짜기 길로 접어든다. 수도산의 비경들이 숨어 있는 이 골짜기를 오르지 않는다면 수도산에 깃들여 있는 신령들이 서운해할 것이다. 물론 수도암 가는 길이 이 산길로 가는 길만이 있는 것은 아니다. 다시 왔던 길을 내려가 장뜰마을에서부터 20여 리를 오르고 또 오르면 수도암이 나타날 것이고, 그 길이 얼마나 아름다운 길인지 가 본 사람들은 알 것이다. 하지만 이 수도산 자락의 품안에 안겨서 사람들의 자취가 사라진 길을 걷는 즐거움 또한 그 못지않은 아름다움일 것이다.

나무숲들은 초입부터 울창하다. 옛 시절 벌목을 위해 만들었던 것인 듯 숲은 제법 넓지만 사람의 발길이 뜸해지면서 겨우 사람 하나가 다닐 만큼 뚫려 있을 뿐이다. 나뭇잎들이 수북이 덮인 길을 걸으며 베를레르의 시 한 구절을 읊조린다.

시몬 나뭇잎 떨어진 숲으로 가자……. 시몬 너는 좋으냐, 낙엽 밟는 발자국 소리를.

초겨울 산속에서 아무도 밟지 않은 낙엽을 밟는 그 즐거움을 어디에 견줄 수 있을까. 40분쯤 올라 지장대에 이른다. 열 명이 아니라 스무 명쯤은 너끈히 앉을만한 평평한 바위는 흡사 누군가가 일부러 깎아놓은 듯도 싶고 고인돌이 아닐까도 싶다. 구름 낀 하늘이 보이고 그 사이 스치는 붉은 열매를 살펴보니 오미자 열매다.

오미자는 달고, 시고, 쓰고, 맵고, 짠 다섯 가지의 맛을 가지고 있기 때문에 오미자五味子라고 한다. 특히 여름에 땀을 많이 흘리는 사람이 복용한 후에는 갈증이 제거되고, 오래도록 잘 치유가 되지 않는 해소에 사용하면 기침이 멎게 되며, 민간에서는 차와 술 또는 여름 화채에 사용해 일반적으로 활용도가 높은 약재가 오미자이다.

잎들이 다 떨어진 줄기에 빨갛게 매달려 있는 오미자 열매를 한 알 따서 먹는다. 상큼하면서도 감칠맛 나게 시디신 오미자 향이 온몸을 후비고 지나가고 길은 다시 이어진다. 희미한 길은 가다가 끊어지고 그리고 다시 나타난다. 불과 몇 주 전만 해도 아름다웠던 단풍들은 쭈그러든 채 말라붙어 나무에 매달려 있다.

떨어진 나뭇잎들을 바라보면 정말로 시인이 된 것 같다. 시인이나 철학자가 어디 따로 있는가. 떨어진 나뭇잎을 바라보다가 인생의 무상을 느끼는 사람도 시인이고, 아직 지지 않는 푸른빛 나뭇잎에서 생명의 온기를 느끼는 사람 또한 철학자가 아니겠는가.

이런 자연의 경치에 취해서 이태백은 "청풍명월은 한 푼이라도 돈을 들여 사는 것이 아니다"라고 하였고 소동파는 「적벽부赤壁賦」에서 다음과 같이 이야기했다.

저 강위(江上)의 맑은 바람과 산골짜기(山間)의 밝은 달이여, 귀로 듣노니 소리가 되고 눈으로 보노니 빛이 되도다. 갖자 해도 금할 사람이 없고 쓰자 해도 다할 날이 없으니 이것은 조물(造物)의 무진장(無盡藏)이다.

그러나 스스로가 하나의 우주宇宙이므로 세상이 그의 것이라고 해도 틀리지 않는 말이라고 여기면서도 그 세상 맑은 바람과 밝은 달을 진정으로 가기의 것으로 여기며 즐길 줄 아는 사람이 과연 몇이나 될까.

바람에 나무들이 흔들리고, 그 흔들림으로 떨어진 나뭇잎들이 바람에 쓸려 간다. 떨어진 나뭇잎들은 움푹 파인 길을 절반 넘게 덮고 그 위에 앉았다가 몸을 누인다. 바스락거리며 따스하게 온몸을 데워주는 나뭇잎들의 경이도 경이지만 헐벗은 겨울나무들이 서로 부딪치며 내는 소리들은 가슴을 저미게 하고, 나뭇잎이 쌓인 길은 어쩌면 푹 쌓인 눈밭은 헤쳐 가는 것처럼 팍팍하다.

수도암은 어디에 있는가?

사그락 사그락 낙엽 밟는 소리에 마음은 흔들리고 수도암 가는 길은 아직도 보이지 않는다. 날은 전형적인 초겨울 날씨답게 구름이 잔뜩 끼어 우중충하고 어쩌다 잠시 비추이는 겨울 햇살은 그다지 따뜻하지 않다. 어디에서 어디로 가는 걸까? 끝없는 길이 끝에 다다르는 시간은 언제쯤일까? 생각하는 사이에 능선에 다다른다.

능선에 올라서자 바람은 더욱 드세다. '수도암 너 어디에 있느냐' 마음속으로 물으며 오르는 능선 길에는 서릿발이 어려 있다. 아직 겨울을 만나지 않으려고 했는데 이 수도산에서 먼저 만나고 말았다. 그 서릿발을 바라보는 순간 모닥불이 그리워지고 따뜻한 아랫목이 그리워지고 무엇보다도 마음이 따뜻한 사람이 그리워진다.

두 개의 봉우리를 넘어서자 드디어 산 바로 아랫자락에 수도암 가는 길이 나타난다. 지금은 점심시간인데 수도산 정상을 향해 올라갈까, 아니면 돌아갈까 잠시 고민한다. 옛말에 "짐이 무겁고 길이 멀면 땅을 가리지 않고 쉬며, 집이 가난하고 어버이가 늙으면 녹봉을 가리지 않고 벼슬을 한다"고 하였는데, 언제 닿을지 모르는 이 산 정상을 꼭 가야 할까 망설였지만 "바로 지금이지 다른 시절은 없다"고 임제선사는 말하지 않았는가.

바라보면 수도산 정상은 멀지 않다. 걸어가는데 얼굴빛이 해맑은 젊은 스님이 바람처럼 앞질러가고 그 앞에 한 무리의 등산객들이 앉아 있다. 벌써 수도암에 거주하는 듯한 스님은 수도암 정상에 올라갔다가 내 곁을 스치며 내려가고 이제 정상은 멀지 않다. 가쁜 숨소리가 더욱 깊어질 때, 정상에 올라갈 것이고 곧이어 서둘러 지상을 향해 내려갈 것이다.

정상에 다다르며 몇 개의 돌탑들을 만난다. 아무렇게나 서툴게 쌓아놓은 저 돌탑들은 누구의 정성으로 쌓여졌을까. 마침내 수도산 정상에 섰다. 수도산 1,317.8m 표지석 앞에 서면서 이 산정에 희미한 눈발이 흩날리는 것을 본다. 멀리 가야산의 상봉에서부터 보이는 것 모두가 산이고, 그 산자락 아래 구석구석마다 사람들이 살고 있는 마을들이 보인다.

수도산은 경상북도 김천시 증산면과 가야산 일대의 높은 산이다. 단지봉(1327m)과 두리봉(1133m)을 지나면 해인사를 품에 안은 가야산(1430m)이 눈 안에 가득 찬다. 뾰족뾰족한 바위 봉우리를 자랑스럽게 드러낸 남산 제일봉(1112.9m)이 한눈에 들어온다. 그리고 이 산 건너편에 거창 방면으로 흰대미산(1018m)이 보이고 서북쪽으로는 민주지산과 덕유산을 잇는 삼봉산(1264m)이 보이며 북동쪽으로는 팔공산이 어슴푸레하다.

수도암이 겨울나무 사이로 언뜻 보이고 '수도산 삼봉 가는 길'이라는 표지판을 지나며 수도암에 접어든다.

풍수지리의 명당, 수도암터

우리나라 풍수지리학의 원조인 도선국사가 청암사를 창건한 후 수도처를 찾아 수도산 내를 헤매다가 지금의 이 절터를 발견하고 어찌나 마음이 흡족하였던지 칠일 밤낮을 덩실덩실 춤을 추었다고 전해진다. 그럴 것이다. 명산 중에서도 절이 있는 산은 좋은 산이고, 절이 있는 곳이 가장 좋은 터라고 옛사람들은 말하지 않았던가. 그때나 지금이나 수행자들이 끊임없이 몰려드는 이 수도암을 조선 후기의 학자인 우담 정시한은 「산중일기山中日記」에서 다음과 같이 평했다.

> 산세를 두루 살펴보니 사방이 빈틈이 없는데다 지세는 높고도 넓다. 또 절터는 평탄하고 바른 것이 마치 가야산으로 책상을 삼은 듯하다. 봉우리 꼭대기에는 흰 구름이 왔다 갔다 하여 무궁한 느낌을 주는데, 앞문을 열어 젖혀놓고 종일토록 바라보니 의미가 무궁한 것이 실로 절경이었다. 더 머무르고 싶으나 가야할 길이 있으므로 그렇게 못하는 것이 한스럽기조차 하다.

보물 제296호 | 김천 청암사 수도암 석조보살좌상 金泉
青巖寺 修道庵 石造菩薩坐像

수도암터는 풍수지리상 옥녀직금형玉女織錦形, 즉 옥녀가 비단을 짜는 형국이라고 한다. 이때 멀리 보이는 가야산 상봉은 실을 거는 끌게 돌이 되고, 뜰 앞의 동서 양 탑은 베틀의 두 기둥이 되며, 대적광전 불상이 놓인 자리는 옥녀가 앉아서 베를 짜는 자리가 된다는 것이다.

이 수도암은 1894년 동학농민혁명과 한국전쟁 때 공비소탕이라는 명목으로 불타버렸던 것을 최근에야 크게 중창하였다. 절 건물로는 대적광전과 약광전, 나한전, 법전 등의 건물이 있

보물 제297호 | 김천 청암사 수도암 동·서 삼층석탑 金泉 青巖寺 修道庵 東·西 三層石塔

으며 문화재로는 약광전 석불좌상[보물 제296호]과 3층석탑 2기[보물 제297호] 그리고 석조비로자나불좌상[보물 제307호]이 남아 있다.

약광전의 문을 열고 들어간다. 약광전 석불좌상은 적막강산 속에서 세상을 굽어보고 있다. 약광전의 석불좌상은 도선국사가 조성한 것으로 전해진다. 금오산 「약사암 중수기」에는 다음과 같이 기록되어 있다.

보물 제307호 | 김천 청암사 수도암 석조비로자나불좌상 金泉 靑巖寺 修道庵 石造毘盧遮那佛坐像

> 옛날부터 내려오는 전설에 지리산에 세 분의 석불이 있어 3형제 부처라 부른다. 그 하나는 금오산 약사암에 모시고 또 하나는 직지사 삼성암에 모시고 다른 하나는 이곳에 모셨다.

이 불상의 머리 부분에는 보관을 장식했던 흔적이 보이는데 이는 약광보살의 머리에 금속관을 설치했던 것으로 흔하지 않은 예이다.

약광전을 나서자 바람이 불고 절 마당에는 떨어지는 나뭇잎들로 스산하기만 했다. 대적광전에는 스님의 독경소리, 목탁소리가 흘러나오고 문 앞 댓돌 밑에는 신발들이 가지런히 놓여 있다. 대적광전은 낮은 축대와 짧은 기둥 때문에 지붕에 눌린다는 평을 받고 있지만 내소사 대웅보전 문살만큼은 아

김천 청암사 수도암

닐지라도 아름다운 문살 때문에 보는 이들의 마음에 진한 감동을 몰고 온다.
대적광전 안으로 들어가자 마치 청량사의 석조불상이나 완주 송광사 대웅
전의 불상만큼이나 큰 크기로 사람을 압도하는 석조비로자나불상이 가야산
자락을 바라보듯 정 중앙에 앉아 있다. 앉은키의 높이가 251cm, 머리의 높
이가 70cm에 이르는 이 불상은 석굴암 본존불과 맞먹는 크기이다. 이 불상
에는 재미있는 이야기 한 토막이 전해온다.

이 불상을 불당골이라는 거창의 한 마을에서 만들어 옮겨 올 때 사람들이 그
크기가 너무 커서 쩔쩔매고 있는데 한 늙은 중이 나타나더니 등에 업고 마
구 달려왔다. 그런데 그만 수도암 입구에 다다른 노승은 칡넝쿨에 발이 걸
려 넘어지고 말았다. 화가 난 늙은 중이 불상을 내려놓은 뒤 산신을 불러 "부

처님을 모셔 가는데 칡넝쿨이 웬 말이냐! 앞으로는 절 주위에 일체 칡이 자라지 못하도록 하라"고 호통을 치고 사라졌다. 그 뒤로 지금까지 수도암 근처에는 칡이 자라지 못하였으며 지금도 칡을 찾기가 어렵게 되었다고 한다.

수도암 석조비로자나불상은 조각수법에서는 석굴암의 본존불보다 뒤떨어지지만 개태사의 삼존불상이나 관촉사의 석조미륵보살 등의 고려 초기 석불에 비해 우수하므로 신라 말기 900년을 전후해 만들어진 것으로 보인다. 대적광전 앞에는 석등이 있고 그 좌우로 3층석탑이 서 있다. 동서 양 탑은 양식이 서로 다를 뿐만이 아니라 탑과 대적광전과의 거리가 너무 멀어 본래부터 쌍탑의 형식으로 만들어졌다고 보기는 어렵다. 그 당시 신앙적 요청에 의하여 별개의 장소에 다른 양식으로 건립되었다고 추정할 뿐이다.

서탑은 이중기단을 가진 3층석탑으로 2,3층 옥신과 옥개를 잘 유지하고 있고 지붕돌의 층급은 차례로 1층 다섯에 2층 다섯, 3층 넷이며 상륜부는 노반, 보륜, 보주만이 남아 있다. 동탑은 단층기단을 한 3층으로, 기단에는 면석을 가득 채운 안상을 하나씩 4면에 새겼으며 1층 몸돌에는 각 면을 네모지게 깊숙이 판 후 불상을 한 구씩 돋을새김으로 새겼다. 동서 양 탑 모두 대적광전 안에 위치한 석조비로자나불좌상과 같은 시대인 9세기 후반에 건립되었을 것으로 여겨진다.

대적광전 앞 문살 앞에 서서 가야산을 건너다본다. 그 풋풋했던 봄, 여름의 푸름도 그 화려했던 가을 단풍의 향연도 끝낸 가야산은 겨울의 초입에서 그렇게 서 있었다. 어쩌면 겨울이라 더욱 더 그런 느낌이 드는지 모르지만 해인사를 품에 안은 육중한 가야산이 그 오랜 기다림으로 한 송이 연꽃을 피워

올리는 듯한 모습으로 서 있었다.

수도암에서 보면 가야산 상봉은 계절마다 다른 빛깔의 연꽃을 피운다. 푸름이 온 산을 뒤덮는 봄에는 황련을 피우고 녹음이 우거진 여름에는 푸른 연꽃을 피우며 단풍이 곱게 물드는 가을에는 홍련을 피우고 그리고 눈 내리는 겨울에는 하얀 백련을 피운다.

지금 이 수도암에 희끗희끗 눈발이 내리고 연꽃은 아직 피지 않았다. 오늘밤에 눈이 내리면 저 연꽃은 하얗게 제 모습을 드러내지 않을까. 그때는 가고 없는 우리들의 마음만이라도 이곳으로 되돌아와 가야산 언저리를 하염없이 서성거리고 있지 않을까.

주왕이 흘린 피는 수진달래 되어 피어나고

주왕암, 경북 청송군 주왕산면 주왕산

"어둠이 깊을수록 새벽은 멀지 않다"고 어느 누가 말했던가. 어둠 속에서 출발한 여정은 추풍령을 넘어 대구에 접어들고, 검푸른 금호강이 나타났다 사라지면서 길은 다시 안동으로 이어진다. 안동 영호루 근처에서 반변천이 낙동강으로 접어드는 모습이 꿈결처럼 보인다.

새벽에 도착한 대전사 앞 주방천은 우레와 같은 소리를 내며 거침없이 흐르고 있다. 불 켜진 요사채에 들어가 짐을 내려놓는다. 방안은 따뜻하다. 온통 따뜻함으로 데워진 이 구들장에 누워 한숨 잘 수 있다는 것은 얼마나 가슴 벅찬 축복인가 생각하며 한참을 누워 있는데, 어느 새 새벽 종소리가 들린다. 도량석을 치는 목소리는 낭랑하기 이를 데 없다. 천수경을 외우며 스님이 세상만물을 깨운다. '지심귀명례'와 '나무관세음보살'이 끊임없이 이어지며 새벽예불이 끝나고 문 밖을 나서자 아침이 뿌옇게 밝아오며 다시 비가 내렸다.

아침공양을 마치고 문 밖을 나서자 대전사 뒤편에 솟은 봉우리들이 반쯤은 구름에 가려 있고 그 구름이 걷히자 그 봉우리들이 연꽃을 닮았다.

가장 작은 면적의 주왕산 국립공원

대전사는 신라 문무왕 12년(672)에 의상대사가 창건했다고도 하고, 고려 태조 2년(919)에 보조국사가 주왕의 아들 대전도군의 명복을 빌기 위해 세운 절이라고도 한다. 그 뒤의 기록은 남아 있지 않다. 그나마 조선 중기에 절이 불타는 바람에 오래된 건물은 별로 없다. 그런 연유로 다른 절과 달리 경내가 넓지 않아 호젓하기 이를 데 없다. 대전사의 중심 전각은 보광전이고 명부전과 선령각 그리고 요사채들로 이루어져 있으며, 주왕산 내의 부속 암자로는 백련암과 주왕암 등이 있다.

이양오가 지은 「유주왕산록遊周王山錄」에 실린 기록으로 보아 주왕산은 한때 대둔산으로 불렸던 적이 있었던 모양이다.

청부(靑鳧)(청송의 별칭)의 동쪽 20리 주왕산에 대전사가 있는데, 산의 앞자락 굽어 도는 시내 울 밖에 있다. 방(榜)에 대둔산 대전사라고 써 놓았기에, 그 절에 있는 중더러 어째서 대둔산이냐고 넌지시 물어보았더니, 옛날에 여기로 피난 온 사람이 있어 그렇게 불렀단다. (둔자에는 숨는다와 도망친다는 뜻이 있다.) 그는 '이 절이 단청이 바래고 또 기둥과 서까래가 많이 헐어 보기에 딱하다'고 하였는데, 중이 말하기를 '옛날에 주왕이 적을 피해 이 산으로 숨어들어, 상류에서 횟가루를 풀어 흘려보냈더니, 성 밖에 이른 적들이

청송 대전사

그 물을 마시고 수많은 사람이 죽어 적을 이겼다'고 하지만 그 말이 황당하므로 믿을 수가 없다. 백제 때 문주왕(文周王)이 적에 의해서 시해(弑害)되었는데, 그 시해당한 곳이 이 근처일지는 모르지만 주나라 천자(天子)가 여기까지 왔을 이치는 없다.

보광전[보물 제1570호] 앞에 두 개의 석탑이 서 있는데 모두 한 개의 석탑이 아니라 여러 곳에서 가져다 짜 맞춘 석탑들이다. 석탑 속에 숨어 있는 사천왕상이 너무 재미있다. 석탑을 손에 들고 서 있는 사천왕상은 다른 데서는 찾아볼 수 없는 것이다. 이 절 보살의 말로는 탑의 부재들이 거의 다 있어서 다시 세울 것이라고 하지만 어느 세월에 잃어버린 그 형체들을 다 찾아내서 세울 수 있을지 기다려 볼 일이다.

보물 제1570호 | 청송 대전사 보광전 靑松 大典寺 普光殿

경상북도 유형문화재 제540호 | 청송 대전사 명부전 지장삼존상 및 시왕상

보광전은 정면 3칸 측면 1칸의 맞
배지붕 집이다. 비로자나불을 모신
내부는 녹색과 보라색이 조화된 단
청 빛깔이 차분한데 왼쪽 벽 위쪽에
코끼리를 탄 보살상 벽화가 유난히
눈에 띈다. 단독으로 그처럼 그려
진 보살상 벽화는 우리나라에서는
흔하게 볼 수 없는데 코끼리를 탄
보살상은 지혜를 상징하는 문수보
살이다. 이 벽화는 나중에 색깔을
다시 입힌 듯하지만 원형은 처음부
터 있었던 듯싶으며 불전을 장식하
는 벽화의 색다른 맛을 보여준다.
그 외에도 보광전 안에는 지장삼존
상 및 시왕상[경상북도 유형문화재 제540호],
신중도[경상북도 유형문화재 제539호], 석조
여래삼존상[경상북도 유형문화재 제356호]
이 있다.

경상북도 유형문화재 제539호 | 청송 대전사 신중도

경상북도 유형문화재 제356호 | 대전사 보광전 석조여래
삼존상 大典寺 普光殿
石造如來三尊像

대전사에는 임진왜란 때 승병장 사
명대사의 진영과 명나라 장수 이여
송이 사명대사에게 보냈다는 친필 목판도 있다. 옛날에는 깊은 산골이며 한
적한 곳이라서 수도하기가 알맞았던 듯, 신라 때부터 고운 최치원과 아도화

상 그리고 나옹화상, 도선국사, 보조국사 지눌, 무학대사를 비롯한 당대의 빼어난 스님들이 이 절에 들어와 수행을 했다. 또한 조선시대의 문신이었던 김종직, 서거정 등이 와서 수행을 했으며, 임진왜란 때 사명당 유정 스님이 이 절에 승군을 모아 훈련시켰다는 이야기도 있다.

빼어난 아름다움이 있는 주왕산

주방천 따라 산길을 오른다. 주방천은 이곳 주왕산과 청송군 부동면 상의리의 성재에서 발원하여 서쪽으로 흘러 하의리를 지나며 마령천과 합하고 용점천으로 들어가 반변천에 합류하는 낙동강의 한 지류다. 조선 후기의 문인 홍여방은 청송읍 찬경루에 있는 『찬경루기讚慶樓記』에서 이곳 청송의 형승을 일컬어 다음과 같이 기록했다.

> 산세는 기복이 있어서 용이 날아오르는 것 같기도 하고 범이 웅크린 것도 같으며, 냇물은 서리고 돌아 마치 가려 하다가 다시 오는 곳 같다.

그 말처럼 주왕산[명승 제11호]은 다른 곳에선 볼 수 없는 빼어난 아름다움을 자랑하고 있다. 나라 안에서 국립공원 중 면적이 가장 좁은 주왕산이 1976년에 국립공원으로 지정될 수 있었던 것은 기이한 풍광이 많아서였다. 그렇게 높지도 않고 크지도 않은 이 산은 조물주가 정성껏 빚은 솜씨인 듯 봉우리 하나 하나와 계곡이 어울려 경이로운 절경을 연출하고 있다. 특히 대전사에서 제3폭포에 이르는 4킬로미터쯤의 계곡은 주왕산의 아름다움을 그대

명승 제11호 | 청송 주왕산 주왕계곡 일원 靑松 周王山 周王溪谷 一圓

로 보여주고 있다.

주왕산은 720m로 그다지 높지 않지만, 그 주위로 태행산(933m), 대둔산(875m), 명동재875m), 왕거암(907m) 등 대개 600m가 넘는 봉우리들이 둘러쳐져 산들이 병풍을 친 듯한 모습이 매우 인상적이다. 그래서 주왕산 일대는 예부터 석병산石屛山이라는 이름으로 불렸다. 그 병풍 같은 봉우리들 사이로 남서쪽으로 흐르는 주방천 상류인 주방계곡의 이쪽저쪽으로 기암, 아들바위, 시루봉, 학소대, 향로봉 등 생김새를 따라 이름 붙인 봉우리도 한둘이 아니다.

대전사 뒤편에 솟은 흰 바위봉우리는 마치 사이좋은 형제들처럼 옹기종기 모여 있는데, 이 봉우리가 주왕산 산세의 특이함을 대표하는 기암이다. 이 기암이 특별히 눈에 띄는 것은 우리나라에서 흔히 볼 수 있는 울퉁불퉁한 화강암 바위와는 달리 그 생김새가 매우 매끄러워 보이는데 그것은 기암을 구성한 석질의 성분 때문이다.

기암은 화산재가 용암처럼 흘러 내려가다가 멈춰서 굳은 응회암 성분으로 되어 있는 봉우리다. 이 기암처럼 주왕산의 봉우리들은 화산이 격렬하게 폭발한 뒤에 흘러내리면서 굳은 회류응회암으로 이루어졌다고 한다.

주왕의 전설이 서린 주왕굴

옛 이름이 석병산인 주왕산이 『삼국유사三國遺事』 「진덕왕」 편에는 다음과 같이 실려 있다.

> 신라에는 영험 있는 땅이 네 군데 있으니, 큰일을 의논할 때는 대신들이 여기 모여 의논을 하면 그 일이 꼭 성공하였다. 첫째로 동쪽에 있는 것을 청송산이라 하고, 둘째로 남쪽에 있는 산을 우지산이라 하며, 셋째로 서쪽에 있는 곳을 피전(皮田)이라 하고, 넷째로 북쪽에는 금강산이다. 이 임금 시대에 처음으로 신년 축하 의식을 거행하고 또 처음으로 시랑(侍郞)이라는 칭호를 썼다.

그 청송산이 이곳 주왕산을 칭한 것으로 보고 있다. 이 주왕산에는 중국 주나라 왕의 전설이 서려 있다.

중국 당나라 때 주도라는 사람이 자기 스스로 후주천왕後周天王이라고 칭한 뒤

청송 주왕산 주왕굴

당나라의 도읍지였던 장안으로 쳐들어갔다가 크게 패한 뒤 쫓겨 다니다가 마지막 숨어든 곳이 이곳 주왕산이었다고 한다. 당나라에서는 그 주왕을 섬 멸시켜 달라고 신라에 요청했고 신라에서는 마일성 장군의 5형제를 보내 주왕을 쳤다. 그때 주왕은 주왕산에 솟아 있는 기암들을 노적가리처럼 위장하여 적을 물리쳤다고 한다. 그러한 전설을 뒷받침하듯 이곳 주왕산에는 주왕이 군사들을 숨겨두었다는 무장굴과 주왕의 군사들이 군사 훈련을 하고 그 안에서 주왕의 따님인 백련공주가 성불했다는 연화굴 그리고 주왕이 마장군을 피해 있으면서 위에서 떨어지는 물로 세수를 하다가 마장군이 쏜 화살과 철퇴에 맞아 죽었다는 전설이 서린 주왕굴이 있다.

신라의 고승 의상대사가 창건했다고 알려진 주왕암에 도착해 푸른 물살과 떨어져 내리는 폭포를 바라보다가 철 계단을 올라가자 수직으로 떨어지는 폭포 옆으로 음산하게 뚫린 주왕굴이 보인다. 주왕굴에서 떨어져 내리는 폭포물로 세수를 하던 주왕이 화살에 맞고 철퇴에 맞아 죽음을 맞았고 그때 주왕이 흘린 피가 산을 따라 흐르면서 이 산기슭에선 수진달래가 그토록 아름답게 피어났다고 한다. 그 굴에는 촛불 두 개가 밝혀진 채 떨어지는 폭포가 내는 바람결에 미세하게 흔들리고 있었다.

반계 이양오가 지은 「유주왕산록遊周王山錄」에는 주왕암에 대해 다음과 같은 글을 남겼다.

극히 조용한 곳에 들어앉아 선미(禪味)에 들기 알맞다. 서쪽으로 법당이 있어 나한 10여 구가 안치되었고, 지세가 산을 업어 꽤나 높은데 누각 앞 기둥이 들어서 있는 자리가 궁궐터라고 한다. 동쪽 마루 앞 역시 산을 깎아 근 10보나 되는 마당을 만들었다. 산이 높고 가팔라서 마치 쇠 항아리 속에 들어앉은 것과 같고, 동쪽으로 큰 바위가 있는데, 그 빼어나기가 천 길이나 되어 보인다. 앞에 누각 현판에 가학루(駕鶴樓)라고 쓰였으나 몹시 누추하여 이름값을 하지 못한다.

이곳 주왕산은 주왕뿐만이 아니라 신라 때 사람 김주원도 숨어들었던 곳이다. 선덕여왕의 뒤를 이어 왕으로 추대되었던 김주원이 훗날에 원성왕이 된 김경신의 반란 때문에 왕위에 오르지 못한 채 쫓겨와 이곳 석병산에서 한을 삭이며 숨어 지냈다고 한다.

주왕과 김주원의 한이 아직도 남아 있는지 주왕산의 골짜기들은 음습하기만 하고 이곳저곳에서 망설임도 없이 떨어져 내리는 폭포소리는 요란하기만 할 따름이다.

비슬산 깊은 곳에 전통 수도도량으로 남은 곳

도성암, 대구시 달성군 유가읍 비슬산

가을인 듯 싶은데 어느새 겨울이다. 자욱했던 안개, 주절주절 내리는 비가 그치고 오랜만에 맑게 개인 하늘을 지붕 삼아 춘향이 고개를 넘는다. 거창 고령을 지나자 낙동강이고 낙동강을 따라 현풍에 도착한다. 날은 제법 쌀쌀하다. 바람이 불고 그 부는 바람 속을 따라간 곳에 비슬산이 있다.

억새꽃 만발하 비슬산 가는 길

비슬산으로 오르는 길에는 억새꽃들이 만발하다. 곱게 물든 나무들이 그늘을 드리운 다리를 건너면 소재사가 나타난다. 사기에 의하면 이 절은 고려 말 공민왕 7년에 진보법사가 개산했다고 하고, 조선 세조 3년에 황률선사와 중종 때 외암 스님이 중건하였으며 철종 8년에 법노화상이 중창하여 오늘

천연기념물 제435호 | 달성 비슬산 암괴류 達城 琵瑟山 岩塊流

에 이르고 있다.

소재사는 옛날 대견사의 각종 생활용품, 의식 용품들을 공급하던 곳이었을 것이라고 한다. 그래서 소재사 앞터에 방앗간과 두부공장, 기왓골 등이 있다고 하며, 절터의 축대 밑에는 맑은 물이 솟아나는 샘터가 있어 달성 사람들이 비가 오지 않을 때 이곳에 와서 기우제를 지낸다고 한다.

비슬산 오르는 길에는 나뭇잎들이 형형색색으로 물들어 있고 더러는 떨어져 있다. 떨어지는 나뭇잎을 잡는다. 비슬산 제1암괴 관찰소가 나타난다. 대다수의 산들에서 볼 수 있는 작은 돌멩이들의 결집체인 너덜과는 다른 큰 바위들이 차곡차곡 쟁여져 있는 이 암괴[천연기념물 제435호]는 지금으로부터 약 1만 년에서 8만 년 전 지구상의 마지막 빙하기에 형성되었다고 전해진다.

암괴류를 지나 대견사터를 찾아서

암괴류는 강물처럼 흘러가는 모습을 보인 바위 덩어리의 집단을 가리키며 비슬산 자연휴양림 내에 있는 암괴류는 길이가 2km, 사면경사 15도에 달하여 세계에서 가장 규모가 커 그동안 세계적 규모로 알려졌던 미국의 펜실바니아주와 영국, 뉴질랜드의 암괴류 규모 1.5km~2km를 압도한다고 한다.

또한 애추崖錐는 절벽 밑에 부채꼴 모양으로 쌓인 각이 진 돌의 집단을 일컫는데 암괴류와 동일한 시기에 형성된 지형으로서 비슬산 일대 여러 곳에 분포한다. 길이는 암괴류에 비하여 훨씬 작은 반면, 사면경사는 30도 내외로 비교적 급경사이며 바위 형태는 암괴류가 둥근 맛을 보이는 반면, 애추는 각이 진 바위들이 대부분이어서 두 지형 간의 구분이 쉽다. 특히 대견사지 부근에서 볼 수 있는 톱(칼)바위는 애추의 형성과정을 도식적으로 잘 보여주고 있어 중요한 지형자원이라고 한다.

대견사지 일대를 중심으론 각종 형상의 바위(화강암)들이 분포하는데 이를 토르tor라고 한다. 바위들의 형상에 따라 동물이나 사물의 이름이 붙여져 불리는데, 이러한 바위들은 비슬산 일대에 많이 분포하며, 암괴류 및 애추와 더불어 비슬산의 빼어난 지형경관을 자랑하고 있다.

바람은 우우 소리를 내며 지나가고 대견사지로 가는 길은 가파른 오르막길이다. 산이 높아 가는 데도 큰 바위 너덜은 끝날 줄을 모른다. 멀리 대견사지 3층석탑이 보이고 높다란 바위 위에 탑이 보인다. 참꽃나무가 흐드러진 길에 이르러 잠시 쉬는 사이 꽃 한 송이 보이는데 이름을 모르겠다. 이미 말라버린 꽃들을 바라보며 무슨 꽃인가 알지 못하면서도 가고 저무는 것들이 더

달성 비슬산 대견사터

욱 애달파진다.

그곳에서부터 대견사터까지는 지척이다. 참꽃나무가 군락을 이루는 대견봉 부근에 대견사터가 있다. 한번 가보리라 마음먹었으면서도 몇 년이 지난 오늘에야 이곳에 와보니 대견사터가 어째서 한 사람의 마음을 그렇게 깊숙이 사로잡았는가를 알 것 같다. 부처바위 뒤로 연화봉이 저만큼 솟아 있고 말바위, 소원바위, 스님바위, 코끼리바위, 형제바위 등 수많은 바위들이 우뚝 우뚝 솟아 있는 그 가운데 대견사가 있다. 어느 때 누가 창건했는지는 알 수 없는 대견사는 신라 흥덕왕 때 창건되었을 것이라고만 추정되고 있는데 창건설화는 다음과 같다.

당나라 문종이 절을 지을 곳을 찾고 있었다. 하루는 세수를 하려고 떠놓은 대

야의 물에 아주 아름다운 경관이 나타났다. 이곳이 절을 지을 곳이라 생각한 문종은 신하들을 파견하여 찾게 하였다. 결국 중국에서는 찾을 수 없게 되자 신라로 사람을 보내어 찾아낸 곳이 이 절터였다. 이 터가 중국에서 보였던 절터라 하여 절을 창건한 뒤 절 이름을 대견사라고 지었고 그 뒤의 역사는 전해지지 않고 있다.

다만 1416(태종16)년 2월 29일과 1423년(세종 5) 11월 29일에 이 절에 있던 장육관음상이 땀을 흘려 조정에까지 보고되었고 종파는 교종에 속하였다고 한다. 절은 빈대가 많아 불태워졌다는 이야기가 전해지고 그 시기는 임진왜란 전후라고 한다. 그 뒤 1900년 영친왕의 즉위를 축하하기 위해 이재인이라는 사람이 중창하였으나 1908년 허물어지기 시작하여 1909년 폐허화되고 말았다.

현재 이곳에는 신라시대에 축조된 것으로 추정되는 길이 30m, 높이 6m의 축대가 남아 있고 3층석탑[대구광역시 유형문화재 제42호]과 10여 명이 앉을 수 있는 동굴대좌 등이 남아 있다. 동굴은 참선 또는 염불도량으로 사용되었을 것으로 추정되고 왕조실록에 기록되고 있는 땀 흘린 관음상은 달성 용봉동 석불입상[대구광역시 유형문화재 제35호]으로 알려져 있다.

비슬산은 왜 비슬산이 되었나?

대구사람들이 즐겨 찾는 비슬산琵
瑟山은 달성군 유가읍 양리 산 3-1
번지와 가창면 정대리의 경계지
점에 위치해 있는 대견봉(1,083m)
을 최고봉으로 산성산(640m), 비
파산(360m), 앞산(660m), 대덕산
(546m)을 거느리고 청룡산(794m),
삼필봉(168m)을 품고 있다. 남쪽으
로 내려와 대견사지를 지나 조화봉

대구광역시 유형문화재 제35호 | 달성 용봉동 석불입상
達城 龍鳳洞 石佛立像

(1,058m)과 관기봉(989m)을 일으켜 세운 후 유가읍 본말리까지 뻗어있는
산이다.

불교가 융성했던 시절 비슬산에는 99개의 절이 있었다고 전해지는데 현재
는 유가사, 소재사, 용연사, 용문사, 임휴사, 용천사 등의 사찰이 있다. 그 가
운데에서 용연사 경내에 보물로 지정된 금강계단[보물 제539호]이 있고 가까이
에 유명한 약수터도 있어 관광지로서 각광을 받고 있다. 앞산의 북쪽 중턱에
는 장군수라는 약수터와 안일암이 있다.

「유가사 창건내력」에서 유가사는 산의 모습이 거문고와 같아 비슬산이라고
하는데 산꼭대기 바위의 모습이 마치 신선이 앉아 비파를 타는 모습과 같다
하여 비琵, 거문고 슬瑟자로 표기하여 비슬산이라고 전한다.

또 다른 일설에 의하면 천지가 개벽할 때 세상은 온통 물바다가 되었으나 비

보물 제539호 | 달성 용연사 금강계단 達城 龍淵寺 金剛戒壇

슬산 정상의 일부는 물이 차지 않고 남아 있는 부분이 있어 그곳의 형상이
마치 비둘기처럼 보여 '비둘산'이라고 부르다가 '비슬산'으로 변하여 전한다
고도 한다.

『신증동국여지승람新增東國輿地勝覽』에서는 포산苞山이라고 기록되어 있는데, 신
라시대에 인도의 스님들이 놀러왔다가 산을 구경하던 도중 이 산을 보고 비
슬이라 이름 지었다고 한다. 비슬이란 인도의 범어梵語 발음을 그대로 음音으
로 표기한 것이고, 비슬은 한자의 뜻이 포苞라고 해서 포산이라고 하며, 포산
은 수목에 덮여 있다는 뜻으로 기록되어 있지만 높고 귀하다는 의미가 담긴
우리말 이름 '벼슬' 또는 '솟을'에서 유래했다고 한다.

관기봉은 정상부위 전체가 거대한 암석으로 이루어져 있으며, 그 크기는 높이가 30m쯤이고 둘레가 100여m가 넘어 정상부에는 너댓 평 정도의 평활 석면平闊石面이 있고, 관기암 북쪽의 바위골을 두 손으로 기어 잡으면 오르기가 그렇게 어렵지 않다. 봉우리가 청도군과 경계를 이루고 있는데 동쪽으로 20m 아래에는 관기 스님이 수도하던 관기암이 있었으나, 지금은 억새만이 무성하고 연꽃무늬 석조하대석이 억새 속에 숨어 절터를 지키고 있다.

매년 사월에 온 산을 물들이는 진달래꽃과 가을 억새밭으로 이름이 높은 이 비슬산의 여정은 조화봉에 이른다. 흐릿하게 흘러가는 낙동강물이 훤히 내려다보이는 이곳에 절을 지을 당시 당나라 사람들이 인근에 자리하고 있는 정상 봉우리에서 고국을 그리워하며 바라보니 중국이 비췄다하여 그 봉우리를 비칠 조照, 아름다울 화華, 조화봉이라 하였다고 전해오고 있다. 한편『달성군지達城郡誌』의 기록에는 당나라 승려가 이곳에 왔을 때에 중국이 비춰져서 붙여진 이름으로 조화봉照華峯이라고 기록되어 있다.

사방을 둘러보기도 아찔아찔한 조화봉에서 본 온 산은 물감을 풀어놓은 듯 황홀한 색들의 축제이고 그 나무 숲길을 따라 내려가는 들뜬 마음을 다독거리기라도 하듯 바람이 제법 분다.

신라 천년고찰 유가사

비슬산의 주봉 대견봉 아래 위치한 유가사는 천왕문에 있는「중창사적기重創事蹟記」에 의하면, 이 절은 신라 제42대 흥덕왕 2년 때 도성국사가 개창하고 제51대 진성여왕 때 중창한 고찰로서 고려 때는 제11대 문종 원년에 학하선사가 중창했고 조선조에 들어와서는 제5대 문종 2년(1452)에 일행선사가 각각 중건중수를 거듭하여 내려왔다고 한다. 그 후 만하선사의 문인인 김야운과 여러 사람이 주석하면서 중수하였다.

현재 대웅전을 비롯하여 용화전, 백화당, 동서 요사채, 취적루, 천왕문, 산령각 등이 있고 1970년에 김달운 주지가 화주가 되어 절을 중수하였다.

법당 앞의 3층석탑은 탑의 높이는 약 2.5m, 지대와 기단 높이는 1m 정도로서 비례가 잘 맞고 돌을 다듬는 솜씨가 정성이 깃들었다. 이 탑은 본래 인근 원각사지에 있던 것을 이곳으로 옮겨 세운 것이라는데 탑의 모습으로 보아 고려시대 탑으로 보인다. 이채로운 것은 보주 위에 창끝처럼 보이는 세 갈퀴의 쇠붙이를 꽂아 놓고 있는 점이다. 이밖에 절의 사보寺宝로서는 괘불이 있다. 특히 절 동북방 300m 아래 언덕에 나란히 한 줄로 서 있는 부도군은 15기나 되며 그 중 정월 당경수대사탑 등 몇 개는 누구의 것인지 알아볼 수가 있다. 김지대는 그의 시에서 유가사를 다음과 같이 노래했다.

절 하나 연기와 안개 아무 일도 없는 속에 서 있으니, 어지러운 산 푸른 물방울 가을빛이 짙었네. 구름 사이 끊어진 돌층계 6, 7리요 하늘 끝 먼 멧부리 천만경일세. 차 마시고 나니 솔 처마에는 달 걸려 있고, 경 읽는 것 한참인데 바람 부는 탑에 쇠잔한 종소리 들리네. 흐르는 시냇물 응당 옥띠(玉帶) 띤 손을 웃으리. 씻으려도 씻을 수 없는 이 티끌 속 발자취로다.

은행잎이 노랗게 물드는 유가사의 용화전 앞을 지나 도성암에 이른다. 신라 흥덕왕 때 도성국사가 초막을 짓고 수도했다는 데서 그 이름이 유래된 도성암 뒤에 도성바위가 있다.

달성 유가사 도성암

이 절이 석일연 스님이 지은『삼국유사三國遺事』에 '포산이성苞山二聖'이란 내용
으로 실려 있는데 다음은 신라 때 사람인 관기와 도성이란 두 선사에 관한
기록이다.

신라에 관기와 도성이라는 두 어른이 살고 있었는데 어디 사람인지는 모른
다. 포산이라고도 하고 비슬산이라고도 부르는 산맥의 남쪽 모롱이에 관기
는 암자를 지어놓고 살고, 북쪽의 굴 속에서 도성은 살고 있었는데, 서로 떨
어지기 십 리쯤 되는 거리였다. …… 만약 도성이 관기를 만나려면 산중의
나무들이 바람을 타고 남쪽으로 파닥거리며 휘어지는 때를 택했으니, 그 나
무들의 모양을 보고 관기는 도성을 마중 나갔으며, 그 반대로 관기가 도성
을 만나려면 산 중의 나무들이 바람을 타고 보다 북쪽으로 굽으며 파닥거

릴 때를 택했으니, 그 나무들의 모양을 보고 도성은 또 관기를 마중 나갔더라. 그 뒤 도성이 암자 뒤 높은 바위 위에 조용히 앉았다가 어느 날 바위틈으로 빠져나가 몸이 공중으로 날아가 버리니 그가 간 곳을 알 수가 없었다. 혹은 이르기를 수창군(지금의 수창군)에 이르러 죽었다 하니 관기도 또한 뒤를 따라 죽었다 한다. 지금 두 스님의 이름으로 그 터를 잡았으니 모두 유허가 있다. 도성바위는 높이가 두어 길이나 되는데 뒷사람이 바위 아래에 절을 지었다. (중략)

이때에 현풍에 사는 신도 20여 명이 해마다 사(社)를 모으고 향나무를 주어다가 절에 바치는데, 매양 산에 들어가서 향나무를 캐서 쪼개어 씻어 가지고 발우에 넣어둔다. 그 나무가 밤이 되면 촛불처럼 광명을 뿜었다. 이로 말미암아 고을 사람들이 향을 바치는 무리들에게 시주를 하고 광명이 나타난 해를 축하하였으니 이는 두 성인의 영감(靈感)이요, 혹은 산신의 도움이라고 한다. 산신의 이름은 정성천왕(靜聖天王)인데 일찍이 가섭불 시대에 부처님의 부탁을 받아 발원맹세를 하고 산중에서 1천명의 수도자가 출현하기를 기다려 남은 과보를 받게 된 것이라 하였다.

이 얼마나 아름다운 일인가. 그들은 바람을 타고 나무들이 휘어지는 것을 보고 자신을 찾아오는 사람의 기척을 느낄 수 있었으니, 그들이 얼마나 자연과 합일된 삶을 살았던 것인가를 알 수 있을 것 같다. 그 두 사람이 비슬산과 아주 인연이 깊은 사람인 것은 틀림이 없다.

사람과 사람 사이에서 가장 중요한 것은 두 사람의 신뢰와 깨끗한 마음이 우선되어야 여러 가지 상상할 수 없는 일이 일어날 수 있다. 바람과 달빛을 즐기며 살았던 두 선사는 어느 날 깨달음을 얻은 뒤 바위에 앉았다가 하늘로 훨

훨 날아갔다고 전해져 오고 있다.

그렇다면 관기가 살았던 곳은 어디쯤일까 생각해보면 대견사터가 가장 근접할 듯 싶다. 참선도량인 이 절은 정면 3간과 측면 2간의 법당과 도성선원 그리고 승방과 칠성각, 산신각 등이 있다. 뒤로 수려한 암봉을 병풍삼아 해발 700여 m의 높이에 있는 도성암은 수도도량으로서 더할 나위없는 곳이다.

도성암의 절 마당에 서서 스스로 저물어가는 하루해를 바라다본다. 오래지 않아 아직 남은 잎들마저 다 떨어지고 절은 겨울 적막 속으로 스스로 들어갈 것이다. 유가사를 뒤에 두고 깊어 가는 가을 숲길을 내려갈 때 문득 명나라 때의 문인 육소형이 지은 『취고당검소醉古堂劍掃』 중 한 구절이 떠올랐다.

빛깔이 짙어지면 짙어질수록 마음이 더욱 담백해지는 것은 서리 숲의 붉은 단풍잎이다. 향기가 가까울수록 정신이 아득해지는 것은 가을 물 위를 떠가는 흰 부평초이다.

『삼국유사三國遺事』가 쓰인 인각사 옆 산속 암자

거조암, 경북 영천시 청통면 팔공산

거조암은 경북 영천시 청통면 신권동 팔공산 동쪽 기슭에 위치한 은해사의 산내 암자이다. 원효 스님이 693년(효소왕 2)에 창건하였다는 설과 경덕왕 때 왕명으로 창건하였다는 설이 있다. 그 뒤 고려시대에 보조국사 지눌이 송광사에 수선사를 세워 정혜결사에 들어가기 전에 각 종파의 법력 높은 스님들을 모시고 몇 해 동안 정혜定慧[64]를 익혔던 사찰로 유명하다.

1182년 지눌은 개성 보제사의 담선법회에 참여하여 선정을 익히고 지혜 닦기를 힘쓰는 동료들과 함께 명문을 지어 후일을 기약하였다. 1188년 봄 거조사의 주지 득재 스님은 지난날 결사를 기약하였던 수행자를 모으고 그 당시 경상북도 예천 학가산 보문사에 머물고 있던 지눌을 청하며 처음으로 이 절

---

64) 선정과 지혜. 정(定)은 동요가 없는 마음, 혜(慧)는 마음의 밝은 작용을 가리킨다.

국보 제14호 | 영천 은해사 거조암 영산전 永川 銀海寺 居祖庵 靈山殿

에서 정혜결사를 시작하면서「권수정혜결사문勸修定慧結社文」을 통해 그 취지를 밝혔다. "마음을 바로 닦음으로써 미혹한 중생이 부처가 될 수 있다"는 것을 천명하고 그 방법은 정定과 혜慧를 함께 닦는 데 있다는 것이었다.

그런 의미에서 결사란 이상적인 신앙을 추구하기 위한 일련의 신앙공동체운동이었고 종교운동으로서 개경 중심의 보수화되고 타락한 불교계에 대한 비판운동이었으며 실천운동이었다.

그 뒤 이 결사가 1200년경 송광사로 옮겨간 것이다. 1298년 정월 원참이 밤중에 낙서라는 동인을 만나 본심 미묘진인과 극락왕생의 참법을 점수받아 기도도량으로 널리 알려졌다. 그 뒤의 역사는 기록되어 있지 않지만 거조사란 이름으로 남아 있다가 은해사가 사세를 크게 키우면서 은해사의 산내 암자로 남게 되었을 것으로 보인다.

요 근래에는 오백나한 기도도량으로서 아흐레만 정성껏 기도하면 소원이 이루어진다 하여 수많은 신도들이 찾아오고 있다.

이 절엔 영산전[국보 제14호]과 요사채 2동이 있다. 영산전은 수덕사 대웅전의 맥을 잇는 고려 건축이다. 그동안 고려 말의 건축일 것이라는 말과 조선 초기의 건축일 것이라는 말들이 있었지만 해체 수리할 때 발견된 묵서 명에 고려 우왕 원년(1375)에 건축된 고려시대 건축으로 기록되어 있었다. 부석사의 무량수전, 봉정사의 극락전, 수덕사의 대웅전과 더불어 몇 개 안 남은 고려 건축인 영산전은 정면 7칸에 30m, 측면 3칸에 10m에 이르는 긴 장방형의 장중한 건물이다.

거조암에는 오백나한이

단층 맞배지붕의 주심포 집으로 장대석과 잡석으로 축조된 높다란 기단 위에 세워진 이 건물은 마구의 수법이 간결하고 기둥이 뚜렷한 배흘림이 있는 것이 특색인데 주심포 양식의 초기적 형태를 잘 나타내고 있는 중요한 건물이다.

이 영산전 안에는 청화화상이 부처의 신통력을 빌어 앞산의 암석을 채취하여 조성했다는 석가여래와 문수보살, 보현보살과 오백나한상 및 상인화상이 그린 영산회상도가 있으며 뜰에는 손상이 심한 3층석탑[경상북도 문화재자료 제104호]이 있다. 영산전 안에는 오백나한상이 있다.

나한은 부처님의 가르침을 듣고 깨달은 성자를 가리킨다. 불교에서는 누

구나 불성이 있기 때문에 '부처', '보
살', '나한'은 약간의 차이는 있지만
깨달음의 경지에 이른 각자覺者라는
점에서는 같다. 대표적인 나한도량
은 경북 청도군 운문사, 서울 관악
산 연주암, 서울 수유동 삼성암을
들 수 있다. 거조암의 오백나한상
이 가장 유명하며, 나한을 모신 법
당을 나한전 혹은 응진전 또는 영산
전이라고 한다.

경상북도 문화재자료 제104호 | 은해사거조암삼층석탑
銀海寺居祖庵三層石塔

화강암을 깎아 만든 뒤 호분을 업
히고 머리에 칠을 한 나한상들의 자
세와 표정은 다양하기만 하다. 옆
사람을 그윽하게 쳐다보기도 하고 명상에 잠겨 세상을 잊은 듯도 보이고 팔
짱을 낀 채 거드름을 피우기도 하는 오백나한(정확히는 526)은 수많은 사
람의 다양한 공부방법과 세상 사람이 천태만상이라는 것을 일깨워주는 듯
도 하다.

이 절 영산전에는 그 색조나 화풍이 특이한 영산탱화가 있다. 청, 학, 적, 백,
흑의 다섯 가지 원색을 주조로 그려도 조선시대 불화들과 달리 붉은 바탕에
호문으로 선묘만 하였을 뿐 청록색, 흑백색 등은 극히 적은 부분에만 사용하
고 있으며 바탕색의 변화로 모든 색을 대신함으로써 붉은 색이 자극적이지
도 들뜨지도 튀지도 않는다.

석가모니를 중심으로 네 명의 보살과 네 명의 불제자 그리고 두 명의 사천왕

영천 은해사 거조암 영산전 永川 銀海寺 居祖庵 靈山殿 불상 및 탱화

만으로 영산회상의 여덟 장면을 간략하게 압축 구성한 이 후불탱화는 기운 생동하는 탄력 있고 웅혼한 필치는 눈이 부실 정도다. 다른 불화에서의 여느 철선鐵線과 달리 획이 굵고 가늘어지는 붓의 터치가 강약이 있고 그 시종始終이 있다. 이곳의 영산탱화는 색보다 선이 돋보이며, 장엄하고 기법도 매우 특이하다. 호분이 머금었던 기름 같은 것이 번져나가서 획을 따라 바탕색에 변화를 주고 있다. 그것은 마치 종이 위에 유화를 그리면 그 선의 주변에 기름이 번져나가는 효과와 비슷한 것이다. 일반회화에서처럼 이렇듯 사의寫意에 힘쓴 종교화도 드물다.

있는 그대로가 가장 아름답다는 사실을 깨닫게 해준 거조암에서 아침공양을 마치고 인각사 가는 길로 접어들었다. 갑령 혹은 갑티고개를 지나 화수리의 집실마을에 닿기도 전 보기에도 물찬제비처럼 범상치 않은 산 하나가 나타난다. 나무숲이 울창한 그 산을 연신 바라보며 28번 국도를 벗어나 908번 지방도로에 접어들었다.

화수동에서 으뜸가는 마을로 큰 내(위천)가 마을을 둘러 있어서 하회라고도 불리는 집실마을은 아침의 풍경으로 넉넉하다. 길은 위천의 물줄기를 따라 산굽이를 돌아간다. 우측으로 화산 자락이 보일 법한데 산들은 나지막하고 좌측에 펼쳐진 산자락에 그림 같은 절벽들이 나타났다가 사라진다.

'각시가 단정히 앉은 형국'이라는 물 건너 옥녀봉은 처음 본 그 모습과는 달리 암벽으로 이루어져 있다. 옥녀봉이 펼쳐놓은 산자락 아래 위천이 휘감아 도는 곳에 자리 잡은 인각마을에 들어서자 살구나무가 눈에 띄었다. 고샅길을 걸어가자 모판에서 마을사람들이 모를 찌고 있었다. 그 옆을 지나치자 묻는다. "어디를 가는 중이라요?", "예, 옥녀봉 가는데요. 저 산이 맞습니까?", "맞십니더. 여기서는 각시산이라고 부르는 데……"

그 말이 맞을 것이다. 우리가 신랑, 각시 부르는 것처럼 옥녀봉은 지명에나 그렇게 존재하고 있지 부르기는 각시산이 맞을 것이다.

아무래도 옥녀봉으로 오르는 산길이 수월할 것 같지는 않다. 사과밭과 고추밭을 지나고 양파 수확을 끝낸 밭을 지나 개울을 건너 겨우 산길에 접어들었지만 길은 쉽사리 제 모습을 드러내 주지 않는다.

길이란 만드는 것이다

'어차피 길이란 만들어 나가는 것이고 사람들이 가면 길이 아닌가' 생각하며 잡목 숲을 헤쳐 나간다. 누군가 건너편 산을 가리키며 "저 산을 보십시오. 풍수지리상 반드시 옥녀봉 앞산에는 신선봉이 있어야 하는데 저 산이 바로 신선봉이고 그리고 저 아래 저곳이 옥녀가 거울을 보면서 분통을 바르기 위해 분통을 놔둔 형상이지요"라고 말한다. 그 말을 듣고 보니 그럴 법도 하다. 그 말처럼 옥녀봉 뒤편의 화수동에는 어림빗이라는 등성이가 있는데 옥녀봉의 옥녀가 빗는 참빗 형국으로 되어있다고 한다.

무라야마 지준이 쓴 『조선의 풍수』에 의하면 "옥녀탄금형玉女彈琴形 속의 옥녀는 무예에 숙달한 여자로서 금은 악기이다. 풍류절미의 옥녀가 악기를 타면 누가 환희하지 않으랴. 누가 춤추고 노래하지 않으랴, 따라서 이러한 지형 그대로 두고 대대로 인재 또는 과거 급제와 부자, 옥녀를 낸다고 한다"라고 기록되어 있다.

올라갈수록 산 아래 자락이 풍경으로 변해가고, 길은 그냥 길이라고 여기고 올라가는지 모를 정도로 희미하다. 소나무와 바위벽을 헤치고 올라가자 예닐곱 명은 너끈히 올라앉을 수 있는 전망 좋은 바위가 나타난다. 소나무 가지 그늘 아래로 푸른 위천이 흐르고 그 강물 언저리에 검은 띠처럼 길이 뚫려 있다. 그 길의 끝자락에 인각사는 그림처럼 펼쳐져 있고 어슴푸레한 운무 속에 멀리 화산(828m)이 세 개의 송신소 탑을 머리에 인 채 서 있다. 그 정상 언저리에 마을이 있고 길은 그 산마루에까지 뻗어 있다.

그곳에서부터 정상은 멀지 않다. 정상이라는 표지석도 없이 자연석 위에 세 개의 돌멩이가 얹어져 있고 몇 년간에 걸쳐 얹어진 곰삭아가는 쌓인 나뭇잎들이 흐르는 세월을 보는 듯하다. 힘겹게 올라온 후 이젠 인각사로 내려가는 길만 남았다.

군위 인각사

오늘이 오늘이소서

인각사麟角寺는 신라 선덕여왕 11년 의상대사가 창건한 절로써『신증동국여지승람新增東國興地勝覽』권 27「의흥현」조에는 인각사지 유래를 다음과 같이 기록하고 있다.

> 인각사는 화산에 있으며 동구에 바위 벼랑이 우뚝한데 속전에 옛날 기린이 이 벼랑에 뿔을 걸었으므로 그렇게 이름 지었다고 전한다.

이 절에서 일연 스님이『삼국유사三國遺事』를 완성하였고 입적하기 전까지 5년 동안 머물렀다.

극락전 앞에는 3층석탑이 있고, 1.5m 높이의 석불이 있으며, 오른쪽 마당가에 일연 스님의 부도가 서 있다. 원래는 둥딩마을 뒷산에 있다가 일본인들의 도굴로 넘겨져 있던 것을 이곳으로 옮겨 복원한 것이다. 자연석에 가까운 네모진 지대석 위에 희미하게 복련이 새겨진 지대석이 놓였으며, 그 위에 팔각의 중대석과 상대석이 차례로 놓여졌다.

상대석 위의 몸돌 정면에는 두 줄로 〈보각국사정조지탑普覺國師靜照之塔〉

이라는 글씨가 음각되어 있고, 뒷면에는 문비가 새겨져 있으며, 나머지 면에는 사천왕상과 보살상이 새겨져 있다. 그 뒤에 조각난 탑 및 비[보물 제428호]가 보호각 안에 서 있다. 깨어지고 동강나 겨우 명맥만 유지하고 서 있는 이 비가 보각국사 일연의 부도비이다. 비문은 당시의 문신이며 문장가였던 민지가 썼고 글씨는 왕우군의 행서를 집자해서 새겼다.

비문의 말미에는 "겁화劫火가 활활 타서 산하가 모두 재가 될지라도 이 비는 홀로 남고 마멸되지 마소서"라고 갈구했는데, 1701년경에 윤광주라는 사람이 탁본의 서문에 쓴 글에 의하면 "임진년 전란 때 섬 오랑캐들이 이 비를 보고 뜻밖에 왕우군의 진적眞蹟을 여기서 다시 보는구나"라며 앞 다투어 탁본을 찍어냈다. 마침 겨울이라 불을 놓고 찍어내다 비를 땅에 넘어뜨렸다. 그 뒤로 비석이 떨어지고 깎여 글자가 줄어들게 되었고 남은 조각도 손상되어 본래 모습을 잃게 되었다.

"아 왜인들의 재앙이 어찌 그리 심한가?"라고 누군가가 토로했던 것처럼 임진왜란 때 결정적인 파손을 입었던 것으로 보인다. 그러나 또 다른 이야기로는 이 검은 색의 돌을 먹으면 과거에 급제한다는 소문 때문에 수많은 젊은이들이 조금씩 떼어먹어 그렇게 되었다는 이야기도 있다.

현재 인각사는 일연스님의 부도와 부도비만 초라한 것이 아니다. 단아했던 건물마저도 퇴락해 가는 절 집의 전형적인 모습으로 쓸쓸하기 그지없었다.

신정일의 한국의 암자 답사지도

❶ 천등산 영산암
❷ 미륵산 사자암
❸ 정수산 정취암
❹ 금전산 금강암
❺ 동악산 길상암
❻ 미륵산 도솔암
❼ 함월산 골굴암
❽ 능가산 청련암
❾ 금오산 향일암
❿ 고령산 도솔암
⓫ 선운산 도솔암
⓬ 오　산 사성암
⓭ 금　산 보리암
⓮ 태화산 백련암
⓯ 지리산 백장암
⓰ 추월산 보리암
⓱ 오대산 중대 사자암
⓲ 수도산 수도암
⓳ 주왕산 주왕암
⓴ 비슬산 도성암
㉑ 팔공산 거조암

신정일의
한국의 암자
답사기

● 초판 1쇄 발행 2020년 07월 01일

● 글쓴이 신정일

● 펴낸이 김왕기
편집부 원선화, 김한솔
디자인 푸른영토 디자인실

● 펴낸곳 **푸른영토**
주소 경기도 고양시 일산동구 장항동 865 코오롱레이크폴리스1차 A동 908호
전화 (대표)031-925-2327, 070-7477-0386~9 · 팩스 | 031-925-2328
등록번호 제2005-24호.(2005년 4월 15일)
홈페이지 www.blueterritory.com
전자우편 designkwk@me.com

● ISBN 979-11-88292-86-8 03810
ⓒ신정일, 2020